李步雲 著

王雅儀 編

李步雲漢詩選集

歷史傳承古往今來，
書寫建構一座文學的城市

　　文學，可以被視為是一座城市中，最具價值的永恆礦脈。漫步在巷弄裡的美好日常，百態生活在文人筆下變得立體清晰，遊走於歷史與建築之間，觸碰空間與記憶的標籤。臺南擁有絕佳的地理人文，先天豐沃的文化底蘊，多少作家借以筆墨書寫，吟詩作賦，淬鍊出城市裡不同質地的精華。

　　臺南作家作品集出版至今，已來到第十二輯，今年入選的五部作品，各自展現出獨有的生動氣韻：由王雅儀所編的《李步雲漢詩選集》，從詩人李步雲的人生經歷，到相關史料文獻的彙整，包括過去參與文壇活動的紀錄，並深入作品之中探究其詩觀及其特色，實屬可貴；由作家粟耘的夫人謝顗編選的《停雲──粟耘散文選》，在其編選的散文之中，處處可見夫妻兩人的相知相惜，以及隱居山林後的恬適日常，編選用心更留下無限感念與情思。

　　散文寫下作家最切身的經歷體悟，詩人以精煉的文字詞彙，為詩句注入想像的力量。王羅蜜多一手寫小說，一手寫詩，這幾年嘗試不同文體形式的創作。睽違多年的詩集《解

剖一隻埃及斑蚊》，將他過往獲獎或遺珠之作，以及陸續對
照心境轉折的其他創作，重新梳理後集結成冊。

　　寫出地方人情，城市風味的方秋停，成長的歷程與所見
所為，都成為她創作的養分，《木麻黃公路》有著勇氣與寬
容，愛與珍惜的各種點滴；將繪畫的色彩帶入創作，生命的
廣度與藝術之美，成了郭桂玲寫作的獨特視角，用各種細節
堆疊出人物的真情流露，《竊笑的憤怒鳥》更像是懸掛在城
市裡，一幅幅令人傾心的小品畫作。

　　傳承古往今來，小說打造出生動的虛擬世界，要想進
一步認識一座城市的美，得從文學開始。走進一座城市，探
究城市裡的人文與精神，就能寫出靈魂的本來模樣，也能描
繪出一個時代的輪廓與氣質。體悟生命的真諦，亦是寫作的
本質，書寫歷史成為記錄，把社會的發展與環境變遷，化為
創作題材。

　　若要建構一座名為文學的城市，就要從「臺南」開始書
寫。無論世代青壯，作家們寫作採集的行為，不僅往城裡、
城外去挖掘，甚至大聲談論各種真實的議題，讓這片沃土變
得更加獨特鮮活。因為文學，我們再次看見了人，以及這座
城市最真實的面貌。

　　　　　　　　　　　　　　　臺南市　市長　黃偉哲

3

局長序

文彩筆墨如蝶飛舞，
打開書寫與日月爭光

　　四季如歌，風月秋花，歷史隨時光的流逝而沉澱，積累出獨有的文化底蘊文學亦是見證歷史的另一種方式，不同世代的作家，人人筆耕不輟，將自身的心境意念，抒發寄情於詩文、小說等文學體裁之中。

　　文人字字生花，如墨蝶在方格間翩翩飛舞，振筆疾書之際，更將自身對生命的感念，凝縮於書扉紙頁之上。創作需要恆心毅力，有時更是孤獨的。傳承先代前人的開拓精神，寫下對人生的觀照領會，以及對這片土地的情懷和感激。

　　臺南作家作品集是一長期的出版計劃，此系列旨於深耕臺南在地的創作能量，納入新舊世代的觀點，以及對臺南文學的展望與想像。每年持續出版多部精彩的作品，也為城市累積出更為深厚的文學群像。從地景、建築到歷史記憶，市鎮繁華的喧囂日常，沿海風和日麗的自然生態，這些城市的肌理也忠實地體現在作家的書寫之間。

　　今年選出的五部作品，分別為：李步雲著，由王雅儀所編的《李步雲漢詩選集》，內容以臺南麻豆出生，本名李漢

4

忠，詩人李步雲的漢詩作品爲研究對象，大量收集完整的史料記錄，更將詩人的創作生平仔細彙整；粟耘著，由謝顗編選的《停雲——粟耘散文選》，集結粟耘過去數十篇的作品，如雲彩輕盈的文字，搭配墨彩的插畫，使文中有畫，畫中有文的呈現更顯珍貴。

　　詩人王羅蜜多的《解剖一隻埃及斑蚊》，已是睽違八年的華語詩集出版，詩人將過去十年累積的閩華語詩中精選，重新解剖並同時審視自己，創作的初心與起念；以自己的家鄉臺南來敘事，作家方秋停在《木麻黃公路》中，將往昔所見之種種變遷，轉爲寫作的題材；從事美術教學的作家郭桂玲，將透過藝術之眼，寫下平凡之中不同的面相，《竊笑的憤怒鳥》也藉此傳達正向思考的生命態度。

　　以城市作爲發展故事的藍本，作家寫下歲月的腳步，用文字紀錄著生活的氣息，嵌入內在情感與價值的作品，往往使人留下深刻印象。城市因人而有了溫度，人因體驗而有了更多的想像。打開書寫，創造更大的敘事舞台，這座城市的自由與廣闊，能與日月爭光，與萬物爭鳴。

臺南市政府文化局 局長

主編序
文學行道樹風景

　　二〇二二年第十二輯《臺南作家作品集》要出版了，這不只是臺南市的年度要事，更是臺灣藝文、出版界的盛事，因爲臺南市政府累積十一集、七十餘本的成績，已經建立了優良的口碑。

　　今年徵選作品九件，通過審查予以出版者五件。其中兩件是評選委員推薦作品：《李步雲漢詩選集》、《停雲──粟耘散文集》，應徵作品入選三件，分別是：王羅蜜多的詩集《解剖一隻埃及斑蚊》、方秋停散文集《木麻黃公路》、郭桂玲短篇小說集《竊笑的憤怒鳥》。這些作家（含推薦）的共同特色，就是著作豐富，且都是各種文學獎項的常勝軍。

　　《李步雲漢詩選集》，由國立臺灣文學館研究員王雅儀主編，全書六章，除了從李步雲（本名李漢忠，1985～1995，麻豆人）約一千七百首古典詩作中精選五百六十首以饗讀者，還蒐集了照片、發表紀錄、日記、研究篇章等相關資料，甚至做了文學年表，是一本相當完備的研究資料集。

李步雲生前活躍於吟社，其詩亦多屬擊缽性質，個人感懷抒寫性情者雖少，但亦為嚴謹之作，頗有可觀。

《停雲——粟耘散文集》由粟耘的夫人——散文作家謝顗選編。粟耘（本名粟照雄，1945～2006）是臺北關渡人，中年後居住麻豆。早年即以「粟海」之名馳譽畫壇，書、畫、文，都著有成績，出版著作二十餘冊，曾獲金鼎獎和優良文藝作品獎等。他的文字簡淨而意境深遠，在日常生活中靜觀萬物事理而自得情趣與妙旨，物我渾融的情境讀之令人悠然神往。

《解剖一隻埃及斑蚊》，作者為府城資深畫家詩人王羅蜜多（本名王永成，1951～），選錄其二〇一二迄二〇二一年華語詩七十一首。詩人在二〇一五年後，轉向關注臺語文學，以臺語創作詩與小說，也頻頻獲獎，特別是兩種文類都曾獲臺灣文學獎，為臺語文學的豐富、發展，貢獻良多。他追求寫作的自由，自承：「在華語創作中紮根，在母語寫作中得到解放。」寫作的質與量，都是老而彌壯。

《木麻黃公路》，作者方秋停（1963～），除了臺灣各地方文學獎如探囊取物外，幾個重要文學獎：林榮三文學獎、吳濁流文學獎、梁實秋文學獎、時報文學獎等也都收在她的文學行囊中。本書收其近十年散文三十四篇，她的作品與她生活的時空、經歷的人事結合很深，「為愛與感動不停

書寫」、「寫出值得記憶的愛和感動」是她的創作追求,也是賦予自己的創作使命。

《竊笑的憤怒鳥》,作者郭桂玲,是臺南知名的美術教育工作者、插畫家、繪本作家。跨界寫作,也繳出亮麗的成績單。本書是她的十篇短篇小說創作集,寫作動機來自生活或聽聞的觸發,題材則多與藝術創作和教學相關。作者的創作理想是「透過藝術的追尋或學習」提升生命的境界。對於文學創作,她致力「傳達正向思考的生命態度,兼寫臺灣城市之美與特色」。

臺南作家作品集從種下第一棵樹到今天,已經蔚然形成文學城市的行道樹風景,迎風展姿。站在今年種下的這五棵樹下,左顧右盼,願這排行道樹能蜿蜒到遼夐的遠方。

國立高雄師範大學國文學系退休教授　李若鶯

凡例

一、本書共有一冊，選錄臺南詩人李步雲（1895-1995）之漢詩及
　　相關史料。

二、本書內容共分六個單元，分別爲：手稿及相關史料、照片、
　　漢詩、報紙和日記資料、文學年表、相關資料。各類資料皆盡
　　量依時間先後呈現，以其勾勒李步雲的文學活動概況。

- 第一單元「手稿及相關史料」，輯錄李步雲手稿及圖
　書期刊所載李步雲個人介紹、詩社資料等，另有李步
　雲相關之文物，如剪貼簿、詩帖、圖書等，由孫李筱
　峰教授捐贈予國立臺灣文學館。

- 第二單元「照片」，有李步雲個人、家庭和詩會活
　動的照片。

- 第三單元「漢詩」，詩作選錄自日治時期和戰後各報紙
　期刊、詩歌總集等所載之李步雲作品，並選錄廖印束、
　吳子宏、周石輝、張篁川、黃珠園等親友唱和、送別、
　酬贈等作品。李步雲詩作依照內容分爲個人感懷、詩
　友唱和、慶賀交游、臺南地景、臺灣地景，以及詠古、
　懷古、物候、節日等其他，共六類；前三類多是個人
　情懷歌詠，後三類多爲李步雲參與各種詩會的擊缽、
　課題之作。

- 第四單元「報紙、日記資料」，爲 1920 年代至 1990
　年代，報紙、日記內有關於李步雲的訊息節錄。報紙
　資料爲《臺灣日日新報》、《三六九小報》、《詩報》、
　《公論報》、《臺灣民聲日報》、《聯合報》、《民
　生報》，日記資料節錄自中央研究院臺灣史研究所「臺
　灣日記知識庫」之《吳新榮日記》。

- 第五單元「文學年表」，主要整理李步雲文學活動，內容以參與詩社和詩會活動為主，至於李步雲擔任詞宗的紀錄和發表之詩作，另於第六單元列表呈現。年表並設「大事記」欄，記錄相關文學社團與人物的訊息。
- 第六單元「相關資料」，彙整李步雲曾擔任詞宗的場次，及書寫與研究李步雲的相關文章、論文、圖書，作為李步雲研究的資料彙編參考。

三、李步雲詩作散佚於日治時期與戰後之總集、別集、報紙、期刊，自 1925 年至 1994 年間，數量約有 974 題 1635 首，本選集收錄 360 題 560 首，包含個人感懷 12 題 19 首，詩友唱和 61 題 87 首，詩社祝賀交游 27 題 28 首，臺南地景相關 106 題 218 首，臺灣地景相關 65 題 83 首，詠物、懷古、物候、節日及其他 89 題 125 首，他人寫及李步雲的詩作 23 題 36 首。

四、本選集採新式標點符號，為避免視覺繁複，題目皆不加標點。詩作若重複刊登於其他報刊，原則上均完整記錄出處來源，以為作品發表處之參考；詩作如有異文，則不加註。

五、本選集有兩種註釋方式，詩作部分的作者註解，以標楷體加括號的方式呈現於正文。編者的編校語或出處說明，則以當頁註的方式，置於每頁之末。

六、本選集所錄詩文史料，若有年號、干支者，於其後加括號標示西元紀年。

七、本選集凡缺漏、漫漶不可辨識者，均以□標示。

臺南詩人李步雲的文學世界

　　李步雲（1895-1995），本名李漢忠，字步雲，號快園。出生於麻豆，早年因家貧之故，在公學校就學二年後即輟學，此後曾進入私塾學習，跟隨黃珠園和林芹香學習漢文。在事業上，二十歲不到就經商謀生，經營碾米、製粉業，戰後擔任麻佳水廠廠長。李步雲常因商務往來南北各地，也因此認識各地詩友，工作之餘又積極參與各種詩會活動，造就他近一千七百首詩作的產生。李步雲早年經商，奔走營生，1920 年代以後，開始活躍於詩壇，目前可見最早的作品發表於 1923 年《臺南新報》，參加的詩社可見紀錄的有：麻豆綠社、臺南桐城吟會、南瀛詩社、延平詩社。

作品概況

　　李步雲發表詩作所用的名字，以李步雲、步雲為多，另有快園、快園主人、麻豆李快園，署名以步雲或快園兩

者爲主，不似日治時期大多數詩人一般，以各種五花八門的筆名發表。[1] 平生著作以詩爲多，文較少，目前可見之文章，皆是戰後所寫，有 1956 年〈麻豆綠社沿革〉（發表於《南瀛文獻》），1977 年〈新榮先生與南瀛詩社〉（收錄於《震瀛追思錄》），還有爲詩友個人別集所寫的書序，如《李可讀先生七一誕辰暨伉儷金婚雙慶》等，及 1960 年 4 月 24 日吳萱草公祭時代表南瀛詩社所寫的弔文。

詩作數量

以 2020 年國立臺灣文學館之「全臺詩蒐集整理編纂計畫」期中成果所整理的李步雲詩作來看，收錄李步雲自 1925 年至 1994 年之間發表的作品，包括李步雲手稿《快園詩錄》一冊與各種詩歌總集和別集內的詩作，以及日治時期與戰後各報紙期刊所載作品；總集與別集有《鳴鼓集三集》（1929）、《臺灣詩醇》（1935）、《東寧擊鉢吟前集》（1934）、《東寧擊鉢吟後集》（1936）、《現代傑作愛國詩選集》（1939）、《瀛海詩集》（1940）、《臺灣詩選》（1953）、《琅環詩集》（1956）、《臺灣擊

---

[1] 日治時期詩人發表詩作時，常同時使用多個不同的筆名，例如南社詩人洪鐵濤（1892-1947），本名坤益，字鐵濤，曾使用過的署名即有：舫笛、黑潮、懺紅生、玲笛、君憶、洪荒、洪武、濤、懺紅、刀、刀水、剃刀先生、鉛、鉛刀、鉛淚、霜、霜華、霜猿、駑囚、花禪、花禪盦、野狐禪室主、缺陷天尊、陶醉、夕陽紅半樓主人等。

缽詩選》第一集（1963）、《中華詩典》前編（1965）、《現代詩選》第一集（1967）、《傳統詩集》第一集（1979）、《新生詩苑》（1984）、《鯤瀛詩文集》（1994）等，報紙期刊有《臺灣日日新報》、《臺南新報》、《臺灣日報》、《臺灣新聞》、《新高新報》、《三六九小報》、《詩報》、《風月報》、《南方》、《興南新聞》、《鯤聲報》、《臺灣詩壇》、《瀛海吟草》、《詩文之友》、《中華詩苑》、《中華藝苑》、《鯤南詩苑》等。

詩作總計約有 974 題 1,635 首，其中絕句 692 首，律詩 943 首，更細緻一點地說，五絕 23 首，七絕 669 首，五律 170 首，七律 773 首。體裁除了絕句與律詩之外，沒有排律，也沒有古詩，皆是近體詩。詩作九成以上屬擊缽性質，是李步雲參加各種擊缽詩會、徵詩活動的紀錄。

本書選錄了其中 360 題 560 首詩，所收約僅佔李步雲詩作的 34％。其作品數量律詩多於絕句，七言多於五言，也是臺灣詩人創作的常態，大抵原因有三，詩是精鍊的語言，以之作為言志抒情的載體，當然是字數多者更有利於表情達意，是以字數少者更難於字數多者，這可能也是詩人多作律詩與七言的原因之一。其次，臺灣詩壇多擊缽之作，擊缽注重格律音韻的要求，體裁如為律體，則更容易品評其中的缺失精細，這可能也是律體多出現在擊

缽場中的原因。此外，南社詩人胡南溟（1869-1933）在
〈大冶一爐〉詩話也曾有「臺灣人喜學近體律詩」之說，
用以驗證道咸同治時期的詩人：李望洋（1829-1901）、
林豪（1831-1918）、陳肇興（1831-1866？）、鄭如蘭
（1835-1911）四人的作品，確實有律詩多於絕句的情形。
其中林豪的詩作，以《全臺詩》第九冊所收來看，約 302
首詩作中，就有 212 首律詩，律詩比例高達 70％，律詩
多於絕句可能是臺灣詩壇在個人創作的選體和擊缽場上的
設題中普遍的情形，而李步雲的作品也符合這樣的狀況。

　　部分詩人或讀者，可能覺得擊缽詩過多，有害詩歌
言志抒情的特質，導致作品過於僵化，難以表現作者自我
的情感。然而也有詩人或讀者，認為擊缽詩限題限韻也限
時，又同時與許多作品競爭，且經詞宗揀擇評定名次，因
此上榜者皆是嚴謹之作，實具可讀可賞之處。

詩作類別

　　本書把李步雲詩作分成六大類，分別為：個人感懷、
詩友唱和、慶賀交游、臺南地景相關、臺灣地景相關、詠
物、懷古、物候、節日及其他，所選的作品中，以書寫臺
南地景和詠物懷古類的作品數量最多，這樣的狀況，其實
也跟李步雲詩作類別的情況相符合。

李步雲非擊缽的個人感懷作品數量較少，例如〈病中有作〉（1930）、〈感懷〉（1931）、〈新居感懷〉（1955）等，是他作品中少數寫及自己家庭或事業或居所的作品。他與家人詩友的唱和作品也不算多數，與親族的唱和有和妻舅林秋梧的〈敬步秋梧君感吟瑤韻〉（1925），此外大多是詩友之間的酬唱賡和，例如南部詩社的詩友，有林芹香、廖印束、吳萱草、陳紉香、倪登玉、王鵬程、林草香、黃珠園、王隆遜、高文淵，中北部的詩友周石輝、張達修、王養源、黃傳心、賈景德等。由於李步雲曾擔任詩社的總幹事、社長等職，又常協助詩社課題的品評，因此在詩社活動往來很活躍，有不少祝賀詩社創立、詩會舉行的作品，例如有酉山吟社、登雲吟社、將軍吟社、佳里詩社、鯤瀛詩社、南瀛詩社等舊臺南縣所屬的社團，及臺南市延平詩社、高雄旗峰吟社、臺東寶桑吟社等。

李步雲詩作數量最多的就是描寫臺灣地景的作品，尤其以寫臺南地區為最多，有臺南八景、桂子山、燕潭、開元寺、法華寺、竹溪寺、五妃廟、武廟、赤崁樓、安平古堡、億載金城、臺南銀座、安平、關廟、麻豆、歸仁、關子嶺、珊瑚潭、南鯤身廟、麻豆代天府等，並有阿里山、祝山、玉山、陽明山、北投溫泉、西子灣、鹿港、八卦山、鐵砧山、知本溫泉、太魯閣等臺灣各處勝景。此外，還有

古典詩寫作題材中常見的詠物、懷古之作，例如李步雲三十歲成名作〈紅梅〉「吹上江南第一枝」，還有虱目魚、懶貓、海燕、線蘭、西施菊、春草、夏雲、秋聲等動植物與四時節候的歌詠，也有現代化新事物的題詠，如紫光線、升降機、電影、太空船、電視、電話機等，內容豐富。

詩作風格特色

李步雲注重格律，吳新榮曾說：「先生雖被稱本縣詩界的老先輩，但其老未免老得過分，連一字的錯音就說不為詩」，吳新榮所言「一字的錯音」，可能是平仄格律有誤，或是韻字錯誤等情況，可據以推測李步雲作詩是十分嚴謹且注意格律的。單以七律來看，李步雲的平仄、黏對都符合，也未出現孤平，幾乎沒有拗，七律都是合律的。如果再更進一步，從「四聲遞用」這種格律詩寫作精細的技巧來看，李步雲押平韻的律詩也多在第三、五、七句的最末字輪用上、去、入三聲，使聲音錯綜不單調，產生變化之美。[2]

---

[2] 〈安平晚渡〉：「買棹人過古渡濱，砲臺日暮水粼粼。婆娑海關樓船壯，桔桎城蕪雉堞堙。拍岸鯨濤翻鷁首，隔江漁火認鯤身。臨流慎勿歌桃葉，艷蹟秦淮半劫塵。」此詩第三、五、七句的末字分別為去聲、上聲、入聲，加上首句末字平聲，一首詩當中單數句分別使用平上去入四聲，這是七律聲調上細緻考究的表現。

另外，在律詩的對仗上，也多見工對，據現任延平詩社社長陳進雄先生說，李步雲的詩作非常重視對仗，在南部詩人當中，除了李步雲之外，以白劍瀾最為精緻考究。李步雲律詩的對仗極其工整，例如「炎增鎮北潭歸燕，暑迫寧南海跋鯨」，這是描寫臺南夏日武廟的七律，此聯用方位對和動物對，加上鎮北和寧南，也把臺南鎮定安寧四坊中的南北二坊寫入了。又如「八卦山留雲萬疊，七星旗捲壑千層」，這是寫秋日登彰化八卦山，此聯就有數字對和地名對，這是把地名和人名的對仗放在句首，這是相對容易的作法，另有多首將人名放在句尾的，更顯工巧，例如「豐亭坐飲懷王粲，寶利開吟繼杜陵」、「鶴隨林處士，鯨附鄭延平」、「文追施士洁，武紀鄭虯髯」，在人名的部分平仄完全對襯，足見李步雲在對仗的用心，然而律詩的對仗，不僅僅是在求工整而已，是想要透過工整的形式，來造就上下句之間巨大的張力，凸顯詩歌的內涵，李步雲詩作的特色也就在這樣的考究格律中展現。

　　洪寶昆在《現代詩選》第一集評云：「其詩壯麗堂皇，本省詩人中之翹楚。」據施懿琳教授在「全臺詩蒐集整理編纂計畫」成果報告書所言：「李步雲喜讀杜甫與李商隱詩，杜詩格律精嚴、對仗工整，經常反映社會現實，表現家國之思，乃李氏景仰對象；至於李商隱詩，情感深摯、婉轉精微，其香豔風格最能符合詩人興味。李漢忠生

平漢詩多達上千首，七十年間縱橫詩壇，吟詠競技，屢次掄元奪魁。雖多為擊缽課題，卻能透過限題、限韻之作，凸顯南臺灣的歷史記憶與地理特色。」足見李步雲詩作的風格與特色。

擔任詞宗

　　李步雲生平擔任詞宗、參與詩會品評的次數，單從日治時期《詩報》和戰後《詩文之友》這兩份期刊來統計，就已經超過三百次，從第六單元「李步雲作品發表、擔任詞宗紀錄」以及第三單元「報紙、日記資料」，可以發現李步雲熱衷參與詩會活動，從 1920 年代開始就頻繁的參加各地詩會與徵詩等活動。所參與的詩社遍及南北及臺東，除了李步雲常參加的位於臺南地區的綠社、南瀛詩社、鯤瀛詩社、琅環詩社、學甲吟社、延平詩社之外，還有中部的螺溪吟社、香草吟社、半閒吟社、芸香吟社、鄉勵吟社、淬礪吟社、栗社、中州吟社、南陔吟社，北部的瀛社、天籟吟社、崁津吟社、北鷗吟社，東部的寶桑吟社、仰山吟社、登瀛吟社，南部嘉義高屏地區的鼓山吟社、樸雅吟社、麗澤吟社、鳳崗吟社、壽峰詩社等社團。加上各地的詩會，例如鯤南七縣市聯吟會、曾北聯吟會、高雄市聯吟會、彰化聯吟會、高屏聯吟會、鹿港聯吟會等詩會活動，地域範圍之廣，遍及全臺灣，次數頻率之繁，幾乎每

月都有詩社詩會活動，其投入古典詩創作的熱忱，可從中窺見得知。

　　「快園」是李步雲的別號，是他發表詩作的筆名，也是他為自己詩集所定的名稱。目前所見，日治報刊內首次出現「快園」之名，是在1928年《臺灣日日新報》。後來，「快園」這個詞，它不再屬於李步雲個人所有，它成為詩友們聚會場的場所，也是兒孫成長居住的美好家園。是詩友們筆下所寫「橘柚青蔥香可掬」、「常邀墨客臨」的快園，是孫子李筱峰教授口中所說，有一張躺著可看到滿天星斗的躺椅的快園，快園的美好與詩意，留存在作家的作品中，也留存在家屬的回憶裡。

　　李筱峰教授口中所描述的祖父形象，是一個悠閒的老人家，注重生活情趣，會在庭院內種植花草果樹，愛聽南管、京劇，生活充滿幽默，會把腳縮在棉被裡並開玩笑說自己有一隻腳還沒出院，或者不直說要去睡覺，幽默地說要去找「被仔」[33]，是一個對於古典詩格律體例要求嚴謹但充滿幽默創造力的詩人。

3　施懿琳主編，〈李步雲家屬訪談記錄〉，《詩人的日常：臺灣古典詩人相關口述史》（臺南：國立臺灣文學館，2021.12），頁167。

目次

壹、手稿及相關史料

快園詩鑗

李步雲

古梅

獨占春魁壓眾芳　千秋歷刼耐冰霜
風飄玉蕊撲疏影　露滴瓊枝候古香
東閣詩成才子句　羅浮夢斷美人腸
逢菴索笑今何處　惟有幽姿對夕陽

岩城春日懷古

入眼韶光好　　春風滿岩城
江山留霸氣　　花草詞詞悄
鹿耳潮聲急　　鯤身夕照明
金甌無限感　　低首憶延平

吊五妃

踏破吟鞋感慨頻　　萋萋芳草恨無涯
斗山有幸埋香骨　　荒塚何心羞主人
殉圍殉夫天地教　　全貞全節竚主媛
赤岩城外西風冷　　逢早人未盃恰神

秋日感懷

放眼江天一色秋　　西風蕭颯動人悲
暫驚落葉橫園勇　　不解啼痕到畫樓
千里覊懷悲遠客　　六朝霜雪義封侯
愧余未遂青雲志　　每向斜陽噴白頭

秋夜旅懷
誰家燈火夜遲生　半砭滴沉未欲明
入耳鳴蛩聲斷續　馮淇宴柝韻凄消
鵑魂夢斷人千里　鼓角催殘月四更
惆悵枕邊歸夢不得　獨逢田檻想多情

大崗山晚眺
策杖尋興興未除　湏將極目望天涯
眼前猿鳥三千里　氣壓前村四五家
鹿可门前流水急　半屏山上夕陽斜
鐘聲撼斷黃昏目　別有消魂一抹霞

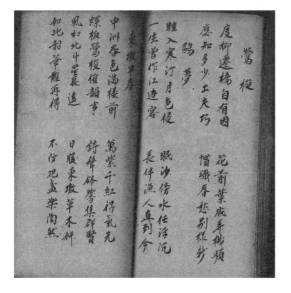

鴬梭
庭柳遶橋自有因　花前葉底弄梭頻
應知多少工夫巧　懶織春愁別緒多

鷗夢
一生曾作江邊客　眠沙傍水任浮沉
睡入寒汀月色侵　長伴漁人直到今

東墩早春
中洲春色滿樓前　萬紫千紅得氣先
蝶板鶯梭催韻事　詩聲體脗集群賢
風和北斗農造　日暖東墩木本新
如此韶華難再得　不妨把盞樂陶然

1　《快園詩錄》封面「快」原題「南」，
　　國立臺灣文學館典藏。
2　《快園詩錄》〈古梅〉、〈嵌城春日
　　懷古〉，國立臺灣文學館典藏。
3　《快園詩錄》〈吊五妃〉、〈秋日感
　　懷〉，國立臺灣文學館典藏。
4　《快園詩錄》〈秋夜旅懷〉、
　　〈大崗山晚眺〉，國立臺灣文
　　學館典藏。
5　《快園詩錄》〈鶯梭〉、〈鷗夢〉、
　　〈東墩早春〉，國立臺灣文學
　　館典藏。

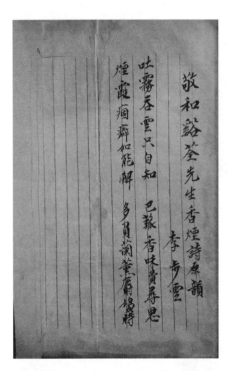

敬和谿荃先生香煙詩原韻
李步雲

吐霧吞雲只自知　巴菰香味貴尋思
煙霞痼癖如能解　多負蘭薰蕙麝將

桃園即事
　右詞宗桑文攥先生
　　　盧纘祥

遨遊偶爾趁初晴　知己重逢倍有情
勝會何時能再得　縱談盡日快平生
檜溪水漲遶邊秀　蘆竹風來斷續鳴
最愛武陵春景好　携筇到此聽新鶯
　右一左三　葉文樞

少少惆悵似行行　無譜瑤公此盛情
夢想青容經幾載　因緣筆墨結三生
酉原瓷證能求學　殷浩澄知是嗅名
怕似漁郎重到誤　歸還着眼倍分明
　右路問津　張遜西

峴江觀海
　左吳子宏
　右王大俊先生選

獨立臥山塏界空　滄溟俯瞰萬潮雄
南瞻龍耳浮門外　西盼澎湖接眼中
關心欲覓桑梓處　不意偏留植杖家
迷渡迷邦知他是　遊人遊世恕無容
回頭一看東流水　天下沿沿只自嗟
　右二左一　王大俊

臺灣
　詞宗　洪鐵濤選
　新竹　蕭若川

滄溟龍渡啓鴻濛　百萬人煙說鹿津
圓發四時花木茂　田收兩季稻梁豐
野分星斗傳牛女　港築蓬萊兮重烏公
江山依舊蔚圖圖　僊釜
　右一左二　僧懿心

草山
草山勝地似丹邱　竹杖芒鞋恣縱遊
樓閣參差橫遠岫　嵐光隱約入高樓
櫻花燦爛丹楓紫　瘴水濛濛浴石流
安得此間作隱養　茅庵小住遯清秋
　左一右六　盧史雲

國遊會
　右詞宗柯子村先生

店開模擬傍庭垣　文集騷人喃一番
簾杖行燈護綠窗　飄飄飲憾杏花村
調水手做生涯冷　釜鉢聲聲笑語溫
赴會諸君如首肯　屈將十日效平原
　右一左十二　張鶴年

鳥語花間酒滿觴　優遊北處擬平原
池開拓新居籃遙　裙襯重春幕爪
李白會開挑李好　陶潛備喜菊松存
何須結管依金谷　醉後詩成且未休
　右一左十六　盧史雲

海水浴

碧連天際照盈盈　萬頃平疇浪不生
地勝渾忘炎夏酷　波深頓使俗塵輕
潔身欣有澄泉水　避世蓋誠認伽藍
游泳江濱詩骨爽　臨風雅愛一溪清
　右一右五　洛江　珮珠女士

松水

綵線濃滿笑態濃　萬頃平疇浪接馬公
片片孤帆天際外　悠悠誠水海門東
王爺港細倩波靜　犬山澄波無紅
寄語營磯霧客　滄桑畫海感無邊
　右一右正　吳眄正

春山

樹影重新屏隔礙　梗惹常携小佩嵐
遊世蓋誠認伽藍名
　洛江　珮珠女士

綠樹紅杏斜陽外　一檻瀟揚賣酒鑪

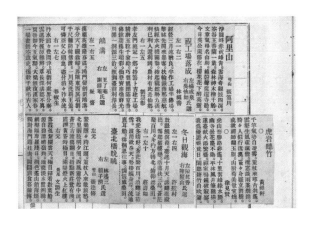

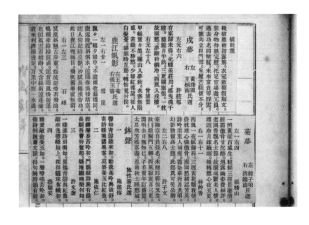

1　李步雲和黃溪泉先生香煙詩
　（黃隆正提供）

1　李步雲和黃溪泉先生香煙詩
　（黃隆正提供）
2　李步雲剪貼簿，國立臺灣文學館
　典藏。剪貼簿一本無封面，李步
　雲將詩作分爲地理、天文、歲時、
　花木、人神、物品、人事、聲色
　影夢等類別。
3　剪貼簿左側記錄地理，國立臺灣
　文學館典藏。
4　剪貼簿左側記錄聲色影夢，國立
　臺灣文學館典藏。

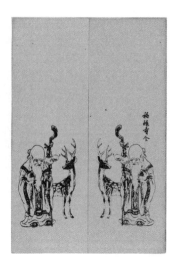

李步雲先生詩選

壽

欣逢九秋 恭選其十首 聊供親友吟詠共賞 並紀念 李步雲謹誌

殘夏

冬夜敲詩

鄭王梅

台灣懷古

楊妃菊

銀座步月

含羞淚

落帽風

紅梅

硯軒聽雨

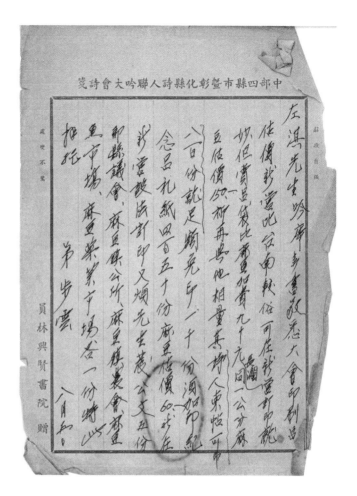

1　米壽書懷唱和詩集，國立臺灣文學館典藏。
　　李步雲八十八歲大壽所刊印的詩集。
2　李步雲九秩華誕詩柬，國立臺灣文學館典藏。
　　李筱峰選錄祖父李步雲的詩作製成詩柬
3　李步雲詩柬（國立臺灣文學館典藏）
4　李步雲致呂左淇信函（1972.08.05），國立
　　臺灣文學館典藏。

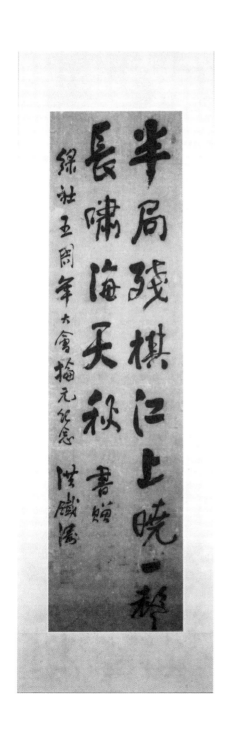

1 李步雲為巷口慶安宮撰的對聯
  （李步雲拜撰；陳心泉敬書；
  陳曉怡拍攝）
  慶祝廟翻新駕風火靈昭日月
  安民神罔替執金鎗法濟雲霄
2 李步雲為巷口慶安宮撰的對聯
  （李步雲拜撰；陳心泉敬書；
  陳曉怡拍攝）
  巷古建神宮元帥威靈興梓里
  口繁留聖蹟中壇德澤被黎民
3 李步雲收藏洪鐵濤書贈綠社書
  法，國立臺灣文學館典藏。

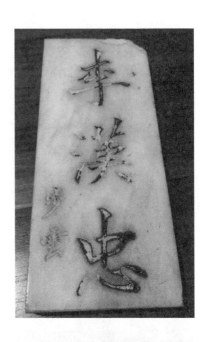

◎綠　社

曾文郡麻豆街

社　長　高澄秋　黃珠圍

理　事　李步雲　邱潛川

會　計　陳麗山

社　員　葉雲梯　林絞珊

　　　　劉聯璧　呂左淇

　　　　陳叔香　吳叔萱

○萃英吟社詩壇

紅梅　一名　步雲

夢入雞浮欲醉時、酒闌暈

頰飲氷姿、春衫血淚隨風

落。吹上江南第一枝。

1　李漢忠（步雲）門牌
　　（鄧秋彥提供）
2　李步雲快園門牌
　　（施懿琳拍攝）
3　李步雲紅梅詩，《臺南新報》
　　（1925.04.01）
4　李步雲爲麻豆綠社理事，《詩報》
　　82號（1934.06.01）

33

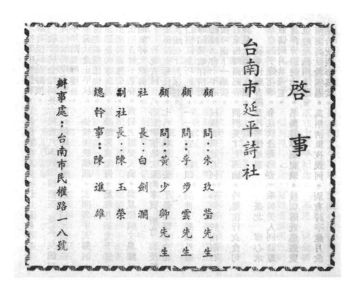

1　李步雲爲桐城吟會社員，《詩報》300
　號（1943.07.27）

2　李步雲任南瀛詩社副社長，《詩文之
　友》31 卷 3 期（1960.01.01）

3　李步雲任延平詩社顧問，《詩文之友》
　35 卷 1 期（1971.11.01）

4　李步雲任延平詩社顧問，《詩文之友》
　35 卷 3 期（1972.01.01）

36

李步雲

名漢忠號快園台南麻豆人絲社社員曾任麻豆鎮自來水廠主任四年現營商

李　步　雲

臺南市
臺町壹丁目

（略歷）

李漢忠字步雲、麻豆絲社員、氏自年十六、奔發商場獨力經營。名曰「進利」、爲製粉界之先驅、後經變轉。就裕發公司之聘、經理一切、現年四十四。

1　李步雲任延平詩社顧問，《詩文之友》39 卷 3 期（1974.01.01）

2　李步雲任南瀛詩社社長，《詩文之友》39 卷 3 期（1974.01.01）

3　《現代詩選》第一集所載李步雲略歷（1967）

4　《瀛海詩集》所載李步雲略歷（1940）

5　《臺灣詩選》所載李步雲略歷（1953）

貳、照片

一、個人與家庭照片

1 李步雲於快園客廳
   （李筱峰提供）
2 李步雲於快園客廳
   （李筱峰提供）
3 李步雲於快園（李筱峰提供）
4 李步雲、林秋鴣在快園
   （李筱峰提供）

1 李步雲與孫子孫女在快園
   （李筱峰提供）
2 李步雲與家人在快園
   （李筱峰提供）

二、詩社活動照片

1	3
2	4

1　李步雲與詩友合照於劍潭寺，約 1920 年代（李筱峰提供）
　　後排左起高懷清、廖印束、李步雲、葉占梅，前排左起陳
　　文石、吳子宏
2　1930 年酉山吟社十週年紀念會（黃隆正提供）
　　一排左六趙雲石、右一羅秀惠、右二陳筱竹
　　二排左四黃溪泉、左五王鵬程、左六黃欣
　　三排右四李步雲
3　1932 年李步雲與詩友合照於西子灣（李筱峰提供）
　　左二李步雲、右一洪鐵濤、右三趙雲石
4　1935 年登雲吟社創立一週年紀念（李筱峰提供）
　　一排左二呂左淇、左六李步雲

民國三十八年　重陽佳節攝影紀念

嶺南國學研究會聯吟大會・場

桐侶吟社光復第一屆雅集紀念　三八・三四張子鴻

46

1　1949 年重陽 鯤南國學研究會聯吟大會（李筱峰提供）
　　一排右七李步雲、右八趙雅福
2　1949 年 4 月 桐侶吟社雅集（李筱峰提供）
　　一排右起高懷清、王鵬程、吳子宏，左三沈毓祥
　　二排右一趙雅祐、右三葉占梅，左二許丙丁
　　三排右三顏興
3　1954 年花朝 留青吟社創立三十週年紀念 [1]（李筱峰提供）
　　一排右二趙雅福、左三吳萱草、左四吳子宏，右三王席珍
　　二排右四黃起濤、右五李步雲
　　三排左一白劍瀾、右一蘇子傑、右三呂左淇、左五黃少卿
　　最後一排黃少卿右側是楊乃胡

1	3
2	

[1]　南社吳子宏有詩〈甲午（1954）花朝留青吟社卅週年紀念賦祝〉：「壽花詞更壽炎黃，留此丹心配楚狂。卅載詩歌追李杜，千秋道義仰虞唐。重新甲午猶多事，此日中興繼少康。滅匪破俄知不遠，戰功文運永昭彰。」《臺灣詩壇》6 卷 5 期(1954.05)、《全臺詩》第 55 冊(2018)

公祭谿荃先生之南社友之合影
民國四十九年十一月廿七日於國園

嶺南七縣市辛亥春眷詩人聯吟大會紀念

1	3
2	

1　1960 年南社社友合影於黃溪泉
　　公祭（李筱峰提供）
　　一排左起高懷清、趙雅福、李
　　步雲、王鵬程
　　二排一趙雅祐、左四林草香
2　1971 年元旦鯤南七縣市春季詩
　　人聯吟會（李筱峰提供）
　　六排左一李步雲、右三楊乃胡
3　李步雲擔任鯤南七縣市春季聯
　　吟大會主持人，推測為 1976
　　年（李筱峰提供）

1	3
2	

1 八八歲米壽慶祝詩會
　（李筱峰提供）
2 八八歲米壽慶祝詩會
　（李筱峰提供）
　右三起陳皆興、李步雲、林秋鵑
　八八歲米壽慶祝詩會
　（李筱峰提供）
　左起林秋鵑、李步雲、陳進雄

參、漢詩

一、個人感懷

病中有作 [5]

心如止水鬢如絲，瘦骨支離祇自知。
忍痛為防兒女覺，安貧合與妾妻期。
忙中畢竟光陰速，病裡偏驚歲月遲。
蛙鼓聲聲頻入耳，劇憐一聽並淒其。

病竟何名認未真，一回思想一艱辛。
藥爐茶鼎成知己，冰枕詩囊作近鄰。
滿榻啼痕難入夢，三更燈影總傷神。
清風明月無聊賴，幾卷殘書可耐貧。

感懷 [6]

百戰商場剩一身，區區半世作勞人。
日無飲酒皆因醉，久不談詩只為貧。
太息英雄閒歲月，劇憐窮士困風塵。
而今讀罷離騷賦，回想當年益愴神。

過某校書墓有感 [7]

荒涼古塚氣燐燐，苦雨酸風慘不春。
未竭蓋棺襟上淚，難招團鏡舊時神。
香沉翠袖成黃土，腸斷紅顏墜劫塵。
畢竟情多天亦妒，未容長伴有心人。

席上有贈 [8]

淡濃脂粉冠南朝，絕好身材比楚腰。
我也風流狂杜牧，回頭一顧一魂消。

無題二律 [9]

讀罷離騷百感傷，最難排遣是端陽。
檢書自覺文無價，攬鏡方知鬢有霜。
苦雨淒風遊子恨，閒花野草美人腸。
北窗盡日欹高枕，消受南來一味涼。

抱樹哀蟬不忍聽，年來無限感飄零。
愁生別館人難寐，夢入紅樓酒易醒。
十載風塵南北路，一肩琴劍短長亭。
碧紗窗外瀟瀟雨，頓作相思淚點屏。

---

[5] 刊於《臺南新報》，「詩壇」欄，1930 年 6 月 29 日，第 6 版。
[6] 刊於《詩報》第 21 號，「詞林」欄，1931 年 10 月 1 日。
[7] 刊於《三六九小報》第 222 號，「詩壇」欄，1932 年 10 月 3 日，第 2、3 版中縫。
[8] 刊於《臺灣新民報》，「心聲」欄，1940 年 5 月 26 日，第 8 版。
[9] 刊於《詩報》第 301 號，1943 年 8 月 18 日。

時世吟[10]

遍地哀鴻不忍看，身多雜累懶登壇。
當知有勢為官易，豈獨無才問職難。
日睹物資騰百倍，時挑野菜繼三餐。
即今盜賊跳樑甚，家犬防門莫放寬。

新居感懷四首[11]

蝸廬初建竹初修，疊石栽花任自由。
屋矮未堪鶯燕賀，庭寬只為子孫謀。
凌空老幹青長在，擁戶高枝翠欲流。
一盞濁醪吾意足，休嫌僻壤與遐陬。

卜居莫厭近芳郊，客到煎茶當酒肴。
避世惟知勤種菜，成名未必在分茅。
一椽草屋身能隱，幾卷叢書手自抄。
竹未成林蕉欲展，簷前燕子戀新巢。

未擇幽居已擇鄰，數間茅舍喜營新。
家無田業難成富，架有詩書不厭貧。
浪說頭銜空笏冕，長嗟身世逐煙塵。
人生能得求無過，合拓庭園養性真。

開窗曉起望晴嵐，四面風光引領探。
莫笑鷦鷯枝借一，願隨狡兔窟營三。

香飄曲檻花清秀，色映空階草蔚藍。
自信虧心吾未敢，問天無愧亦無慚。

快園話舊[12]

快園共敘可憐宵，彷彿巴山燭影搖。
半畝琅玕籠北牖，一簾風月話南朝。
蕭齋促膝詩情逸，別館談心酒興饒。
語到神州淪赤禍，相呼投筆效班超。

風雨聯床酒未消，巴山韻事繼迢迢。
挑燈觸我吟孤館，剪燭憑誰話六朝。
天地有情工點綴，乾坤無恙任逍遙。
快園一角空階靜，不盡談心破寂寥。

快園探梅[13]

樹乍胚胎雪乍侵，快園橐筆日相尋。
花連柚圃枝南北，春透蕉籬徑淺深。
灞岸騎驢甘讓孟，孤山引鶴肯追林。
若教移植王祠去，定有幽香弔鄭森。

---

[10] 刊於《心聲》第 4 號，「詞林」欄，1946 年 10 月 31 日。
[11] 前二首刊於《中華詩苑》第 5 號，1955 年 6 月，後二首刊於《中華詩苑》第 7 號，1955 年 8 月，全 4 首又載《詩文之友》4 卷 2 期，1955 年 9 月。
[12] 刊於《詩文之友》7 卷 6 期，曾北聯合擊缽吟會，1957 年 9 月。
[13] 刊於《詩文之友》32 卷 2 期，歡送李步雲先生擊缽會，1970 年 6 月。

花魁獨占歲時深，萼破庭園引客尋。
別館枝斜春醞釀，空階月冷夜蕭森。
香飄柚圃連柑圃，影混蕉陰復竹陰。
何若鄭王祠一樹，開臺三百見貞心。

快園話別 [14]

名園暫作短長亭，人敘離愁酒欲醒。
語到陽關三疊曲，庭花獻媚草含青。

秋日感懷 [15]

放眼江天一色秋，西風蕭颯動人愁。
暫驚落葉捐團扇，不解啼蟬到畫樓。
千里羈懷悲遠客，六朝舊夢羨封侯。
愧余未遂青雲志，每向斜陽嘆白頭。

秋夜旅懷 [16]

誰家燈火夜愁生，半欲消沉半欲明。
入耳鳴蟬聲斷續，隔溪寒杵韻淒清。
鵑魂夢斷人千里，鼓角摧殘月四更。
惆悵故鄉歸不得，獨憑曲檻想多情。

---

[14] 錄自李步雲《快園詩錄》。
[15] 錄自李步雲《快園詩錄》。
[16] 錄自李步雲《快園詩錄》。

二、詩友唱和

敬步秋梧君感吟瑤韻 [17]

茅廬才出漫云遲，恰是池塘夢草時。
竭力磨磚期作鏡，誠心立雪雅為師。
酒高晉代陶公量，學富離騷屈子詞。
雲外天香隨月落，情珠意錦故人詩

送林芹香先生遊大陸 [18]

長亭折柳淚頻傾，驛路迢迢不計程。
立馬漫生他國恨，持杯偏惜故人情。
且看臘鼓重催歲，無那春風欲送行。
此去莫嫌知己少，羨君到處有歡迎。

---

[17] 刊於《臺南新報》，「詩壇」欄，1925 年 11 月 13 日，第 5 版。原題〈敬步秋梧君瑤韻〉，茲擬作〈敬步秋梧君感吟瑤韻〉。
[18] 刊於《臺南新報》，「詩壇」欄，1926 年 2 月 21 日，第 10 版。

自遣寄廖印束先生 [19]

惆悵光陰轉眼過，清風囊底懶搜摩。
直將瘦骨翻驚浪，肯把雄心付逝波。
運到窮時愁更大，人當靜處恨偏多。
誰憐阮籍猖狂甚，日暮途窮哭當歌。

吹花弄粉益悲傷，覽鏡驚回兩鬢霜。
孤館燈殘人寂寞，小樓琴顫意淒涼。
穿珠有線長牽恨，碎璧無情也斷腸。
最是幽窗明月夜，不堪回首憶瀟湘。

和周石輝君見贈瑤韻 [20]

武陵風景勝南陽，欲訪吟朋到玉堂。
正是徐孺頻下榻，西風一夜送新涼。

迎步雲君聯吟 [21]

剪燭西窗夜未央（步雲），叨陪我亦喜聯床（子淘）。
談詩作賦情無限（倦鶴），秋雨秋風枕簟涼（石輝）。
因緣翰墨會嘉賓（子淘），美盡東南最可親（倦鶴）。
一榻橫陳同話雨（石輝），管他綠水漲江邊（步雲）。
今宵萍水喜相逢（倦鶴），斗室聯吟興倍濃（石輝）。
愧我無才偏作客（步雲），更闌臥聽雨淙淙（子淘）。
最喜吟朋聚一堂（石輝），頻敲佳句入詩囊（步雲）。
難同白雪賡高調（子淘），聊作雞談引興長（倦鶴）。

過某校書墓有感 [22]

荒涼古塚氣燐燐，苦雨酸風慘不春。
未竭蓋棺襟上淚，難招團鏡舊時神。
香沉翠袖成黃土，腸斷紅顏墜劫塵。
畢竟情多天亦妒，未容長伴有心人。

祝吳萱草先生令郎新榮學士與毛雪芬女士結婚 [23]

誓海盟山鐵石堅，同心相印更相憐。
漢皋解珮成奇遇，仙窟求漿證夙緣。
玉鏡臺前春似海，香羅帳裡夜如年。
今宵且喜團圓月，偏照人間並蒂蓮。

祝雪窗社弟新婚 [24]

賀客盈門喜氣揚，雙雙花燭耀高堂。
洞房春暖聯秦晉，錦帳風清有鳳凰。
舉世良緣欣淑女，天生佳偶擅才郎。
百年伉儷同今夕，好詠關雎第一章。

[19] 刊於《詩報》第 40 號，「詞林」欄，1932 年 8 月 1 日。
[20] 刊於《詩報》第 43 號，「海國清音」欄，1932 年 9 月 15 日。原題〈和韻〉，茲擬作〈和周石輝君見贈瑤韻〉。
[21] 刊於《詩報》第 43 號，1932 年 9 月 15 日。
[22] 刊於《三六九小報》第 222 號，「詩壇」欄，1932 年 10 月 3 日，第 2、3 版中縫。
[23] 刊於《詩報》第 50 號，1933 年 1 月 1 日。
[24] 刊於《詩報》第 52 號，1933 年 2 月 1 日。

祝陳紉香君新婚 [25]

樂奏華堂尚未休，雙雙花燭耀清秋。
良緣早注鴛鴦牒，佳偶纔成翡翠樓。
莫羨裴航誇得意，也隨張敞學風流。
試看紅葉題新詠，已逐寒泉出御溝。

敬步倪登玉詞兄歸臺北留別崁南瑤韻 [26]

唱罷驪歌恨轉長，歸家松徑未全荒。
攜持杯酒三更醉，檢點琴書一旦忙。
驛路分襟愁莫訴，騷壇鬥句事難忘。
願君此去重來日，漫把鍾情戀故鄉。

席上贈小世界阿梅女士 [27]

小家兒女大家風，體態輕盈別不同。
如此秋波纔一轉，不知醉倒幾英雄。

寄曾北諸吟友 [28]

忍聽濤翻鹿耳門，故鄉回首日黃昏。
繁華異地棲難慣，寂寞吟窗興尚存。
對酒懶徵金縷曲，挑燈喜讀玉梨痕。
西風蕭瑟嵌城路，不是愁人也斷魂。

送臥蕉君喬梓東遊席上作[29]

匆匆琴劍向神京，宛轉驪歌唱渭城。
山水文章推獨秀，海天風月證雙清。
心旌每繫離亭柳，眼界多收吉野櫻。
從此雄飛鯤島外，青雲萬里一鵬程。

祝林草香先生新婚[30]

同頌周南喜氣生，百年佳偶自天成。
秦樓有跡簫聲急，玉鏡無痕燭影清。
婚牘重翻逢韋固，瓊漿一飲見雲英。
從茲永結朱陳好，已了當時舊誓盟。

祝耀宗君新婚[31]

婚禮維新娶改良，華堂燭影襯燈光。
詩由御苑題紅葉，杵搗藍橋飲玉漿。
連理枝頭巢翡翠，合歡枕上宿鴛鴦。
今宵喜有關雎詠，不減周南第一章。

[25] 刊於《詩報》第 70 號，1933 年 11 月 15 日。
[26] 刊於《詩報》第 72 號，1933 年 12 月 15 日。
[27] 刊於《三六九小報》第 427 號，「詩壇」欄，南州聯吟會徵詩，1935 年 3 月 13 日，第 4 版，又載《臺灣日日新報》，南州聯吟徵詩，1935 年 3 月 28 日，第 8 版、《詩報》第 103 號，1935 年 4 月 15 日。
[28] 刊於《臺南新報》，「詩壇」欄，1936 年 8 月 27 日，第 8 版。
[29] 刊於《臺灣日報》，「漢詩選」欄，1937 年 8 月 18 日，夕刊第 4 版，又載《詩報》第 161 號，1937 年 9 月 22 日。
[30] 刊於《風月報》第 52 期，「詩壇」欄，1937 年 11 月 15 日。
[31] 刊於《臺灣日報》，「漢詩選」欄，1938 年 6 月 16 日，夕刊第 4 版。

次篁川兄席上原韻 [32]

舊雨重逢八月天，招仙閣上會詩仙。
更深未盡東南美，樽酒同敦翰墨緣。

次篁川兄原韻贈貞貞 [33]

青樓薄倖萬愁生，對此鉛華願守貞。
安得風流狂杜牧，憐卿憐我兩關情。

祝林草香君續絃 [34]

雙輝燭映雀屏開，得女堪誇詠絮才。
偶見采絲牽繡幕，重吹玉管渡鸞臺。
今宵復結同心帶，昔日曾銜合卺杯。
從此良緣欣再匹，願教夫婦永相陪。

次周鴻濤詞兄見贈韻 [35]

閒來盡日訪文旌，有酒何妨一醉傾。
果是岱江風物好，涼風六月勝清明。
來時何急去何遲，生計魚鹽盡水湄。
擬效平原留十日，與君剪燭共題詩。

謹和珠園先生閒居雜詠瑤韻 [36]

迅速光陰轉眼跎，奔騰鱗甲動鯨波。
交遊漫詡傾金盡，鑄錯驚聞聚鐵多。

倚閣彈琴誇絕調，臨江酬劍發悲歌。
不堪回憶前朝事，滿目哀鴻首自搔。

不關時世不關譽，隱逸憑誰慰素居。
百畝尚留諸葛菜，一船長載米家書。
更非名士成蓮社，豈獨才人愛草廬。
遍地烽煙隨處是，縱橫慎莫說三餘。

才高自古厭豐儲，一字端教辨魯魚。
嚼雪吞氈蘇武節，玄冰衰草李陵書。
請纓有客懷難就，投筆逢人說不如。
擬向權門問消息，雄心未肯學樵漁。

作賦焉甘冒聖賢，吟風弄月韻流傳。
騷壇抗手留新詠，別館傾杯話夙緣。
金盡自知來往少，詩多最愛氣聲聯。
紛紛鷗鷺愁飛散，聚會無期惹恨牽。

次步初先生韻并似芳菲蒲園二兄 [37]

久仰荊州面，會難別更難。喜耽金谷酒，恨寄灃沅蘭。
白髮愁時落，紅花醉後看。狂瀾嗟未挽，空博一儒冠。

[32] 刊於《詩報》第 211 號，「詩壇」欄，1939 年 11 月 2 日。
[33] 刊於《詩報》第 211 號，「詩壇」欄，1939 年 11 月 2 日。
[34] 刊於《詩報》第 216 號，1940 年 1 月 23 日。
[35] 刊於《南方》第 137 期，「南方詩壇」欄，1941 年 9 月 1 日。原題〈次韻〉，茲擬作〈次周鴻濤詞兄見贈韻〉。
[36] 刊於《詩報》第 258 號，「詩壇」欄，1941 年 10 月 20 日。
[37] 刊於《興南新聞》，「心聲」欄，1941 年 11 月 22 日，第 4 版。

參、漢詩　　65

敬和邱耀青先生原韻 [38]

盤桓鎮日話同鄉，座滿高朋酒滿觴。
人是風流才倚馬，陽春白雪豈尋常。

敬和麥田先生原韻 [39]

屠龍妙手筆凌虛，博古深藏二酉書。
愧我庸才同小技，那堪杯酒費安舒。

祝王養源先生弄璋 [40]

試罷啼聲笑靨開，擬將湯餅會東臺。
儒林喜得扶輪手，盛世新添佐國才。
瑞獻華堂蘭並秀，光騰月殿桂長栽。
君家積有千秋德，莫怪麟兒天送來。

敬和王則修先生古稀晉七述懷瑤韻 [41]

籌添海屋體剛強，過眼煙雲莫感傷。
萊服綵披看喜悅，角巾頭戴正昂揚。
健扶色筆耽風月，笑倚黃花傲雪霜。
我欲鍛成心力壯，不難報國立沙場。

置身庠序姓名香，酒祝期頤好待嘗。
文慕韓公驅惡鱷，節持蘇武牧羝羊。
滄桑變幻身猶健，時事艱難口自防。
遙頌先生龜鶴壽，杖朝還是鬢蒼蒼。

鶴髮童顏喜萬重，人情反覆又何妨。
多謀每劃匡時策，節食常存銃後糧。
擲地金聲尊草聖，凌霄玉管有文光。
願教東亞干戈息，共話昇平泛酒觴。

為晉南山賦一章，詩星朗朗壽星光。
騷壇翰墨名長著，絳帳笙歌志未亡。
警世人欣聽木鐸，防身我欲藉干將。
且欣矍鑠精神健，蔗境回甘好備嘗。

將赴日本留別諸吟壇 [42]

臨歧不盡悵離愁，一曲驪歌壯遠遊。
志奪鯤鵬鳴異地，身同琴劍託輕舟。
眼中煙水三仙島，夢裡風雲五部州。
但願雄心歸國早，與君杯酒醉涼秋。

輓蔡如生先生 [43]

書劍飄搖五六春，未登花甲謝紅塵。
仰瞻品德長流涕，回想音容益愴神。

[38] 刊於《詩報》第 299 號，1943 年 7 月 20 日。
[39] 刊於《詩報》第 299 號，1943 年 7 月 20 日。
[40] 刊於《詩報》第 301 號，1943 年 8 月 18 日。
[41] 刊於《詩報》第 303 號，1943 年 9 月 24 日。
[42] 刊於《中華詩苑》第 1 號，1955 年 2 月。
[43] 刊於《詩文之友》5 卷 4 期，1956 年 5 月。

幟奪騷壇名不朽，骨埋黃土恨難伸。
淒風苦雨垂楊路，一束生芻奠故人。

次瀟湘漁父丙申季夏新營詩書畫展述懷韻 [44]

身比瀟湘水更澂，每將書畫作良朋。
筆追古代王摩詰，詩似當年杜少陵。
翠竹無心憑藻繪，青雲有路待飛升。
元龍百尺高樓在，肯許吾儕載酒登。

敬和王養源先生原玉 [45]

莫嘆途如阮籍窮，高吟絕調豈雕蟲。
臨箋筆似王維壯，抗手詩同杜甫工。
百戰河山懷國士，一生忠孝振家風。
東臺別有滔滔水，依舊春來泛碧空。

年華四九任優游，休管林間有嘯猴。
治世須防倭政暴，摩天莫效杞人憂。
欣君筆墨如龍虎，笑我兒孫類馬牛。
歷盡滄桑多少劫，功名難得富難求。

敬和陳昌言先生秋感原韻 [46]

井梧搖落景依稀，露冷蕭齋靜掩扉。
壯志每隨鵬遠奮，雄心早共雁高飛。
人登北闕何榮貴，馬歷西風任瘦肥。
我願庭園修一角，管他是是與非非。

敬賀陳明三先生令郎劍虹君新婚誌喜 [47]

雙輝花燭照門楣，百輛迎來窈窕姿。
射雀有屏皆中目，舉鴻無案不齊眉。
今宵應結同心帶，此日曾傳合卺巵。
未向藍橋求玉杵，御溝紅葉已題詩。

壽沁水賈韜園先生八十 [48]

抗手騷壇氣吐虹，華齡八秩竟呼嵩。
如椽筆燦王摩詰，愛國詩吟陸放翁。
譽著鯤瀛才不減，功高麟閣壽無窮。
懸弧有待神州去，同掃妖氛靖亞東。

輓吳子宏先生 [49]

中天星殞夜沉沉，噩耗驚聞痛不禁。
絕代雄才傳翰苑，一生碩德重儒林。
心延漢族功無缺，志抗倭奴節可欽。
惆悵魂歸琴已斷，騷壇從此失知音。

[44] 刊於《鯤南詩苑》1 卷 4 期，1956 年 10 月。原題〈次原玉〉，茲擬作〈次瀟湘漁父丙申季夏新營詩書畫展述懷韻〉。
[45] 刊於《中華詩苑》第 25 號，1957 年 1 月。
[46] 刊於《詩文之友》6 卷 5 期，1957 年 1 月。
[47] 刊於《詩文之友》8 卷 6 期，1958 年 4 月。
[48] 刊於《詩文之友》11 卷 5 期，詩文之友社慶祝賈韜園先生八十華誕徵詩，1959 年 12 月。
[49] 刊於《中華藝苑》第 72 號，南社，1960 年 12 月。

敬和吳步初先生七十生辰自述原韻 [50]

龍顏鶴髮歲時更，門自懸弧酒自傾。
滿腹文章同李杜，千秋韜略慕韓彭。
詩題花月吟懷爽，筆挾風雲壯志生。
際此誕辰逢七十，神州未復恨難平。

敬和鄭品聰先生六一述懷 [51]

歷盡滄桑劫幾更，焚衣還繼舊家聲。
心思投筆恢炎漢，志欲攜椎擊暴嬴。
翹首故園猶亂世，逞身宦海快平生。
剛逢六一吟懷壯，風月江山藻繪成。

家傳三絕說奇才，抗手騷壇亦壯哉。
探勝每逢攜杖去，消愁幾見引杯來。
有神山水宜觀玩，無價文章莫剪裁。
君滯東臺吾赤崁，濃春聊寄一枝梅。

登玉詞兄令堂八秩晉五華誕謹次原玉 [52]

當庭戲綵日娛親，設帨歡聲震四鄰。
堪羨大臻兼大壽，可知賢母出賢人。
籌添海屋徵祥易，婺煥中天照耀頻。
際此誕辰逢八五，登堂拜賀盡高賓。

敬和王隆遜先生六十書懷原玉 [53]

拔幟騷壇記昔年，頻將大筆掃烽煙。
文章瀟灑傳瀛島，雲水滄茫釣渭邊。
松樹節堪槐樹比，詩星光與壽星連。
欣逢扶杖遊鄉日，祝嘏同歌鼓嶺前。

敬和高文淵先生六十書感原玉 [54]

矍鑠吟軀屆六旬，懸弧又值此良辰。
有緣文墨搜尋遍，無恙江山點綴頻。
品逸真堪稱逸士，才高不愧作高人。
他年故里如歸隱，養性培元健一身。

徐青山先生八秩誌慶 [55]

徐陵詩學仰高風，八秩懸弧瑞氣融。
志未椎秦身矍鑠，年逢釣渭態豪雄。
文章獨抱匡時策，醫藥長存濟世功。
我欲壽人天壽國，南山重上共呼嵩。

---

[50] 刊於《詩文之友》15 卷 1 期，1961 年 9 月 1 日，又載吳維岳《步初詩存》。原題〈吳步初先生七十生辰原韻〉，今題據《步初詩存》改。

[51] 刊於《詩文之友》18 卷 1 期，劍廬唱和集，1963 年 4 月。

[52] 刊於《詩文之友》24 卷 3 期，倪登玉先生令萱堂八秩晉五誕辰唱和集，1966 年 7 月。原題〈次韻〉，茲擬作〈登玉詞兄令萱堂八秩晉五華誕謹次原玉〉。

[53] 刊於《詩文之友》24 卷 4 期，1966 年 8 月。

[54] 刊於《詩文之友》24 卷 4 期，1966 年 8 月。

[55] 刊於《詩文之友》24 卷 6 期，鯤瀛詩社徵詩，1966 年 10 月。

天錫高門瑞氣融，壽星炯炯燦瀛東。
酒傾北海杯浮綠，頌獻南山句寫紅。
文字儘稱徐孺子，詩書不異寇萊公。
年逢八十吟身健，壯志猶存濟世功。

堂啟華筵喜氣融，星輝南極壽仙翁。
遊朝杖策青鳩好，祝嘏杯傾綠蟻同。
術比岐黃精藥學，名齊李杜重文風。
吟身矍鑠吟懷爽，濁世詩存遍海東。

高堂瑞氣燦晴空，門正懸弧酒泛紅。
詩發新聲揚海外，醫存仁術濟瀛東。
經綸不減前徐穉，富貴堪稱古石崇。
欲祝期頤添廿載，南山重獻壽無窮。

笙歌日鬧玉堂中，北海樽開酒泛紅。
術比壺公名永著，壽齊彭祖福無窮。
籠來瑞靄瑤池月，捲起祥雲閬苑風。
珠履三千人八秩，敬修麗句頌詩翁。

詩星光與壽星同，八秩猶存濟世功。
幟拔騷壇才可仰，醫行蓬島德堪崇。
觴稱萬壽齊彭祖，學博千秋繼杜公。
今日華堂欣祝嘏，岡陵無恙福無窮。

敬和吳雲鶴先生八秩初度書懷瑤韻 [56]

官場宦海記當年，休嘆炎涼世變遷。
山水逍遙閒歲月，雲霞嘯傲樂神仙。
萬千浩劫身猶健，八十高齡髮尚鬖。
果是梅村真氣魄，詩文書畫繼前賢。

莫管田桑與海滄，時邀吟侶賞風光。
詩書三絕堪追鄭，文墨千篇可繼唐。
綠蟻杯傾情亦爽，青鳩杖策壽而康。
延陵門第家聲振，德澤綿綿百代昌。

敬和魏教導錦標吟友退休將遊美原韻 [57]

滿腹經綸待展舒，教壇卅載喜高居。
羨君得志登雲路，笑我偷閒守草廬。
萬里青雲三尺劍，千重綠水一肩書。
歐西別有風光麗，好率兒孫日共於。

最重人稱是父師，栽桃培李費心思。
千秋獨羨公權筆，七步爭傳子建詩。
盛世更逢增瑞靄，匡時何處覓靈芝。
願教此去榮歸早，莫把離情戀外夷。

56　刊於《詩文之友》28 卷 6 期，吳雲鶴先生八秩初度書懷唱和集，1968 年 10 月。
57　刊於《詩文之友》32 卷 6 期，1970 年 10 月。

留別高雄壽峰詩社諸吟友 [58]

臨行未忍聽驪歌，書劍匆匆過愛河。
柳折長亭離恨滿，詩吟祖帳別愁多。
盤桓數月情無限，交往多年志不磨。
他日騷壇重聚會，相逢定必鬢添皤。

敬步林欽貴先生五十書懷原玉 [59]

華堂喜溢豔陽天，瑞靄祥雲繞綺筵。
壽域春秋登半百，杏壇桃李育三千。
消閒每躡遊山屐，遣興應傾買酒錢。
品格清高才敏捷，敲詩不讓古人賢。

壽星朗照壽山邊，瑞繞高堂氣浩然。
架有文章恢第宅，家無經濟累心田。
騷壇句鬥才三絕，絳帳書傳筆一椽。
桃李滿園賓滿座，初知天命樂神仙。

悼詩人林熊祥先生 [60]

噩耗驚傳最愴神，何堪星墜稻江濱。
他時國際職吟會，抗手騷壇少一人。

八十書懷寄諸吟友 [61]

歷盡滄桑八十春，浮生慚愧作騷人。
詩逢濁世吟無益，筆到工時繪有神。

缺寐自知愁擾夢，斷遊卻為病纏身。

同庚喜與陳黃在，誰及三羊（陳黃即陳月樵、黃傳心兩先生、與我，三人均生於乙未羊年故稱三羊）翰墨親。

弔林金樹先生 [62]

騷壇拔幟早稱雄，忽睹詩星墜海東。

俠骨稜稜埋故土，英魂默默繞新豐。

齡高必著長生術，望重猶存大雅風。

酒奠一杯芻一束，白頭人哭白頭翁。

才華無匹智超群，壇坫何堪又喪君。

卅載交遊情義重，一朝悵別死生分。

杯停甕底粱興酒，筆絕齋中草篆文。

他日獅山墳外路，落花衰草弔斜曛。

敬和李可讀先生還曆述懷原韻 [63]

昂藏六十一春秋，八斗才高擬狀頭。

戞玉敲金清有韻，遊山玩水樂無愁。

---

[58] 刊於《詩文之友》33 卷 5 期，1971 年 2 月。
[59] 刊於《詩文之友》34 卷 1 期，1971 年 5 月。
[60] 刊於王國璠《癸丑端午詩集》。
[61] 刊於《詩文之友》39 卷 4 期，1974 年 2 月，又載《中國詩文之友》40 卷 5 期，1974 年 10 月。
[62] 刊於《中國詩文之友》41 卷 1 期，1974 年 12 月。
[63] 刊於《中國詩文之友》42 卷 1 期，1975 年 6 月。

護花漫作司香尉，投筆應追定遠侯。
際此杖鄉年已過，文章經濟願皆酬。

生花大筆紹江淹，六一華齡喜蟄潛。
學海無波宜習博，官場有勢莫趨炎。
吟風釣月江天闊，煮酒評茶夙夜兼。
我比先生多廿載，愁看皤鬢日增添。

祝林文雄先生當選省議員 [64]

提名職責賴官方，圈選賢能各擅長。
此屆林君膺省議，家增慶幸國增光。

德政雄才獨擅長，榮膺省議譽昭彰。
西河派與孤山裔，丕振林家一代香。

黃圖先生伉儷金剛石婚 [65]

懸弧設帨日繁忙，舉案當年效孟光。
石證三生披玉珮，婚逢六秩紀金剛。
崗陵並壽籌添屋，伉儷同庚瑞滿堂。
派衍紫雲門紫氣，賓朋共慶福無疆。

敬和邱水謨先生七十述懷原韻 [66]

稀齡已歷劫紅羊，龍馬精神鬢未霜。
卅載春風留絳帳，九霄極宿燦華堂。

頻年山水逍遙樂，盛世文章點綴忙。
暫待鯤南開勝會，賓朋重聚醉吟觴。

桃李栽培盛海邊，吟身又值古稀年。
才高獨有詩書癖，學博長存翰墨緣。
風月半林憑嘯傲，兒孫滿膝慶團圓。
閒時帶杖遊山去，洗耳歡聽漱石泉。

次輝玉詞長泰安藥廠公司創業三十年暨新廠落成書懷原韻 [67]

經營已屆卅春秋，業繼壺公學杖頭。
濟世良方當異製，成家偉績喜容求。
廠連虎渚誇高蠹，址接螺溪策遠籌。
技擅詩書才擅賈，主人品德媲韓休。

廠建崔巍慶落成，懸壺一例起民生。
謀添燕翼欣無缺，榜占鰲頭早有名。
商賈交遊敦雅義，鷺鷗纏綣見高情。
開張喜屆年三十，復展鴻圖奠太平。

64　刊於《中國詩文之友》第 281 期，民國六六年延平詩社第十一期擊缽會，1978年 4 月 30 日。
65　刊於《中國詩文之友》第 286 期，黃圖先生伉儷金剛石婚舉辦全國徵詩，1978年 11 月 30 日。
66　刊於《中國詩文之友》第 298 期，邱水謨先生古稀壽詩唱和錄，1979 年11 月 1 日。
67　刊於《中國詩文之友》第 305 期，喜慶集，1980 年 6 月 1 日。

敬和黃秀峰先生七十書懷原韻 [68]

休嗟七秩指空彈，海屋籌添歲月漫。
顧曲宜登公瑾艇，釣魚合上子陵灘。
德崇東石鄰成易，壽頌南山道得難。
有待杖朝娛晚景，堂前戲綵喜重看。

杏壇慣作指南針，轉瞬年華七十臨。
閱世方知增白髮，交人未必重黃金。
書齋講讀無虛夕，絳帳經營惜寸陰。
但得偷閒江畔玩，遙聽壽島雨霖霖。

古稀年屆慶懸弧，瑞獻華堂簇錦鋪。
閨苑留心瞻鶴髮，騷壇抗手摘驪珠。
觀山玩水隨琴劍，破浪衝風藉舳艫。
松柏長青人不老，合傾杯酒壽名儒。

次田有耕先生結婚四十四週年喜賦原玉 [69]

令旦懸弧合舉觴，年逢杖國體而康。
介眉禮樂賡高閣，祝嘏笙歌溢壽堂。
執教營商皆有賣，施仁賣藥豈無方。
東山煙水蘭潭月，點綴田家翰墨香。

伉儷婚聯夙世緣，結褵四四訓當年。
齊家典範千般樂，教子純規萬事全。

牆畔培桃欣得地，林間種杏待回天。
知君早有拈花意，未屆聽經已悟禪。

八八書懷寄諸吟友 [70]

虛度光陰八八秋，涓埃未報雪盈頭。
休關男女成龍鳳，只怕兒孫作馬牛。
壯歲常憐花解語，老時擬效草忘憂。
書齋日坐閒無事，品茗談詩會鷺鷗。

無情歲月易蹉跎，八八年華轉瞬過。
癖異交朋容得失，才疏笑我懶吟哦。
商場握算成功少，藝苑盤桓覓句多。
擬欲登高一舒嘯，槎枒老骨奈伊何。

和倪登玉先生八五書懷原韻 [71]

齡高八五喜添籌，體尚康強快壯遊。
志大真如雲外翮，心閒更比水中鷗。
箕裘克紹欣增福，戲綵承歡足解憂。
耋耄年間無別事，敲詩品茗日相酬。

68　刊於《中國詩文之友》第 323 期，黃秀峰先生七十書懷唱和集，1981 年
　　12 月 1 日。
69　刊於《中國詩文之友》第 330 期，嘉義市田有耕七十書懷壽慶唱和錄，1982 年
　　7 月 1 日。
70　刊於《自立晚報》，「自立詩壇」欄，1982 年 11 月 19 日，第 10 版，又載《中國
　　詩文之友》第 336 期，李步雲先生八八書懷唱和特刊，1983 年 1 月 1 日、李
　　步雲《米壽書懷唱和詩集》。
71　刊於《中國詩文之友》第 349 期，倪登玉先生八五書懷唱和集，1984 年 2 月 1 日。

黃自青 (注清) 六旬書畫展誌慶 [72]

扶杖遊鄉始，黃家喜氣饒。文章追北宋，花月繪南朝。
工媲王摩詰，藝精鄭板橋。宏開書畫展，彩筆欲干霄。

次德安詞長八十雙壽述懷瑤韻 [73]

籌登大耋序翻新，杖國年華過十春。
學博應堪稱學士，才雄不愧號才人。
匡時藻繪文無價，奕世揮毫句有神。
更待遐齡添廿載，期頤頌獻意純真。

豈獨身安步亦安，耋年夫婦共承歡。
詩傳瀛島才誰匹，幟拔騷壇手自寬。
蘭桂盈階香遠近，兒孫繞膝問溫寒。
知君素有題糕癖，合作劉郎一例看。

慶祝李雅樵當選臺南縣長 [74]

儀典隆隆慶雅樵，代天開府奏笙簫。
狂瀾欲挽雄才著，大雅重扶壯志超。
雲正呈祥籠北嶼，彩曾獻瑞繞西寮。
今朝百里侯當選，舉縣歡騰貫九霄。

敬和谿荃先生香煙詩原韻 [75]

吐霧吞雲只自知，巴菰香味費尋思。
煙霞痼癖如能解，多負蘭薰麝爐時。

祝高澄秋先生新居大慶 [76]

高門煥彩一翻新，棟宇連雲不染塵。
仁里增光宏甲第，騷人共慶百年春。

勝地春光兩適宜，鶯遷獨占上林枝。
門前五柳真高士，知是陶家隱逸時。

[72] 刊於《中國詩文之友》第 356 期，臺南延平詩社代強開軒書畫室徵詩，1984 年 9 月 1 日。
[73] 刊於《中國詩文之友》第 365 期，劉德安八十雙壽唱和集，1985 年 6 月 1 日。
[74] 刊於《中國詩文之友》第 375 期，乙丑年全國聯吟大會首唱，臺南縣南瀛詩社主辦，麻豆代天府協辦，1986 年 4 月 1 日。
[75] 錄自黃隆正先生收藏手稿。
[76] 錄自詹評仁《柚城詩錄》，麻豆書香院詩錄。

三、慶賀交游

祝酉山吟社創立十週年[77]

扶輪大雅振文瀾，械樸人才處處歡。
此日賓朋欽盛會，十年旗鼓壯騷壇。
清平絕調傳天寶，韻事風流繼建安。
謹向酉山遙致祝，春風滿座盡儒冠。

祝登雲吟社發會式[78]

盛會欣逢此日開，堂堂旗鼓震三臺。
未頹大雅憑扶立，既倒狂瀾賴挽回。
人物千秋皆薈萃，衣冠滿座盡英才。
嶼江漁火鯤身月，共與吟星照耀來。

祝將軍吟社創立[79]

未喪斯文信不虛，騷壇牛耳屬吾儒。
衣冠濟濟聯聲氣，旗鼓堂堂護壯圖。
絕世風流同老杜，千秋韻事繼髯蘇。
狂瀾既倒嗟今日，全賴諸公隻手扶。

祝詩 [80]

騷壇抗手鳳鳴岐，大地春濃峙鼓旗。
詩酒有緣傾北海，文章無價壯南皮。
飄搖陵谷花千朵，點綴江山筆一枝。
我願缽聲長不歇，斐亭韻事繼當時。

臺南縣議會新廈落成誌盛 [81]

新營大廈冠瀛東，剪綵靈辰瑞氣融。
關及國情兼國策，造成民主與民風。
千秋讜論嚴褒貶，百尺宏模貫日虹。
時值落成欣紀盛，群黎拍掌盡呼嵩。

祝嘉義縣春季聯吟會 [82]

勝會欣逢此日開，堂堂旗鼓震三臺。
聊將詩酒聯聲氣，忍把文章墜劫灰。
寶島千秋留霸業，建安七子盡奇才。
岱江風月松津水，正待騷人點綴來。

---

[77] 刊於《臺南新報》，「詩壇」欄，1930 年 2 月 27 日，第 6 版。
[78] 刊於《臺南新報》，「詩壇」欄，1934 年 5 月 1 日，第 8 版，又載《詩報》第 81 號，1934 年 5 月 15 日、《三六九小報》第 346 號，「詩壇」欄，1934 年 6 月 3 日，第 4 版。
[79] 刊於《詩報》第 104 號，1935 年 5 月 1 日。
[80] 錄自《嘉義縣聯吟會概要》（1953），鳴鳳詩社。
[81] 刊於《詩文之友》2 卷 5 期，臺南縣議會新築落成典禮招待南嘉雲四縣市詩人聯吟擊缽大會，1954 年 5 月。
[82] 刊於《詩文之友》3 卷 2 期，海東擊缽錄，1954 年 11 月。

乙未 (1955) 詩人節臺南舉行全國詩人大會 七律陽韻[83]

節紀天中逸興長，群仙抗手獻文章。

千秋軼事哀曹屈，一代風騷繼沈唐。

黑海潮翻圖錦繡，紅羊劫幻幟飄颺。

寧南別有題襟會，不負敲詩醉夕陽。

延平詩社五週年[84]

五載騷壇韻事存，堂堂旗鼓振南鯤。

文風捲動承天府，霸氣消沉桔柣門。

鉢響荒園醒蝶夢，詩敲黑海壯鯨魂。

斐亭鐘歇奎樓廢，藜火長搖劫後痕。

臺灣詩壇臺南辦事處成立週年紀念[85]

一載分壇震古都，大張鐵網取珊瑚。

雄才健筆誇江左，正氣金聲播海隅。

一紙宏揚光奪錦，萬言揭載字成珠。

秦灰已盡秦坑冷，劫後詩書起壯圖。

香草吟社主辦彰化縣聯吟大會誌賀[86]

旗飄錦繡鉢傳音，大好文風捲二林。

句摘班香和宋豔，材尋越箭與吳金。

鋒芒筆待生花夢，瀟灑詩存愛國心。

五十年來人物異，抗倭壯志未消沉。

祝佳里詩社成立大會 [87]

鉢聲重響會重開，儘有群賢抗手來。
筆底文章工醞釀，劫餘花木善胚胎。
坑書何幸逃秦火，杯酒真堪慕漢才。
既倒狂瀾差未挽，復將旗鼓震三臺。

祝旗峰吟社三十週年紀念 [88]

中興鼓吹氣雄豪，三十春秋紀績高。
銅鉢聲敲旗嶺月，詩星光照淡江濤。
文章有幸逃秦劫，詞藻無窮類楚騷。
深願年年蒸社運，河山錦繡繼揮毫。

旗峰詩社三十週年紀盛 [89]

青搖藜火日蒸蒸，羅漢門前瑞氣騰。
鉢響旗峰延歲月，詩敲瀛海壯鯤鵬。

---

83 刊於《中華詩苑》第 6 號，乙未詩人節專輯，1955 年 7 月，又載《臺灣詩壇》9
    卷 1 期，1955 年 7 月、《詩文之友》4 卷 2 期，1955 年 9 月 1 日。
84 刊於《臺灣詩壇》11 卷 4 期，臺南延平詩社五週年紀念大會擊鉢首唱，1956
    年 10 月。
85 刊於《臺灣詩壇》13 卷 3 期，1957 年 9 月。
86 刊於《詩文之友》8 卷 5 期，1958 年 2 月。
87 刊於《詩文之友》12 卷 6 期，1960 年 7 月，又載吳登神收藏《佳里鯤瀛詩社課
    題集》（一）。
88 刊於《詩文之友》13 卷 5 期，1960 年 12 月，又載《中華藝苑》第 76 號，慶祝
    國父誕辰暨旗峰詩社卅週年紀念全國聯吟會，1961 年 4 月。
89 刊於《詩文之友》13 卷 5 期，慶祝國父誕辰旗峰詩社三十週年紀念全國聯吟大
    會首唱，1960 年 12 月。

卅年筆繼王摩詰，一代文誇杜少陵。
但願吾儒揚國粹，江山錦繡兆中興。

鄭王三百年祭紀盛 [90]

盛典逢三百，祠巍鎮海東。龍歸王氣盡，鯨去霸圖空。
抗滿身難辱，恢明義可風。今朝陳俎豆，來拜鄭孤忠。

鄭成功開臺三百年紀念七律 [91]

雄心早歲縮軍符，絕代英才統萬夫。
墾土屯田荷易逐，焚衣歃血漢重扶。
興臺績偉城留赤，復國功高姓賜朱。
拓就鯤瀛三百載，至今人繪受降圖。

三百開臺事可稽，披荊人尚憶思齊。
泉枯古井無荷鬼，磚掘荒城讖草雞。
海外山川留片壤，瀛東花木拓成蹊。
鼎湖龍去輿圖改，一角王祠杜宇啼。

延平詩社十週年紀盛 [92]

藜火搖青紀十週，鐘聲缽韻尚悠悠。
詩廣蓮社風騷振，序效蘭亭禊事修。
大雅千秋扶有沈，長城五字築傳劉。
南皮旗鼓南臺繼，文運重興共策籌。

詩文之友十週年 [93]

創刊歷盡十星霜，海外騷音賴闡揚。
鐵筆不殊王逸少，丹青獨羨米元章。
詩工絕世傳臺島，紙貴當年說洛陽。
文著千篇期百二，蒸蒸社運慶無量。

鯤瀛詩社成立紀盛七律陽韻 [94]

重興旗鼓震鯤洋，大雅匡扶紹海疆。
芳草桐花裁繼沈，金聲玉律繪推唐。
起衰文字傳孤島，報國詞華燦八荒。
從此吟風欣再展，珊瑚無價待收藏。

題寶桑吟社集 [95]

劫後餘灰冷海陬，寶桑鐘韻獨悠悠。
許多珠玉千秋重，大好珊瑚一網收。

[90] 刊於《詩文之友》14 卷 4 期，鄭成功復臺三百週年紀念全國詩人大會首唱，1961 年 5 月，又載《中華藝苑》第 79 號，鄭成功復臺三百週年紀念全國詩人大會，1961 年 7 月。

[91] 刊於《詩文之友》14 卷 4 期，臺南延平詩社全國徵詩，1961 年 5 月，又載《中華藝苑》第 78 號，臺南延平詩社全國徵詩，1961 年 6 月。

[92] 刊於《詩文之友》16 卷 2 期，延平詩社創立十週年紀念首唱，1962 年 5 月，又載《詩文之友》16 卷 2 期，延平詩社創立十週年紀念首唱，1962 年 5 月。

[93] 刊於《詩文之友》17 卷 2 期，詩文之友社第 92 期徵詩，1962 年 11 月。

[94] 刊於《詩文之友》17 卷 4 期，鯤瀛詩社擊缽錄，1963 年 1 月，又載《詩文之友》17 卷 4 期，鯤瀛詩社擊缽錄，1963 年 1 月、吳登神收藏《佳里鯤瀛詩社課題集》（二）。

[95] 刊於《詩文之友》25 卷 5 期，1967 年 3 月。

鐵畫銀鉤工點綴，吳金越箭任搜求。
東臺文物東山筆，儘把風騷繪選樓。

南瀛詩社成立十八週年誌盛 [96]

南瀛社創紀年深，十八春秋續浪吟。
越箭吳金收鳳闕，元音宋調響雞林。
樽開北海人聯袂，詩繼東山士盍簪。
韓愈文章蘇軾筆，好隨鷗鷺共題襟。

慶祝臺南東區國際扶輪社創立三週年紀念 [97]

聖業三年振海疆，迎春門外績輝煌。
普羅繼設仁宣播，尼父同瞻義闡揚。
國際聯攜扶逸雅，人群創造重綱常。
應教中亞齊團結，共策和平譽八荒。

澹社春宴 [98]

吟宴三重啟，春濃淑氣融。酒涵屯嶺月，筆掃淡江風。
興比嵇中散，心懷陸放翁。一觴兼一詠，同醉狀元紅。

延平詩社創立二十週年誌盛 [99]

藜火搖青尚劫灰，廿年旗鼓震三臺。
盍簪儘有探驪手，抗手寧無繡虎才。
南國詩稱施士洁，東山社創沈文開。
斐亭鐘歇奎樓廢，依舊吟風遍草萊。

南瀛詩社二十週年大會誌盛 [100]

旗鼓堂堂繼虎溪，膏焚廿載火燃藜。

鐘敲蝙蝠秋歸洞，網撒珊瑚水溢堤。

書畫千篇追逸少，文章八代起昌黎。

北江人物南瀛筆，藻繪河山待品題。

慶祝壽峰詩社創立卅週年雅集 [101]

朗朗詩星燦斗牛，壽峰社創卅春秋。

匡時詞藻追曹植，愛國文章繼陸游。

旗影飄搖屏嶺外，缽聲響徹鼓山頭。

苓州已古雄州慶，依舊吟風盛海陬。

嘉義市詩人聯誼會成立誌慶 [102]

嘉市春回萬象融，會開聯誼萃詩翁。

缽聲敲落蘭潭月，旗影飄殘橡苑風。

神廟有靈躬鞠鳳，騷壇無恙爪留鴻。

東山韻事羅山繼，芳草桐花紹沈公。

---

[96] 刊於《詩文之友》29 卷 5 期，南縣南瀛詩社社員大會擊缽錄，1969 年 3 月。

[97] 刊於《詩文之友》31 卷 4 期，1970 年 2 月。

[98] 刊於《詩文之友》30 卷 2 期，澹社花朝後二日歡迎全國各地詩人擊缽錄首唱，1969 年 6 月。

[99] 刊於《詩文之友》35 卷 1 期，延平詩社，1971 年 11 月。

[100] 刊於《詩文之友》37 卷 2 期，雲嘉南四縣市壬子冬季南瀛詩社創立二十週年紀念詩人聯吟大會首唱，1972 年 12 月。

[101] 刊於《中國詩文之友》第 339 期，慶祝壽峰詩社創立卅週年，王獎卿先生八秩雙慶全國詩人聯吟大會首唱，1983 年 4 月。

[102] 刊於《中國詩文之友》第 341 期，鯤南八縣市詩人聯吟大會，嘉義市詩人聯誼會主辦，1983 年 6 月。

大觀詩社創立十週年誌慶 [103]

十年旗鼓立騷壇，大雅輪扶壯大觀。

詞藻千秋才繼杜，文章八代句承韓。

鐘敲寶剎潭沉劍，缽響新莊海起瀾。

太古巢荒城已廢，淡江依舊水瀰漫。

---

[103] 刊於《中國詩文之友》第 373 期，大觀詩社十週年全國聯吟大會首唱，1986 年 2 月。

四、臺南地景相關

過文昌祠有感 [104]

覽古遊名勝，文昌祠外來。荒碑埋綠草，字塔散飛灰。

人物前朝異，詩書歷劫哀。我來無限感，低首獨徘徊。

嶼江觀海 [105]

悄立江頭眼界空，海天一角夕陽紅。

鯨吞巨浪千雷響，風捲狂濤萬馬雄。

極目南鯤餘劫火，昂頭北地正兵戎。

不堪回憶當年事，霸氣消沉恨未窮。

北門流水襯霞紅，覽勝人來眼界空。

萬頃狂濤奔海市，一輪落日泣蛟宮。

---

[104] 刊於《詩報》第 21 號，「詞林」欄，1931 年 10 月 1 日。
[105] 刊於《詩報》第 35 號，麻豆綠社課題，1932 年 5 月 15 日。

鯤身廟畔家家火，鹿耳門前處處風。
回首不堪頻遠眺，暮雲正在憶江東。

扶筇直到海門東，北嶼狂濤一望通。
萬頃鹽田疑雪白，滿江漁火奪霞紅。
雲連蜃氣搖天際，日射波光入眼中。
極目七鯤無限感，河山依舊霸圖空。

珊瑚潭泛月 [106]

珊瑚潭上水漫漫，一葉孤舟任往還。
灩瀲波光同赤壁，消沉霸氣剩烏山。
櫓聲搖曳燈千點，帆影迷離月一彎。
甚欲乘槎天上去，奈因無計出塵寰。

珊瑚潭上水迢迢，泛起孤舟一葉飄。
欸乃聲迷蘆岸冷，縈迴氣奪月輪嬌。
端教把酒傾三峽，不盡題詩憶六朝。
如此清幽開墾地，豪遊直欲到明宵。

裙屐聯翩載酒行，珊瑚潮上一帆輕。
瑩瑩皓魄三更遠，渺渺煙波兩岸晴。
楫擊桂宮遄逸興，歌傳樂府發新聲。
曾文溪水烏山月，寫入新詩萬里情。

珊瑚一水絕塵氛，擊棹人來夜氣分。
赤崁城中迷淡月，烏山頭上隱層雲。
十年墾拓憑全力，一旦功成賜策勳。
我也泛舟潭上去，櫓聲響徹古曾文。

謁南鯤身 [107]

堂堂廟貌鎮江隈，共整衣冠拜謁來。
香火森嚴傳北嶼，神威赫濯冠南臺。
點頭一道靈光在，回首千秋歷劫灰。
我也虔誠齊拱手，滄桑變幻憶雄才。

鄭王梅 [108]

獨占花魁歲幾更，紅羊劫後憶朱明。
一枝香逗紅毛井，萬點雪飄赤崁城。
舊夢每隨林處士，孤芳空弔鄭延平。
鯨魂已渺雄圖盡，剩有冰姿弄晚晴。

一枝搖曳古東瀛，歷盡紅羊劫幾更。
策杖花間思引鶴，巡簷月下憶騎鯨。

---

[106] 刊於《詩報》第 64 號，麻豆綠社課題，1933 年 8 月 1 日。
[107] 刊於《詩報》第 93 號，曾北聯吟擊缽，1934 年 11 月 15 日，又載《詩文之友》
7 卷 2、3 期，曾北聯吟大會擊缽錄，民國四十六年八月在南鯤身舉行，1957
年 1 月 1 日。《詩文之友》題作〈秋日謁南鯤身廟〉。
[108] 刊於《詩報》第 100 號，曾北五社聯吟擊缽，1935 年 3 月 1 日，第一首又載賴
子清《臺灣詩醇》、鄭金柱《現代傑作愛國詩選集》。

鐵心點點留鯤島，玉蕊疏疏豔崁城。
獨占春魁三百載，可知遺愛鄭延平。

將軍橋晚眺 [109]

將軍溪上跨長虹，散策人來眼界空。
村外炊煙迷倦鳥，江干暮色斷飯鴻。
樵歌響徹中洲月，漁唱聲吹北嶼風。
獨倚橋欄回首望，蘆花空鎖夕陽紅。

君代橋曉望 [110]

溪邊獨立聽晨雞，曙色朦朧入望迷。
十里風光苔徑外，一村煙景畫橋西。
長窺鯤海洪濤壯，遠指烏山翠黛齊。
君代歌遙漁唱急，半篙流水接天低。

蘆溪垂釣 [111]

盡日偷閒理釣竿，蘆溪岸畔水漫漫。
泉通北嶼魚貪餌，地接將軍鳥避寒。
十里風光疑渭水，一蓑煙雨勝嚴灘。
江湖別有生涯趣，擲下絲綸夜未闌。

將軍溪北晚風和，擲餌投竿感鬢皤。
兩岸蘆花迷棹影，一聲牧笛雜漁歌。

江湖浪跡乾坤小，雲水生涯歲月多。
憶自嚴灘人去後，雄心猶釣漢山河。

蓑笠重攜蘆竹溝，拋殘俗慮坐磯頭。
溪邊月白漁歌遠，岸畔風清鳥語柔。
雲水生涯閒歲月，江湖隱逸傲公侯。
何時渭水投竿去，來釣山河八百秋。

臺南八景詩 [112]

南州覽勝

吟鞭遙指莿桐西，弔古人來意轉迷。
觸眼王城雲漠漠，傷心妃塚骨淒淒。
紅毛井涸無荷鬼，赤崁樓空憶草雞。
我欲重遊神社去，延平祠畔鷓鴣啼。

崁城觀海

汪洋萬疊現奇觀，悄立灘頭欲去難。
霸氣久沉城壘廢，雄圖長付水雲寒。
婆娑海闊銀濤壯，桔桀門空鐵騎殘。
劫後風波多險惡，憑誰隻手挽狂瀾。

寧南晚眺

直上樓欄始破顏，王城舊壘已成斑。
紅羊劫幻鯤身海，白骨寒埋桂子山。
日落潮聲來遠近，天高雁影任飛還。
可憐極目荒祠外，雲樹蕭森月一彎。

安平泛月

聯翩裙屐到寧南，搖曳輕舟興未酣。
兔魄長懸光第一，鯨波倒照影成三。
開奩記剪牛皮地，出盒還籠燕子潭。
準擬乘槎天上去，丹梯佐我廣寒探。

鹿耳濤聲

勢捲南溟復北溟，大鯨東去海門青。
雄威拍岸從鯤島，逸響隨風落斐亭。
靜室聞時聲更壯，荒園過處夢初醒。
子胥老去延平逝，遺恨而今咽未停。

北園聽雨

簷溜叮咚響佛門，七賢竹瀝近黃昏。
瀟瀟滴盡禪心碎，點點驚回客夢溫。
潤物綠添城赤崁，從龍珠跳寺開元。
可憐寂寞平蕪路，濕遍河山劫後痕。

鯤身雪浪

七鯤一水晚來恬，彷彿奇花六出添。
短棹衝風江有浪，狂潮射日海鋪鹽。
茫茫蜃氣樓臺幻，滾滾鯨波島嶼淹。
玉帶已沉人已渺，此間空剩老龍潛。

鯽潭垂釣

閑來長釣鯽潭坳，未獲游魚未肯拋。
北郭風和人擲餌，南郊日暮鳥歸巢。
投竿最愛閒雲淡，戴笠奚愁細雨敲。
我欲別尋灘七里，一絲一縷勝分茅。

嵌城春色 [113]

倚劍寧南恨未終，韶光猶繞古瀛東。
翻來浩蕩婆娑水，捲起興衰桔柣風。
劫後歌聲哀玉樹，前朝霸氣冷頹桐。
劇憐人老雄圖盡，剩有梅花染血紅。

鄭經井 [114]

十丈寒泉徹底清，紅羊歷劫痛朱明。
聽經我愛榴禪寺，試茗人尋赤崁城。

---

[113] 錄自黃洪炎《瀛海詩集》。
[114] 刊於《詩報》第 267 號，臺南市詩會，1942 年 3 月 7 日。

鑿處尚餘螺化石，汲時不見客騎鯨。
傾心別館荒蕪盡，古甃猶留死後名。

欲汲寒泉十丈清，百年遺恨失朱明。
刀光劍氣生前事，玉甃金瓶死後名。
淒絕雄圖降克塽，難將偉業繼延平。
傾心抱甕人何在，轆轆空聞夜夜聲。

登桂子山 [115]

扶筇直上最高墩，半壁河山剩劫痕。
屐躡危峰腸欲斷，骨埋荒塚節猶存。
振衣易觸王孫恨，剪紙難招姊妹魂。
淒絕五妃祠外路，子規聲裡泣黃昏。

登臨俯瞰舊乾坤，五鳳齊昇跡尚存。
落日花園蝴蝶夢，春風古塚杜鵑魂。
顧全大義忠尊鄭，捐棄餘生節頌袁。
我欲嵩呼來絕頂，開山往事忍垂論。

魁斗山前日未昏，振衣人欲踏高墩。
鼎湖龍去鯨魂渺，華表鶴歸蝶夢溫。
花木有情迎杖履，崗陵無恙壯乾坤。
寧南門外荒祠在，夜夜啼鵑泣淚痕。

獨上層巒欲斷魂，萋萋芳草怨王孫。
香埋南國釵無影，屐異東山齒有痕。
澎湃濤聲來靖海，消沉霸氣冷開元。
登臨不盡朱明恨，落日荒蕪古墓門。

七鯤觀釣 [116]

眼底嚴灘景已違，婆娑洋上尚依稀。
絲綸漂渺鯤身海，蓑笠追隨燕子磯。
十載王侯人物異，一竿風月版圖非。
閒來袖手平沙外，四草湖光鎖落暉。

閒來放眼立斜暉，一水婆娑碧四圍。
餌擲鯤身魚避網，竿投鹿耳鳥爭飛。
江湖蓑笠依銀浦，風月絲綸隱釣磯。
我欲別尋灘七里，嚴光遺跡未全非。

鯤海飛帆 [117]

飄飄一葦急如鴻，古渡依然桔槔空。
高掛合迷鯤島月，雄飛疑藉馬當風。
影斜遠水歸天塹，勢迫中流接混濛。
我有浮沉身世感，十年長抱濟川功。

[115] 刊於《詩報》第 268 號，臺南市詩會，1942 年 3 月 18 日。
[116] 刊於《詩報》第 274 號，臺南市詩會，1942 年 6 月 21 日。
[117] 刊於《詩報》第 281 號，臺南市聯吟會，1942 年 10 月 10 日，又載洪寶昆《現代詩選》第一集、吳中《鯤瀛詩文集》下冊。

曾文晚釣 [118]

抛殘俗慮坐磯頭，君代橋邊狎鷺鷗。
幾縷絲綸深淺水，半溪風月去來舟。
蓑披薄暮誰投餌，笠戴黃昏客擲鉤。
我欲別尋灘七里，一竿端不羨王侯。

崁城月 [119]

最愛團圓掛莿桐，清輝又映郡王宮。
光涵黑海鯨魂渺，影落荒園蝶夢空。
萬劫長留門桔柣，一輪偏照水玲瓏。
英雄死後輿圖改，莫把盈虧嘆不窮。

莿桐城外認玲瓏，皎潔團圓掛碧穹。
光射奎樓天地寂，影搖鯤海水沙籠。
開奩已覺紅彝廢，出匣偏憐玉樹空。
兔魄不知王氣盡，清輝長照古瀛東。

烏山曉翠 [120]

蓬萊左股異終南，露出行青睹未酣。
曙色凝姿猶聳翠，晨曦妒面尚拖藍。
光搖巉崢山千疊，氣繞珊瑚水一潭。
更有六雙村景好，曉煙萬縷曳晴嵐。

開元訪梅 [121]

同到榴禪寺，瓊肌破萼纔。小陽花醞釀，大地雪胚胎。
枝自分南北，人多踏去來。丹心留一點，惹我久徘徊。

為愛南枝早，榴禪寺裡來。驚寒花欲放，得意蕊先開。
春信分園北，煙光淡水隈。漫天風雪冷，有客未歸回。

銀座步月 [122]

繁華煙景可憐宵，踏遍銀衢路不遙。
半壁江山詩客屐，六街風月玉人簫。
光迷書院嗟興廢，影落奎樓感寂寥。
翹首一峰亭外望，清輝長照跡蕭條。

星辰朗朗碧雲稀，踏遍街衢願未違。
樓閣翻新人物異，山河依舊版圖非。
一峰亭廢風光媚，半月池存夜色微。
別有圓環環外路，軟紅十丈撲吟衣。

碧空如洗月初斜，散步人來興未賒。
一角圓環猶雜踏，三更大道尚繁華。

---

[118] 刊於《詩報》第 284 號，麻豆綠社，歡迎臺南嘉義諸吟友擊鉢錄，1942 年 11 月 25 日。

[119] 刊於《詩報》第 284 號，南市聯吟會，1942 年 11 月 25 日。

[120] 刊於《詩報》第二百八十九號，麻豆綠社，1943 年 2 月 1 日。

[121] 刊於《詩報》第二百九十二號，北園吟會，1943 年 3 月 23 日。

[122] 刊於《詩報》第 302 號，桐城吟會課題，1943 年 9 月 7 日，第一首又載曾今可《臺灣詩選》。

瀟瀟露冷尋詩客，習習旗飄賣酒家。
我有前朝興廢感，風光過眼益咨嗟。

樓閣翻新歲幾更，徘徊月下憶朱明。
鼎湖跡廢龍無種，華表宵深鶴有聲。
屐躡圓環欣鏡滿，杖攜曲巷喜輪清。
嫦娥不覺輿圖改，依舊溶溶照崁城。

策杖閒遊夜色和，圓環一角月婆娑。
撫心痛感紅羊劫，搔首哀吟玉帶歌。
躑躅欣逢奩乍啟，徘徊喜見鏡新磨。
斐亭鐘歇奎樓廢，莫把興衰問素娥。

風光如畫淨塵埃，最喜當頭一鏡開。
玉管有聲人事變，銀盤無缺霸圖灰。
高樓百尺機昇降，大道三更客往來。
太息林家亭已廢，嫦娥何事久徘徊。

銀漢澄清玉鏡懸，街頭踏遍睹嬋娟。
樓空跡廢無鐘鼓，月白風和有管絃。
兔影迷離秋靜候，人聲鼎沸夜涼天。
林家才子歸何處，一步移來一愴然。

古都風景 [123]

立馬寧南日未昏，繁華煙景獨銷魂。
蕭蕭劍氣承天府，滾滾濤聲鹿耳門。

鐘渡法華醒夢蝶，釵埋魁斗冷啼猿。
從茲極目荒城外，半壁河山剩劫痕。

市井繁華壯大觀，樓高百尺紀荷蘭。
銅駝鐵馬無荊棘，碧壘紅彝剩彈丸。
魁斗山荒環珮寂，婆娑海闊水雲寒。
鄭王祠畔梅花樹，更有英雄淚未乾。

喜樹水泳 [124]

七鯤淼淼海婆娑，濯足人來感若何。
壯志未舒悲逝水，雄心直欲挽頹波。
身穿大澤思潮急，體入中流擊浪多。
浴罷白沙崙外立，忍聽鼉鼓撼江河。

競泳爭游意自豪，白沙崙外晚風高。
更將健體隨深淺，直把雄心擊浪淘。
濯足何妨波滾滾，挺身不怕水滔滔。
勸君莫作尋常戲，大澤而今有怒濤。

敢將健手擊中流，十里鹽埕一色秋。
西接七鯤波疊疊，北連四草水悠悠。
浴沂盡日思曾點，洗耳當年記許由。
我有浮沉滄海感，可憐難覓濟川舟。

---

[123] 刊於《詩報》第 302 號，酉山吟社課題，1943 年 9 月 7 日。
[124] 刊於《詩報》第 304 號，桐城吟會課題，崁南新八景二，1943 年 10 月 11 日。

七鯤潮退海門寬，妙手爭游任激湍。
滌暑時逢風細細，濯纓喜泳水漫漫。
千層巨浪擎天險，萬疊洪濤撼地寒。
堪嘆江河趨日下，雄心擬欲挽狂瀾。

盡日浮沉志未灰，白沙崙外展雄才。
濯纓濯足分清濁，衝水衝波任溯洄。
鹿耳濤翻天塹險，鯤身浪捲海門開。
倘能當作中流柱，既倒狂瀾賴挽回。

礪軒聽雨 [125]

入耳蕭騷夢未安，礪軒庭畔雨瀰漫。
芭蕉葉捲三分綠，翡翠屏添一枕寒。
瀝瀝敲殘金屈戌，瀟瀟響徹玉欄杆。
四春園外淒涼夜，滴碎鄉心感萬端。

四春園外正淋漓，濕遍紗窗枕懶攲。
滴瀝頻敲吳第宅，淒涼空灑鄭旌旗。
一宵水漲圖書館，萬顆珠跳菡萏池。
回想巴山當夜事，可憐無計解相思。

圖書館靜雨瀟瀟，滴碎鄉心更寂寥。
冷迫荒園醒蛺蝶，聲敲舊宅響芭蕉。
跳珠錯落聞高閣，簷溜叮咚渡小橋。
我有巴山秋夜感，不堪淅瀝擾清宵。

連宵滴瀝響堂坳，幾訝吳公眼淚拋。
菡萏池寒千點潤，圖書館冷一聲敲。
風飄舊宅花辭樹，雲壓空林鳥戀巢。
別有西山簾暮捲，瀟瀟入耳百愁交。

側耳書齋聽有無，吹殘清影一燈孤。
劫痕點滴還思鄭，舊跡荒涼尚憶吳。
徹夜霏霏沾細草，滿天霖霖響高梧。
四春園裡人難寐，起視庭花遍地鋪。

滴碎芭蕉不忍聽，寧南別有雨淋鈴。
瀟瀟盡日敲書館，點點隨風落水亭。
起視嵌城千戶濕，回思魁斗一山青。
飛來峰在吳公老，依舊叮咚響未停。

誰挽天河一夜傾，飛來峰外聽淒清。
瀟瀟聲渡紅毛井，顆顆珠跳赤崁城。
入耳每懷吳舉子，敲窗猶憶鄭延平。
何堪重奏淋鈴曲，幾惹愁人夢不成。

<hr>

125 刊於《詩報》第 306 號，桐城吟會，臺南新八景三，1943 年 11 月 20 日，第一
首又載曾今可《臺灣詩選》。

九日法華寺小集 [126]

倚劍天南耀斗星，群仙抗手讀碑銘。
莊嚴寺掩千竿綠，錦繡山留一髮青。
蛺蝶夢回園寂寞，大鯨魂去水瓏玲。
空門漸作題糕會，不負敲詩繼斐亭。

後甲競馬 [127]

崁城十里一鞭揮，駿骨爭雄志未違。
逐電奔騰金勒壯，望風慷慨鐵蹄飛。
投錢客欲傾孤注，拍掌聲多震四圍。
今日大東門外路，誰家奪得錦標歸。

駿逸騰驤力不疲，大東門外決雄雌。
出場只合春秋季，入著初分勝負時。
一騎追風愁障礙，四蹄逐電任驅馳。
願教奮勇沙場去，好佐皇軍壯帝基。

迎春門外聽嘶聲，耳熱何妨孤注傾。
卻異鬥雞兼鬥草，儘多爭利不爭名。
一鞭麗日烏尖宅，十丈飛塵赤崁城。
吩咐騎人須謹慎，莫生障礙誤前程。

斗山直北崁城東，鐵骨稜稜鬥未窮。
千里馳驅防障礙，一鞭閃爍決雌雄。

記登棧道皮毛壯，曾奪沙場汗血功。

羨汝聲高多慷慨，春牛浦外嘯秋風。

赤嵌樓懷古 [128]

記取荷人築，憑欄感慨同。金城餘落日，石井渺雄風。

劫盡紅羊幻，歌殘玉帶空。鼎湖龍去後，樓閣尚玲瓏。

倚劍承天府，興衰感未窮。樓高磚帶赤，劫盡火留紅。

古塚迷芳草，荒城剩莿桐。不堪思往事，人去霸圖空。

安平秋望 [129]

波光帆影共悠悠，大好沙鯤眼底收。

萬疊洪濤嗚咽水，一聲哀雁海天秋。

西風蕭瑟孤城外，落日荒蕪古渡頭。

不盡朱明興廢感，騎鯨人去霸圖休。

烏山曉望 [130]

朝來倚劍立晴嵐，十里珊瑚此共探。

疊疊崗巒分赤黑，遙遙旗鼓壯東南。

---

[126] 刊於《詩報》第 308 號，法華寺擊缽首唱，1944 年 1 月 1 日、洪寶昆《現代詩選》
　　第一集、吳中《鯤瀛詩文集》下冊。

[127] 刊於《詩報》第 309 號，桐城吟會課題，臺南新八景四，1944 年 1 月 19 日。

[128] 刊於《臺灣詩壇》1 卷 3 期，臺灣詩壇第一期徵詩，1951 年 8 月 10 日。

[129] 刊於《臺灣詩壇》1 卷 5 期，1951 年 10 月 10 日。

[130] 刊於《瀛海吟草》地集，「今人佳作」欄，1952 年 12 月 15 日，又載洪寶昆《現代詩選》
　　第一集、吳中《鯤瀛詩文集》下冊。

曦籠鷺嶺天方白，雲壓龍湖水尚藍。
大好晨鐘鳴一杵，敲殘星月落寒潭。

桐城月 [131]

影迷鹿耳光猶在，事剪牛皮地已非。
憶自開臺三百載，盈虧曾照鄭旌旗。

光射荒城一角巍，紅羊劫幻玉蟾輝。
王祠已古王宮廢，依舊團圓照五妃。

鼎湖龍去益清輝，劫後河山照不違。
未盡當頭圓缺感，荒園蝶夢尚依稀。

關廟覽勝 [132]

廟宇崔巍存故蹟，江山錦繡奠金甌。
風亭煙月香洋水，盡付詩人筆底收。

秋日登赤嵌樓 [133]

樓聳西風百尺新，振衣不見鄭孤臣。
憑欄指顧沙鯤外，萬疊洪濤捲海濱。

麻豆覽勝 [134]

紛紛帽影又鞭絲，探勝人多過廊崎。
庭菊香連文旦宅，渚蓮粉墜武爺埤。

珠園葉點秋三徑，寶寺鐘敲月一籬。
別有繁榮新店路，龍喉湧水起民疲。

碑林 [135]

萬疊空山外，巍巍贔屭稱。
牛羊休礪角，留伴漢諸陵。

關嶺溫泉 [136]

山自峣嶢水自流，同源有火歷春秋。
滌身觸我懷曾點，洗耳憑誰繼許由。
聲渡麟屏清漱漱，氣涵蝠洞暖悠悠。
何時橐筆尋幽去，來作平原十日遊。

---

[131] 刊於《詩文之友》3 卷 2 期，詩文之友社第 12 期徵詩，1954 年 11 月。

[132] 刊於《詩文之友》6 卷 3 期，臺南縣鯤南吟社丙申秋季聯吟大會，1956 年 11 月，
又載《詩文之友》6 卷 3 期，臺南縣鯤南吟社丙申秋季聯吟大會，1956 年 11 月。

[133] 刊於《臺灣詩壇》13 卷 3 期，臺灣詩壇臺南辦事處成立週年紀念聯吟大會次唱，
1957 年 9 月。

[134] 刊於《詩文之友》8 卷 1 期，南瀛詩社秋季會員聯吟大會首唱，1957 年 10 月 1
日，又載《中華詩苑》第 34 號，南瀛詩社秋季會員聯吟會，1957 年 10 月、洪
寶昆《現代詩選》第一集、吳中《鯤瀛詩文集》下冊。

[135] 刊於《詩文之友》8 卷 2 期，臺南延平詩社，燦琳杯奪魁擊缽聯吟會，1957 年
11 月，又載《中華詩苑》第 35 號，臺南延平詩社，燦琳杯奪魁擊缽聯吟會，
1957 年 11 月。

[136] 刊於《詩文之友》9 卷 2 期，鯤南七縣市春季聯吟大會首唱，1958 年 5 月，又載《中
華詩苑》第 41 號，鯤南七縣市春季聯吟大會，1958 年 5 月。

鯤身觀海 [137]

斜陽一望水迢迢，萬疊洪濤捲碧霄。
江上有聲鼉鼓壯，海門無色虎旗遙。
大鯨東去魂何在，朱鳥西歸恨未消。
霸氣已沉王氣盡，滔滔猶剩七鯤潮。

黑海風雲劫後消，安平悄立首頻翹。
衝流濁浪千重捲，印水輕帆一葦遙。
蜃幻樓臺波滾滾，鼉奔島嶼氣蕭蕭。
鯤南十里江天外，落日寒鴉咽暮潮。

西顧鯤溟十里遙，延平劍氣尚蕭蕭。
滔天駭浪歸孤島，撼岸狂濤響九霄。
黑海鯨回王業盡，鼎湖龍去霸圖消。
振衣億載金城望，落日沉沉浴晚潮。

煙雲漠漠景蕭蕭，十里沙鯤一望遙。
日落靜聞嗚咽水，風狂怒捲去來潮。
紅羊劫幻江長在，玉帶歌殘鐵未消。
憶自鼎湖龍沒後，延平霸氣隔前朝。

倚劍灘頭眼界饒，鯤南煙景正蕭蕭。
閒雲黯淡江村暮，落日荒蕪島嶼遙。
浪捲平沙天作岸，風飄大澤海生潮。
黃昏試望中流處，蟹火漁燈隔水搖。

春日遊珊瑚潭 [138]

鐵網收藏二月初，為尋名勝曳輕裾。
煙籠赤嶺雲千疊，地接烏山水一渠。
出口幹分南北線，臨流人駐去來車。
春濃踏遍龍湖畔，大好鐘聲響劫餘。

金城春曉七律虞韻 [139]

巍巍聳立海之隅，曙色韶光淡有無。
雉堞荒涼清亦滅，湯池鞏固漢重扶。
垣頹壘廢埋荊棘，月落星沉喚鷓鴣。
記取沈公遺墨在，萬流砥柱壯宏謨。

鄭祠探梅七律東韻

江南春透古瀛東，盡日騎驢雪未融。
鐵骨不隨華鶴老，冰心應弔草雞雄。
笛吹城外黃昏月，鞭拂祠前料峭風。
欲把國花懷國士，大鯨魂渺霸圖空。 [140]

---

[137] 刊於《詩文之友》第 11 卷 2、3 期，曾北聯吟會社課，1959 年 7 月，又載《中華詩苑》
第 54 號，曾北聯吟會社課，1959 年 6 月。
[138] 刊於《詩文之友》12 卷 3 期，臺南縣南瀛詩社春季聯吟大會首唱，1960 年 4 月，
又載《中華詩苑》第 65 號，南瀛詩社春季社員聯吟會，1960 年 5 月。
[139] 刊於《詩文之友》12 第 5 期，臺南市十二名勝徵詩第二期，1960 年 6 月，又載
《中華藝苑》第 68 號，臺南市十二名勝徵詩，1960 年 8 月。
[140] 刊於《詩文之友》13 卷 1 期，臺南市十二名勝徵詩第一期，1960 年 8，又載《中
華藝苑》第 67 號，臺南市十二名勝徵詩，1960 年 7 月。

花開不共霸圖空，索笑人從舊荊桐。
孤島風飄懷大木，羅浮夢斷渺師雄。
心存抗滿枝橫北，意欲思明瓣向東。
獨占春魁三百載，冰魂尚帶古英風。[141]

法華夢蝶七律元韻 [142]

夢入名園粉翅翻，春婆往事與重論。
三更未穩珊瑚枕，一榻先迷蛺蝶魂。
彷彿華胥新歲月，分明槐國舊乾坤。
孝廉別館荒蕪盡，半月池留劫後痕。

惺忪睡態托荒園，彷彿南華舊蹟存。
一枕醒餘宵寂寞，三摩幻就月黃昏。
甘同莊叟遊仙夢，不與施琅負國恩。
身倘鄭王祠畔化，蘧蘧合伴古梅魂。

華宗橋晚釣 [143]

隱隱虹形隔社南，絲綸初理興初酣。
竿投落日流清濁，餌擲黃昏水蔚藍。
十里煙波疑渭水，半溪風月異湘潭。
釣餘不見人題柱，合頌陳家德澤覃。

十里蘆洲水蔚藍，長橋坐釣興初酣。
黃昏餌擲將軍北，薄暮竿投學甲南。

七尺絲迷煙漠漠，半溪泉映柳毿毿。

功勳未泯霜痕在，蓑笠生涯此處探。

鹿耳沉沙七律寒韻[144]

荒涼汕嶼接江干，土積沿堤歲月殘。

鐵鎖聲沉天塹險，靈旗影沒海門寒。

沙埋澤畔波重疊，戟折灘頭水渺漫。

有待他年開鑿後，恆河一例壯奇觀。

沙塵漠漠起長灘，折戟人來感萬端。

鼉鼓有聲濤浪險，龍旗無色水雲寒。

船歸鹿耳礁皆淺，地剪牛皮土未乾。

憶自大鯨魂去後，千秋海國靖波瀾。

竹溪煙雨七律蕭韻[145]

竹塢煙迷雨未消，隨風漠漠過溪橋。

濃如溢浦千條密，淡若齊州九點遙。

霡霂敲殘新佛寺，繽紛繡遍舊僧寮。

寧南城外瀟瀟夜，欹枕禪床感寂寥。

[141] 刊於《詩文之友》13 卷 1 期，臺南市十二名勝徵詩第一期，1960 年 8 月。

[142] 刊於《詩文之友》13 卷 1 期，臺南市延平詩社徵詩，第三期徵題，1960 年 8 月，
  第一首又載《中華藝苑》第 69 號，臺南市延平詩社徵詩，1960 年 9 月。

[143] 刊於《詩文之友》13 卷 2 期，曾北聯吟會課題，1960 年 9 月。

[144] 刊於《詩文之友》13 卷 2 期，臺南市十二名勝第四、五期徵詩，1960 年 9 月，
  第一首又載《中華藝苑》第 70 號，臺南市延平詩社徵詩，1960 年 10 月。

[145] 刊於《詩文之友》13 卷 3 期，臺南市十二名勝第六期徵詩，1960 年 10 月，第
  一首又載《中華藝苑》第七十二號，臺南市十二名勝徵詩，1960 年 12 月。

沙門漠漠景瀟瀟，潤物催詩引興饒。
帶霧輕籠深淺水，和雲淡抹短長橋。
劫餘竹曳千竿翠，飯後鐘敲一杵遙。
絕好齊州飄九點，臨風繡出可憐宵。

安平晚渡 七律眞韻 [146]

買棹人過古渡濱，砲臺日暮水粼粼。
婆娑海闊樓船壯，桔柣城燕雉堞湮。
拍岸鯨濤翻鷁首，隔江漁火認鯤身。
臨流慎勿歌桃葉，豔蹟秦淮半劫塵。

暮靄輕籠鹿耳濱，風恬蘭槳曳來頻。
城留桔柣門長鎖，水湧婆娑櫓尚陳。
萬疊洪濤孤島上，半江落日七鯤身。
消魂莫問秦淮事，桃葉桃根最動人。

燕潭秋月 七律庚韻 [147]

三潭印罷倍晶瑩，一角名園一鏡清。
圓缺更殊前代滿，光輝不減舊時明。
秋橫大地蟾留影，露冷中天燕失聲。
十二萬年丹桂樹，至今香襲赤嵌城。

名園一角碧晶瑩，十里西風颯颯聲。
皎潔秋迷荷鬼井，嬋娟夜照馬兵營。

蟾窺玉宇盤圓缺，燕舞閒潭水淺清。
劫後晴空懸玉鏡，光輝曾鑑鄭延平。

妃廟飄桂七律陽韻[148]

鯨奔龍去鳳高翔，祠畔枝枝向夕陽。
玉骨不隨華鶴老，前身合伴古蟾香。
婆娑樹郁山長秀，環珮魂歸塚未荒。
策杖寧南門外路，花開莫問國興亡。

馥郁祠堂五朵香，紅羊劫後尚飄揚。
鼎湖龍去江山異，孤島鳳歸歲月長。
露泡叢林秋寂寞，枝橫荒塚夜淒涼。
雄圖已盡興圖改，一樹婆娑弔夕陽。

鯤身漁火七律尤韻[149]

日落江村釣未休，燈光炯炯水悠悠。
膏濃黑海寒千點，燼冷玄灘淡一籌。
打網時翻瀛海浪，投竿待泛秣陵舟。
何當閃爍鯤洋去，隔岸漁歌互唱酬。

---

[146] 刊於《詩文之友》13 卷 4 期，臺南市十二名勝徵詩第七期詩題，1960 年 11 月，
第一首又載《中華藝苑》第 73 號，臺南市十二名勝徵詩，1961 年 1 月。

[147] 刊於《詩文之友》13 卷 4 期，臺南市十二名勝徵詩第八期詩題，1960 年 11 月，
第一首又載《中華藝苑》第 74 號，臺南市十二名勝徵詩，1961 年 2 月、洪寶昆《現
代詩選》第一集、吳中《鯤瀛詩文集》下冊。

[148] 刊於《詩文之友》13 卷 6 期，臺南市十二名勝徵詩第九期詩題，1961 年 1 月，
第一首又載《中華藝苑》第 75 號，臺南市十二名勝徵詩，1961 年 3 月。

[149] 刊於《詩文之友》14 卷 2 期，臺南市十二名勝全國徵詩，1961 年 3 月，又載《中
華藝苑》第 76 號，臺南市十二名勝徵詩，1961 年 4 月。

日近黃昏網未收，漁燈掩映大江頭。
光搖鹿耳波千頃，影映鯤身月一鉤。
捕蟹人趨西北嶼，釣鰲我泛去來舟。
相逢莫問延平事，鯨自東奔水自流。

佳里春色 七絕魚韻 [150]

勝地春濃二月初，小桃紅放映吟廬。
尋詩重到忘憂洞，更有群芳笑劫餘。

大好韶光大地舒，梅花萬點綴瓊琚。
北頭洋與東寧里，妊紫嫣紅放劫餘。

攜囊拾翠值春初，十里蕭瓏歷劫餘。
大塊韶光南勢路，苕藤舒綠上庭除。

春旙北頭花獻錦，風和南勢柳扶疏。
韶華十里鄉村外，別有瓊梅破萼初。

赤嵌夕照 七律微韻 [151]

策馬寧南願不違，受降城外已斜暉。
光搖故郡龍無種，影射寒潭燕未歸。
赤瓦翻新人物異，紅輪依舊版圖非。
魯陽戈與延平劍，合伴樓頭反日旗。

一抹殘陽淡四圍，赤嵌樓外見清輝。
光迷鴻指園皆廢，影照牛皮地已非。
落日荒蕪征馬逝，閒雲靉靆暮鴉歸。
延平霸業消沉久，城郭依然鎖夕暉。

朱明業盡覺羅非，暮色陽光映翠微。
淡抹王祠鯨北去，輕籠妃廟鳳西歸。
人爭按箭當天射，我欲持戈向日揮。
重上蓬壺書院路，嵌樓一角掛斜暉。

北園冬霽七律先韻 [152]

劫後陽光雨後天，鄭家別館異平泉。
園中雪霽蓮千葉，籬外風敲竹七絃。
勝地衣冠存禮樂，小春花鳥悟緇禪。
空門十月煙塵靜，清磬疏鐘響佛前。

荒蕪別館景超然，大好陽光十月天。
古井泉清螺化石，名園風細鳥啼煙。
扶疏別有亭前竹，脫俗寧無鉢底蓮。
地拓三分村六也，豪遊不負客停鞭。

[150] 刊於《詩文之友》14 卷 3 期，佳里詩社社課，1961 年 4 月，又載吳登神收藏《佳里鯤瀛詩社課題集》（一），第六期社課，前二首又載吳中《鯤瀛詩文集》上冊。

[151] 刊於《詩文之友》14 卷 4 期，臺南市十二名勝全國徵詩第十二期，1961 年 5 月，第一首又載《中華藝苑》第 79 號，臺南市十二名勝徵詩，1961 年 7 月。

[152] 刊於《詩文之友》14 卷 5 期，臺南市十二名勝全國徵詩第十一期，1961 年 7 月，第一首又載《中華藝苑》第 78 號，臺南市十二名勝徵詩，1961 年 6 月。

曾橋展望五律齊韻 [153]

悄立曾橋上，煙光入眼迷。嶼遙門號北，村古港稱西。
跨岸鰲樑隱，排空雁齒齊。祖龍鞭石後，利涉濟群黎。

觸眼橋橫處，霜痕沒馬蹄。閒雲窺隔浦，流水漲前溪。
帆剪千重浪，花飛十里堤。土城遙指點，日落鷓鴣啼。

倚劍曾橋外，凝眸夕照低。風光安定北，煙景海寮西。
雁齒排千疊，鰲樑跨一溪。霜痕人蹟在，司馬費留題。

極目頻瞻顧，虹橋蹟可稽。風和人叱犢，雨足客扶犁。
水色連天色，霜蹄復鐵蹄。曾文溪上望，簫鼓夕陽西。

新營軍聲 [154]

威武聲喧震八荒，營中雄韻聽堂皇。
金刀鐵馬新軍旅，曉角寒笳舊戰場。
響透麟屏驚大敵，呼傳蝠洞護中央。
轟轟百萬貔貅在，保衛邦家壯國防。

古都夜色 [155]

光搖紅綠景無雙，劫後城圖繪受降。
午夜歌聲悲玉帶，前朝霸氣冷銀釭。
簫吹鎮北潭歸燕，柝響寧南塚吠尨。
信是延平鏖戰地，至今半月說沉江。

南郡螢飛漏未終，城頭旗影自幢幢。
紅彝罍廢紅燈閃，玉帶歌殘玉露淙。
點點疏星籠別館，溶溶皓月泠吟窗。
宵來人坐祠梅下，鐵笛聲吹恨滿腔。

袖舞歌樓酒滿缸，南都電閃夜光龐。
盈虧月照前朝壘，紅綠燈迷舊國邦。
蝶過荒園星朗朗，鯨吞大澤水淙淙。
王城已古王祠壯，三百年來記受降。

一角嵌城玉露厖，園留鴻指月沉江。
王祠夜黑梅棲鶴，妃塚年荒草吠尨。
燈耀開山光閃爍，珠吞靖海水琤淙。
六街鼎沸天街靜，點點疏星照碧窗。

星光炯炯影幢幢，南國笙歌樂未降。
一代衣冠周禮樂，六街城郭漢家邦。
宵深鶴夢沉華表，劫盡鯨魂走大江。
風月滿樓燈萬點，鄭王霸氣照無雙。

話入桐城興未降，聯床燭又剪西窗。
長天星朗長鯨逝，大地宵濃大筆扛。
萬盞燈籠烏鬼井，一河水泛美人艭。
鯤身漁火奎樓月，光照王祠壯海邦。

漏滴南都夜氣厖，荒園蝶夢渺雙雙。
光搖露店燈千點，影射星橋月一窗。
黑海時聞嗚咽水，運河曾泛去來艭。
更深重上王妃塚，環珮聲沉恨未降。

三庠朝訓 [156]

繽紛瑞氣雜朝曦，廣集群生拜曉旗。
三校資深風繼魯，一辭訓切禮尊師。
歌聲唱徹晨開候，國粹宣揚日上時。
獨羨堂堂農學府，半耕半讀奠邦基。

八甲春耕 [157]

聲聲播穀喚新豐，二月西疇稼穡同。
紀績合培新國本，披圖重補古豳風。
日勤灌溉耕夫責，力助鋤犂戰士功。
待割黃雲收夏甸，賽神簫鼓起村東。

紅瓦曉霞 [158]

歸仁勝概隔南都，煙景宜人似畫圖。
曙破長天霞絢彩，曦籠大廈瓦塗朱。

赤城光耀孤村外，青漢影搖曲水隅。
欲向咸池觀浴日，欣然瑞色燦雲衢。

秋日歸仁覽勝 [159]

赤瓦紅樓蹟可稽，探幽人尚憶思齊。
無邊田景于囊橐，大好秋光策杖藜。
月印潭心蝦出穴，風涼社口燕歸棲。
養雞願效陶朱法，定見興村裕庶黎。

蘆溪泛月七絕豪韻 [160]

觀光不讓江州庾，橫槊真如赤壁曹。
明月一輪秋兩岩，華宗橋畔泛輕艘。

荻花深處月輪高，畫舫浮沉尚憶曹。
人自吹簫儂倚槳，一溪煙水樂陶陶。

船放蘆溪橋隱隱，流通鯤海浪滔滔。
泛來未盡盈虧感，底事嫦娥笑二毛。

---

[156] 刊於《詩文之友》17 卷 4 期，歸仁十景，1963 年 1 月。
[157] 刊於《詩文之友》17 卷 4 期，歸仁十景，1963 年 1 月。
[158] 刊於《詩文之友》17 卷 4 期，歸仁十景，1963 年 1 月。
[159] 刊於《詩文之友》17 卷 4 期，南瀛詩社秋季聯吟暨敦源吟社四十週年紀念全國
詩人聯吟大會首唱，1963 年 1 月。
[160] 第一、二首刊於《詩文之友》17 卷 4 期，佳里詩社社課，1963 年 1 月，又載吳
登神收藏《佳里鯤瀛詩社課題集》（一），第十九期社課，第一首又載吳中《鯤
瀛詩文集》上冊。第三首錄自吳登神收藏《佳里鯤瀛詩社課題集》。

冬日探梅 [161]

橐筆王祠畔，冰魂冷赤嵌。枝分南北異，影動雪霜嚴。
和靖情偏逸，襄陽思不凡。孤芳尋未歇，落日已西銜。

蕭壠秋煙 七律歌韻 [162]

漠漠金唐殿角過，苨藤鎖遍又嘉禾。
濃迷夜月籠沙遠，淡抹西風繡陌多。
佳里三秋頻繚繞，齊州九點共婆娑。
北頭洋與東寧路，大好晴空似網羅。

疏籠叢菊密籠禾，勝地紛紛落葉多。
淡抹北洋蟲泣砌，輕飛下廊鳥歸窠。
一村煙景裝綿絮，八月風光襯綺羅。
好是廣寒秋欲半，瀰漫重織記登科。

春日謁南鯤身廟 七律庚韻 [163]

稽首王前淑氣呈，巍巍神闕仰雕甍。
地留吉穴山騰虎，廟對璇宮海跋鯨。
冠劍森嚴瞻北嶼，樓船壯肅狩東瀛。
整衣廿四番風裡，一瓣心香表至誠。

春日謁麻豆代天府 [164]

元宵節近萃群賢，拱手神堂感萬千。
鐘鼓有聲宮闕壯，樓船無恙版圖遷。

春回鳳穴塵皆靜，日暖龍泉水亦鮮。
蘋藻一莖香一炷，迎曦門外禱豐年。

春日遊歸仁養雞園 [165]

勝日歸仁去，園幽鼓翅輕。一啼催曉曙，三唱報春晴。
談壯劉琨劍，聲和子晉笙。陶朱遺業繼，果見善經營。

秋日謁龍湖巖 [166]

秋過三摩地，詩人首自低。塵緣消赤子，梵夢醒閻黎。
鷲嶺雲千疊，龍湖水一堤。鞠躬桐落候，我願證菩提。

鯤身雪浪 [167]

東南鎖鑰水滔滔，人立灘頭眼界豪。
撼岸不沉公瑾艦，擎天似捲子胥濤。

---

161 刊於《詩文之友》17 卷 5 期，嘉義縣聯吟會壬寅秋季聯吟會，1963 年 2 月，
又載《中華藝苑》第 98 號，嘉義縣聯吟會壬寅（1962）秋季聯吟大會，
1963 年 2 月。

162 第一首刊於《詩文之友》17 卷 5 期，佳里詩社社課，1963 年 2 月，又載吳登神
收藏《佳里鯤瀛詩社課題集》（一），吳中《鯤瀛詩文集》上冊。
第二首錄自吳登神收藏《佳里鯤瀛詩社課題集》。

163 刊於《詩文之友》17 卷 6 期，鯤瀛詩社課題，1963 年 3 月，又載《中華藝苑》第
101 號，鯤瀛詩社第二十三期課題，1963 年 5 月、洪寶昆《現代詩選》第一集、
吳登神收藏《佳里鯤瀛詩社課題集》（二）、吳中《鯤瀛詩文集》上冊、下冊。

164 刊於《詩文之友》22 卷 1 期，瀛南七縣市春季聯吟大會課題，1965 年 5 月。

165 刊於《詩文之友》22 卷 3 期，延平詩社，慶祝林監事金樹歸仁養雞園落成擊缽錄，
1965 年 7 月。

166 刊於《詩文之友》第 23 卷 1 期，臺南縣南瀛詩社秋季聯吟大會首唱，1965
年 11 月。

167 刊於《詩文之友》第 23 卷 3 期，南瀛詩社課題，1966 年 1 月。

鯨吞島嶼江橫鷸，蜃幻樓臺海走鰲。
霸業衰頹王氣盡，延平功績尚崇高。

晶瑩暮捲海門高，鹿耳沙灘吼怒濤。
隔岸有聲寒滾滾，接天無際碧滔滔。
波翻大澤銀山壯，雪點中流鐵騎豪。
千古臺江嗚咽水，至今仍作不平號。

瀲灩滄洲百丈高，威如萬馬欲奔逃。
城留桔桸門長鎖，海湧婆娑水自號。
撼岸頻涵孤島月，掀天不減廣陵濤。
子胥老去延平死，霸業雄圖付浪淘。

春日北港朝天宮進香 [168]

聖績輝煌聖德崇，神輿浩蕩起村東。
鼓轟瀛海婆娑水，旗捲汾津料峭風。
香火萬家人遠近，衣冠百代廟玲瓏。
剛逢二月韶光麗，瞻仰覃恩復鞠躬。

笨港春回百卉紅，喧天鼓樂鬧神宮。
瀾安瀛海功難沒，派溯湄洲德可風。
隨駕儘多南北轍，迎輿不斷去來驄。
韶光十里汾津路，獅隊龍燈舞態雄。

宮闕巍巍壯海東，進香時值百花紅。
人聲鼎沸繁華裡，旗影飄搖熱鬧中。
玉笏昭彰凝淑氣，珠冠燦爛逐春風。
宵深崇聖臺邊立，萬盞神燈射碧空。

春日過佳里興訪諸羅縣故跡 [169]

欲覓諸羅縣，春回淑氣揚。舊營存武績，故宅剩文昌。
人去名猶在，官移地未荒。震興宮畔路，稽古立斜陽。

五日登受降城 [170]

天中令節赤嵌來，人立城樓話劫灰。
地剪牛皮功紀鄭，潮翻鹿耳賦傳枚。
降圖未泯興圖改，漢祚重興國祚恢。
今日振衣登絕頂，艾旗蒲劍弔英才。

歷盡塵埃復劫埃，蘭湯浴罷振衣來。
書降軹道龍堆古，人立荒城雉堞頹。
滾滾濤聲聞靖海，蕭蕭劍氣冷澄臺。
登臨又屆天中節，擬向三閭奠一杯。

---

[168] 刊於《詩文之友》24卷1期，北港朝天宮徵詩，1966年5月。
[169] 刊於《詩文之友》24卷1期，南瀛詩社第二十四期課題，1966年5月。
[170] 刊於《詩文之友》24卷6期，南瀛詩社第二十七期課題，1966年10月。

端午相攜桔柣來，降城一角笛聲哀。
薰風駘蕩新船澳，落日荒蕪舊砲臺。
韜略盛傳劉永福，詩書獨羨沈文開。
振衣不盡前朝恨，荊棘銅駝尚劫灰。

五日攜囊絕頂來，紅彝壁壘久塵埃。
門留桔柣無荷鬼，府剩承天憶漢才。
鼙鼓聲沉王氣盡，旌旗影蕩霸圖灰。
登臨別有三閭恨，魚腹埋身事可哀。

霸業成灰劫亦灰，端陽直上崁城來。
鼎湖蹟廢龍無種，華表年多鶴未回。
荊棘銅駝千古恨，梅花鐵笛一聲哀。
靈均節與延平志，死後忠魂護草萊。

臺江泛月 [171]

一舸輕搖大澤來，安平十里海門開。
銀盤影映新燈塔，玉兔光迷舊砲臺。
橫槊人懷曹子賦，倚檣我愛鄭王才。
乘槎有待蟾宮去，同與嫦娥話劫灰。

麻豆代天府題壁 [172]

一角觚稜接太清，代天府壯冠鯤瀛。
題留壁上龍蛇動，墨點神前劍戟橫。

落筆有詩皆玉律，籠紗無句不金聲。
南巡北狩樓船在，莫怪群黎禮意誠。

夏日過夢蝶園 [173]

策馬桐城日未闌，薰風習習拂吟鞍。
園留荊棘悲鯨蝶，塚沒釵鈿畢鳳鸞。
寧靖歌餘王氣盡，孝廉夢醒霸圖殘。
登臨椷觸前朝恨，半壁東南鎖已難。

光復節謁安平文朱殿 [174]

巍巍殿聳古鯤瀛，稽首王前表至誠。
儘有神靈擎寶塔，寧無廟貌壯金城。
地連桔柣門長鎖，海湧婆娑水尚橫。
此日重逢光復節，臺江十里起歡聲。

寧南秋色 [175]

玉露凋傷冷莉桐，青青妃塚又西風。
鯤身浪捲千重雪，鹿耳門懸五彩虹。

[171] 刊於《詩文之友》25 卷 4 期，鯤南七縣市丙午秋季詩人聯吟大會首唱，1967
年 2 月，又載《中華藝苑》第 138 號，鯤南七縣市丙午秋季詩人聯吟大會，
1967 年 3 月。
[172] 刊於《詩文之友》29 卷 1 期，鯤南七縣市秋季聯吟大會首唱，1968 年 11 月。
[173] 刊於《詩文之友》30 卷 5 期，雲嘉南四縣市己酉夏季詩人聯吟大會首唱，
1969 年 9 月。
[174] 刊於《詩文之友》31 卷 3 期，文朱殿落成聯吟會，1970 年 1 月。
[175] 刊於《詩文之友》31 卷 3 期，南瀛詩社第十六期課題，1970 年 1 月。

霜點江頭蘆絮白，霞籠渡口蓼花紅。
斐亭已古奎樓廢，依舊吟聲響碧空。

蘆白葭蒼遍海東，天飛孤鶩地飛鴻。
月籠鹿耳沙浮碧，霞落鯤身水泛紅。
籬外黃飄三徑菊，江頭丹染半林楓。
鼎湖今日龍無種，故郡衣冠尚古風。

鯨纜跋海雁排空，煙景蕭疏舊莿桐。
黃菊日露三徑雨，白蘋秋戰一溪風。
荷蘭井古泉流碧，赤崁樓危瓦飾紅。
不盡朱明興廢感，草雞磚讖鄭成功。

暮春登桂子山 [176]

三月扶筇絕頂趨，斗山拾級日相呼。
園荒夢斷無蝴蝶，塚古春殘喚鷓鴣。
漢祚未恢甘殉節，明朝欲復肯捐軀。
振衣重向妃墳拜，環珮聲沉白骨枯。

舞雩風透古南都，魁斗登臨淚欲濡。
謝屐重攜墳寂寞，葛巾未折塚荒蕪。
春殘林下沉環珮，日落山頭泣鷓鴣。
妃自殉夫王殉國，貞忠千載紀宏模。

弔鄭王梅 [177]

死後魂迷華表鶴，生前香襲鼎湖龍。
今朝剪紙王祠去，不見冰姿綺恨濃。

橫斜一樹經三世，萎謝疏枝恨萬重。
我正為花來剪紙，祠前稽首憶芳容。

王祠一角渺芳容，欲奠南枝酒滿鍾。
太息鯨奔花亦謝，招魂無處恨填胸。

端陽謁屈子祠 [178]

蒲酒三閭奠，靈祠俎豆豐。文章哀地下，節序屆天中。
未減彭咸恨，難消賈誼衷。鯤溟嗚咽水，猶弔楚詩翁。

頂禮瞻嵌腳，虔誠拜屈公。詩哀吟澤畔，祠壯鎮城東。
簫鼓沉湘水，衣冠屬楚風。心香時一瓣，令節屆天中。

麻豆龍喉穴 [179]

里古稱開化，龍蟠穴有痕。大鑼坑畔路，一水噴晨昏。

[176] 刊於《詩文之友》36 卷 2 期，延平詩社四月擊缽錄，1972 年 6 月。
[177] 刊於《詩文之友》36 卷 6 期，大千詩壇第二期徵詩，1972 年 10 月。
[178] 刊於《詩文之友》36 卷 6 期，延平詩社端午祭屈子並延平詩社諸先哲擊缽錄，1972 年 10 月。
[179] 刊於《詩文之友》37 卷 2 期，雲嘉南四縣市壬子冬季南瀛詩社創立二十週年紀念詩人聯吟大會次唱，1972 年 12 月。

秋月謁南鯤身代天府 [180]

稽首鯤身廟，巍巍鎮海疆。秋高山踞虎，日暮地停驤。
冠劍巡孤島，樓船壯八荒。觚稜存一角，劫後尚堂皇。

春溢南都 [181]

大好寧南路，韶光溢四圍。春回人事變，劫幻版圖非。
故郡龍無種，寒潭燕未歸。開元禪寺外，風景正依稀。

春溢承天府，刀鎗劍戟非。六街人鼎沸，大地草芳菲。
湖廢龍姿減，園荒蝶夢違。鄭家垂十世，梅尚弔斜暉。

星輝古堡 [182]

古堡巍峨鎮海湄，中天星照酒盈卮。
籌添碧水沉鼇鼓，影燦金城沒虎旗。
壽宇宏開搖點點，華筵乍啟煥離離。
願教永耀元龍宅，長護人間不老姿。

奎星朗朗斗星移，古堡春回照壽詩。
影射燈臺珠閃爍，光搖砲壘月迷離。
森羅萬點王城外，錯落三更靖海湄。
別有元龍樓百尺，延齡人晉酒千卮。

佳里文風 [183]

元音振起韻琤琮，佳里吟風捲萬重。
一代文章追李杜，千篇詞藻繼王鍾。
詩藏囊橐衣冠盛，筆繪縑緗翰墨濃。
洞尚無憂人已古，扶筇佇立益愁儂。

開臺紀念日鹿港天后宮修禊 [184]

輝煌寶殿篆煙融，人萃騷壇話故宮。
蹟溯湄洲神顯赫，禊修鹿渚筆玲瓏。
披荊斬棘恢朱裔，歃血焚衣紀鄭公。
勳業傾頹逾十世，至今猶頌復臺功。

龍舟競賽觀感 [185]

欲睹龍舟賽，相邀到運河。雄如鯨跋海，疾若鷿穿波。
舊俗傳三楚，新詞賦九歌。未曾分勝負，黑浪正滂沱。

為紀三閭節，龍舟競汨羅。濤翻江上鷁，棹擊水中鼉。
奪錦雄無限，懸旗睹若何，忠魂招未返，風雨壯山河。

---

[180] 刊於《詩文之友》37 卷 4 期，壬子年秋季鯤南七縣市詩人聯吟大會，1973 年 2 月。
[181] 刊於《詩文之友》37 卷 6 期，延平詩社新春擊缽錄，1973 年 4 月。
[182] 刊於《詩文之友》37 卷 6 期，延平詩社慶祝陳保心先生令尊六四壽誕于安平文朱殿擊缽會，1973 年 4 月。
[183] 刊於《詩文之友》37 卷 6 期，臺南縣南瀛詩社擊缽錄首唱，1973 年 4 月。
[184] 刊於《詩文之友》38 卷 4 期，癸丑全國詩人大會首唱，1973 年 8 月。
[185] 刊於《詩文之友》38 卷 4 期，延平詩社端陽節擊缽錄，1973 年 8 月。

古堡觀海 ¹⁸⁶

身登古堡眼西窺，萬疊洪濤捲水湄。
鼇鼓有聲天塹險，龍旗無色海門危。
營歸壯肅誰巡哨，壘築延平此駐師。
回首紅毛城內外，降圖未泯霸圖虧。

端午前謁山西宮 ¹⁸⁷

觚稜一角聳香洋，冒雨人來鬥綺章。
千里追風誇赤兔，一宮魔劫幻紅羊。
節迎弔屈斯文繫，廟為崇關我武揚。
明日裁詩還剪紙，茫茫何處起沉湘。

億載金城壹佰週年紀念 ¹⁸⁸

億載城危古渡連，門含落日壁含煙。
驚濤駭浪翻千疊，碧壘紅彝壯百年。
倚劍時無鯨跋海，揚帆惟有鶗橫天。
山河未改湯池固，絕頂高歌氣浩然。

安平勝築古今傳，壁壘巍峨聳碧天。
樓閣翻新文物盛，湯池依舊版圖遷。
門迎鹿耳汪洋水，地隔牛皮斷續煙。
雉堞百年城億載，登臨齊頌沈公賢。

百歲長存碧壘堅，名稱億載史留傳。
江流左右金湯固，壁聳東南鐵鎖懸。

雉堞夜籠孤島月，鴉垣暮捲七鯤煙。
砲臺已古燈臺廢，獨剩巍峨壯海邊。

鳳凰城展望 [189]

寧南十里望迢迢，倚劍城頭萬慮消。
鴻指園荒鴻爪沒，馬纓花襯馬蹄驕。
禽知應瑞歌仙島，樹尚來儀兆聖朝。
我欲層樓重俯瞰，六街車輛雜塵囂。

寧南一望景蕭蕭，萬樹成林費筆描。
花燦晴霞紅十里，柳拖淡靄綠千條。
眼前海漲鯨魂去，劫後園荒蝶夢遙。
今日王祠重倚劍，延平霸氣未全消。

森森萬木接雲霄，十里崁城景色饒。
劍倚寧南眉欲展，車停鎮北首頻翹。
馬纓花豔如霞燦，鷺爪桃香浥露嬌。
別有延平祠未泯，焚衣歃血認前朝。

[186] 刊於《詩文之友》38 卷 5 期，雲嘉南四縣市癸丑夏季聯吟大會首唱，1973 年 9 月。
[187] 刊於《中國詩文之友》40 卷 4 期，雲嘉南四縣市甲寅夏季聯吟大會首唱，1974 年 8 月。
[188] 刊於《中國詩文之友》41 卷 5 期，延平詩社第十六期課題，1975 年 4 月。
[189] 刊於《中國詩文之友》42 卷 1 期，延平詩社第十七期徵詩，1975 年 6 月。

觀光年遊古南都 [190]

觀光有客踏城坳，南國森羅萬象包。
文墨尚餘蓮社蹟，詩鐘不聽斐亭敲。
濤翻瀛海鯨魂渺，人過荒園蝶夢拋。
重立五妃祠畔路，鶴歸華表鳳歸巢。

迎春門重新落成紀盛 [191]

曾記當年畫角號，七星軍去渺旌旄。
鼎湖蹟廢無龍種，城郭基存壯虎牢。
雉堞翻新迎日近，鴉垣復舊倚雲高。
繁華十里東門路，盛典隆隆紀一遭。

重建迎春紀績高，頻年心力費週遭。
繁華地接山魁斗，壯麗城連厝竹篙。
雉堞凌雲稱鞏固，鴉垣向曙認堅牢。
晨鐘一杵彌陀寺，敲醒群黎赴早操。

東門十丈接雲高，廣建重修費一遭。
珮響傳來山桂子，鐘聲敲響寺彌陀。
壘迎瑞氣鴉垣壯，壁繞祥光雉堞牢。
今日竣工開盛典，群黎仰首頌勤勞。

赤崁樓懷古 [192]

樓傍承天府，巍巍聳碧霄。井枯荷鬼去，磚廢草雞遙。
復漢心猶壯，思明首欲翹。王祠重倚劍，霸氣未全消。

土城鹿耳門聖母廟春集 [193]

元宵節近萃騷人,聖母宮前萬象新。
作賦齊追王內史,鏖兵重憶鄭孤臣。
詩敲鹿耳文無價,榜占鰲頭筆有神。
今日海東簪屐會,鉢聲響徹七鯤身。

古都夏集 [194]

鷗鷺相邀韻事賡,南薰慍解赤嵌城。
旗飄故郡龍無種,鉢響閒潭燕失聲。
抗暴詩追文信國,墾荒績紀鄭延平。
一峰亭古奎樓廢,依舊吟風盛八紘。

春日謁新營濟安宮 [195]

神前稽首日斜西,二月新營草漸齊。
烈烈英靈分海嶠,巍巍正氣薄雲霓。
渡江救主功難匹,衛國興邦志不低。
宮建濟安醫濟世,千秋赫濯庇群黎。

---

[190] 刊於《中國詩文之友》42 卷 3 期,延平詩社第十八期徵詩,1975 年 8 月。
[191] 刊於《中國詩文之友》42 卷 5 期,延平詩社第十九期徵詩,1975 年 10 月。
[192] 刊於《中國詩文之友》43 卷 6 期,丙辰夏季雲嘉南四縣市詩人聯吟大會首唱,1976 年 5 月。
[193] 錄自《第一屆觀光節自強年愛國活動大會全國詩人聯吟大會詩集》,中華民國戊午春季鯤南七縣市詩聯吟大會。
[194] 刊於《中國詩文之友》第 284 期,延平詩社改選理監事舉行內祝擊鉢吟會,1978 年 7 月 31 日。
[195] 刊於《中國詩文之友》第 293 期,己未新營全國詩人大會第二日首唱,1979 年 6 月 31 日。

正統鹿耳門土城聖母廟題壁七律齊韻 [196]

鹿耳沙沉蹟可稽，崔巍神闕聳雲霓。
詩描壁上松煙淡，句點牆間墨瀋齊。
源溯湄洲崇聖母，靈分海嶠庇黔黎。
何時借取凌霄筆，藻繪璇宮入品題。

自強年謁鹿耳門聖母廟 [197]

年值自強歲自豐，神前稽首更尊崇。
璇宮麗壯土城外，吉穴光騰靖海東。
廟對鯤身波瀲灩，門高鹿耳水玲瓏。
仰瞻聖母威靈赫，護國安瀾建偉功。

運河弔屈 [198]

運河日暮水拖藍，隔岸招魂怨不堪。
千古未消魚腹恨，汨羅煙景比鯤南。

崁城秋集 [199]

抗手西風裡，霜高韻事添。文章追杜甫，詩酒樂陶潛。
井涸無荷鬼，濤翻咽玉蟾。東南餘半壁，旗鼓尚森嚴。

抗手承天府，西風捲翠簾。文追施士洁，武紀鄭虯髯。
劫幻紅彝廢，歌殘玉帶淹。古都秋未晚，落日鎖眉尖。

夏日武廟話舊 [200]

武廟輝煌鍊紫英，薰風促膝訴離情。
炎增鎮北潭歸燕，暑迫寧南海跋鯨。
豹略共談關聖帝，龍韜爭仰鄭延平。
相逢知己傾肝膽，話到家山痛滿清。

鷺鷗同萃受降城，習習薰風拂袖輕。
滌暑人多談武績，乘涼我欲頌文衡。
鼎湖蹟廢無龍種，魁斗墳荒渺鳳聲。
霸業未恢王氣盡，相邀聖殿話騎鯨。

午日安平懷古 [201]

倚劍安平落日遲，懸蒲插艾惹心思。
紅彝碧壘埋荷鬼，黑海洪濤渺鄭師。
鰲鼓有聲天塹險，龍旗無色海門危。
任他剪紙憑江弔，千古難消屈子悲。

---

[196] 刊於《中國詩文之友》第 305 期，臺南市自強愛國活動舉開全國詩人大會，1980 年 6 月 1 日，又載《第一屆觀光節自強年愛國活動大會全國詩人聯吟大會詩集》。

[197] 錄自《第一屆觀光節自強年愛國活動大會全國詩人聯吟大會詩集》。

[198] 刊於《中國詩文之友》第 311 期，臺南市端午詩書畫聯合特展詩人聯吟大會次唱，1980 年 12 月 1 日。

[199] 刊於《中國詩文之友》第 327 期，臺南市延平詩社卅週年社慶詩人聯吟會首唱，1982 年 4 月 1 日。

[200] 刊於《中國詩文之友》第 330 期，臺南延平詩社擊缽例會，1982 年 7 月 1 日。

[201] 刊於《中國詩文之友》第 347 期，癸亥端陽全國詩人聯吟大會首唱，1983 年 12 月 1 日。

崁城春 [202]

天展韶華麗莿桐，鞭絲帽影古城東。
春光十里王祠畔，一樹梅花弔鄭公。

秋日登赤崁城 [203]

橐筆登臨對夕陽，崁城秋晚菊凌霜。
園荒夢斷無蝴蝶，地古花開有鳳凰。
露冷竹溪蘆挺秀，月明妃廟桂飄香。
西風瑟瑟靈祠外，一樹寒梅弔鄭王。

崁城春望 [204]

眼看瀛海鯨魂渺，睡醒荒園蝶夢捐。
旖旎春光祠畔路，梅花一樹放新年。

屹立嵌城思悄然，鯤身一望浪花妍。
春風駘蕩婆娑海，萬疊鯨濤捲碧天。

文化季鹿耳門天后宮雅集七律青韻 [205]

劫運江河歲月經，群仙抗手頌碑銘。
輝煌廟擁千重碧，錦繡山留一髮青。
蛺蝶夢回春旖旎，大鯨魂去水瓏玲。
神宮藉作南皮會，不盡敲詩繼斐亭。

安平雜詠 [206]

鐵鎖沉江蹟未消，大鯨魂逐七鯤潮。
振衣屹立王城望，煙水滔滔捲碧霄。

安平晚到海風嚴，補網辛勤日夜兼。
女性溫柔男儉樸，一年生計在漁鹽。

漁舟晚唱七鯤洋，砲壘燈臺壯海疆。
人立江樓思往事，降清賣國愧施琅。

波翻落日水拖藍，絕好風光引領探。
此是延平鏖戰地，烽煙砲火認鯤南。

虎旗軍去戍樓空，故壘蕭蕭夕照紅。
三百年前遺恨在，焚衣猶記鄭成功。

古堡崔巍舊有名，輿圖未改渺騎鯨。
而今嗚咽臺江水，似為英雄訴不平。

[202] 刊於《中國詩文之友》第 354 期，臺南市延平詩社社員擊缽例會次唱，1984 年
7 月 1 日。
[203] 刊於《中國詩文之友》第 361 期，臺南延平詩社第三十三週年社慶社員擊缽聯
吟大會首唱，1985 年 2 月 1 日。
[204] 刊於《中國詩文之友》第 378 期，臺南市延平詩社，1986 年 7 月 1 日。
[205] 刊於《中國時報》，雲嘉南縣市新聞，1994 年 4 月 5 日，第 14 版。
[206] 刊於《新生詩苑》。

落日荒蕪桔柣門，鯨濤萬疊捲晨昏。
紅毛城古紅彝廢，半壁東南尚劫痕。

王城壯麗海婆娑，古渡荒煙接運河。
好是波恬風又靜，半江雲水唱漁歌。

鯤鯓雪浪 [207]

馬沙溝闊水滔滔，絕好斜陽捲怒濤。
氣壯南瀛山臥犬，威揚北嶼海奔鰲。
有心拍岸心應懼，無計安瀾首自搔。
不盡臺江深淺恨，虎旗軍去晚潮高。

安平競渡 [208]

兩艇雄飛壯志添，奪標奪錦會森嚴。
傷心欲弔三閭魄，古堡汪洋水一奩。

曬鹽 [209]

渾疑雪積與冰凝，煮海驕陽玉屑蒸。
不待當年膠鬲販，爭將外匯歲收增。

一泓碧訝水晶凝，劃井分田向日蒸。
若效雪花飛六出，皚皚永兆國中興。

嵌城春日懷古 [210]

入眼韶光好，春風滿崁城。江山留霸氣，花草閒閒情。
鹿耳潮聲急，鯤身夕照明。登臨無限感，低首憶延平。

嵌城懷古 [211]

曳杖嵌城去，登臨百感傷。江山曾破碎，霸業已荒涼。
鹿耳空流水，鯤身半夕陽。英雄今已渺，惟有古梅香。

弔五妃 [212]

踏破吟鞋感慨頻，萋萋芳草慘無春。
斗山有幸埋香骨，荒塚何心葬玉人。
殉國殉夫天地數，全貞全節帝王嬪。
赤嵌城外西風冷，憑弔人來益愴神。

[207] 錄自詹評仁《柚城詩錄》。
[208] 錄自詹評仁《柚城詩錄》。
[209] 刊於《詩文之友》19 卷 6 期，南瀛詩社癸卯秋季聯吟大會次唱，1964 年 4 月，
第一首又載《中華藝苑》第 111 號，南瀛詩社癸卯秋季聯吟會，1964 年 3 月。
[210] 錄自李步雲《快園詩錄》。
[211] 錄自李步雲《快園詩錄》。
[212] 錄自李步雲《快園詩錄》。

五、臺灣地景相關

春日遊北投 [213]

鎮日尋芳作勝遊，北投風景眼中收。
草添嫩綠花枝麗，春剪深紅燕子愁。
遠樹風生嵐氣動，清潭日射劍光浮。
登臨別有逍遙趣，對酒當歌得自由。

壽山曉翠 [214]

壽山嵐氣曉離離，翠黛籠煙繞秀眉。
萬樹清奇凝曙色，千層嫩綠映朝曦。
漫嗟昔日鯨魂渺，曾記當年鶴駕移。
如此名峰稱八景，攀蘿覽勝共題詩。

屏東春曉 [215]

浩蕩東風裡，晴空瑞氣分。隔屏纔曙色，迎面已朝曛。
遠睹旗津水，橫波大武雲。綠窗人乍起，春思正紛紛。

祝山觀日 [216]

登臨絕頂四更時，萬疊雲山列翠眉。

氣接諸羅初曙色，峰連阿里正朝曦。

曈曈影照櫻花麗，密密煙迷芨草滋。

從此扶桑頻極目，一輪金鏡現雄姿。

阿里山 [217]

曈曈日射見晴臺，絕好名巒四面開。

東望新高雲靉靆，西流八掌水瀠洄。

千年神檜參天古，萬樹紅櫻入眼來。

最是不堪身獨立，山形依舊霸圖灰。

淡溪垂釣 [218]

薄暮絲綸擲，鳳山日已低。風光疑渭水，煙景勝磻溪。

江靜魚貪餌，林深鳥倦啼。歸來人意懶，蓑笠過橋西。

---

[213] 刊於《三六九小報》第 57 號，「詩壇」欄，1931 年 3 月 19 日，第 4 版。

[214] 刊於《臺南新報》，「詩壇」欄，高雄州聯吟會首唱，1932 年 5 月 1 日，第 8 版，又載《詩報》第 35 號，高雄州聯吟會首唱，1932 年 5 月 15 日。

[215] 刊於《臺灣日日新報》，癸酉全島聯吟大會，1933 年 2 月 24 日，第 8 版，又載《詩報》第 55 號，癸酉全島聯吟大會，1933 年 3 月 15 日、曾笑雲《東寧擊缽吟後集》。

[216] 刊於《三六九小報》第 333 號，「詩壇」欄，1934 年 4 月 19 日，第 4 版。

[217] 刊於《詩報》第 98 號，南州聯吟會徵詩，1935 年 2 月 1 日，又載《三六九小報》第 427 號，「詩壇」欄，南州聯吟會徵詩，1935 年 3 月 13 日，第 4 版、《臺灣日日新報》，南州聯吟徵詩，1935 年 3 月 28 日，第 8 版。

[218] 刊於《詩報》第 258 號，屏東聯吟會課題，1941 年 10 月 20 日。

武巒曉翠 ²¹⁹

左股坤維鎮，屏東曙色佳。山迷雲出岫，道曲石為階。
聳翠孤峰立，紆青萬疊排。登高人起早，風景觸吟懷。

鐵橋夕照 ²²⁰

十里溪邊路，斜陽照影來。盡將鋼作架，不用石為材。
映水餘光麗，籠沙暮景開。晴空留一片，偏逐晚鴉回。

西螺大橋覽勝 ²²¹

隱隱鰲樑隔野村，竹塘鄉外問來源。
溪分濁水兼清水，路轉南轅復北轅。
探勝人多憑雁齒，拾詩我欲認霜痕。
何當藉取相如筆，駟馬高車寫句存。

鰲樑隱隱水潺湲，問俗人多認劫痕。
跨岸合通南北馬，排空爭駕去來轅。
雲橫鹿谷歸三峽，泉滾螺溪接七鯤。
不盡前朝興廢感，卦山軍壯黑旗翻。

中埔春望 ²²²

倚劍龍門思不窮，迎人淑氣淡晴空。
尖山影擁潭涵碧，沄水光浮樹鬱蔥。
祠廟有神宜拜鳳，乾坤無恙擬停驄。
何當極目斜陽外，鯤海洪濤指顧中。

大武秋望 [223]

蓬萊左股鎮鯤瀛，倚劍西風感慨生。
半壁山橫旗鼓壯，一行雁叫海天清。
隔屏葉落猿方嘯，遠岫煙迷鳳乍鳴。
極目東南門鎖鑰，雄心重憶鄭延平。

岱江觀海 [224]

屹立斜陽眼界明，松津一望晚潮生。
寮前虎嘯旗無色，海上鰲奔鼓有聲。
鑰鎖東南天塹險，帆歸島嶼浪花平。
挺身欲挽中流柱，鯤水何年走大鯨。

旗山覽勝 [225]

左股坤維鎮，風光彙筆描。山排旗鼓壯，地聳海天遙。
拾翠來空谷，尋詩過野橋。東南餘半壁，霸氣未全消。

[219] 刊於《詩報》第 259 號，屏東聯吟會課題，1941 年 11 月 1 日。
[220] 刊於《詩報》第 260 號，屏東聯吟會，1941 年 11 月 17 日。
[221] 刊於《詩文之友》1 卷 2 期，今人佳作，1953 年 5 月 20 日。
[222] 刊於《詩文之友》1 卷 6 期，嘉義縣第五屆聯吟會，中埔鄉鳴鳳吟社承辦，
1953 年 10 月。
[223] 刊於《詩文之友》2 卷 3 期，今人佳作，1953 年 12 月 15 日。
[224] 刊於《詩文之友》3 卷 2 期，嘉義縣春季聯吟會，1954 年 11 月 1 日。
[225] 刊於《詩文之友》5 卷 5 期，高屏三縣市丙申春季聯吟大會首唱，1956 年 6 月，
又載《中華詩苑》第 18 號，高屏三縣市春季聯吟大會，1956 年 6 月、《鯤南詩苑》
1 卷 1 期，高屏三縣市丙申春季聯吟首唱，1956 年 6 月。

冬日登壽山 [226]

東南屏嶂鼓旗橫，絕頂登臨感慨生。
錦繡山留青一髮，蕭森林擁綠千莖。
風寒凜冽崗鳴鳳，水漾婆娑海拔鯨。
莫問前朝興廢事，英雄老去霸圖傾。

鹿港觀潮 [227]

怒捲南溟復北溟，鹿江一望海門青。
子胥去後延平老，遮莫隨風落斐亭。

旗山冬曉 [228]

崗巒對峙鼓旗雄，策杖虹橋冷朔風。
大塹晨迷雲靉靆，小陽曙破雪玲瓏。
曦籠玉枕山含碧，瑞獻銀屏樹鬱蔥。
日未咸池天未白，半鉤殘月尚朦朧。

二林秋望 [229]

儒林閭閻傍溪隈，倚劍西風憶霸才。
鄉隔大城鴻雁返，帆歸芳苑浪濤哀。
江山藻繪憑瞻仰，車馬喧嘩任去來。
更立建興橋外望，漫天詩料費刪裁。

羅山曉市 [230]

桃城十里壯奇觀，鼎沸商聲雜夜闌。
千古貿遷懷子貢，一朝市議繼馮驩。
凌晨有色川垂柳，向曙無波井號蘭。
漫道賣花深巷起，街頭尚聽叫零攤。

春日遊鼓山公園 [231]

勝日攜囊絕頂臨，名園一角樹陰森。
閒雲斷靄歸孤壑，鳥語樵歌聽隔林。
地接街衢春旖旎，山橫旗鼓境幽深。
斯庵老去崗巒在，漫把韶華痛陸沉。

玉山秋色 [232]

秋濃雪欲積山坳，白擁森林綠擁梢。
玉嶺霜高龍出澗，桃城日暮燕歸巢。
青排繡闥雲千疊，翠浣清溪杵一敲。
別有吳公祠宇在，忠魂永護我同胞。

---

[226] 刊於《詩文之友》6 卷 6 期，鯤南七縣市丙申秋季聯吟會，1957 年 2 月，又載《中華詩苑》第 25 號，鯤南七縣市秋季聯吟會，1957 年 1 月。
[227] 刊於《詩文之友》7 卷 4 期，丁酉詩人節自由中國詩人大會次唱，1957 年 7 月。
[228] 刊於《詩文之友》8 第 5 期，丁酉秋季高屏三縣市聯吟大會首唱，1958 年 2 月，又載《中華詩苑》第 38 號，高屏三縣市丁酉秋季聯吟大會，1958 年 2 月。
[229] 刊於《詩文之友》8 卷 5 期，彰化縣丁酉秋季聯吟大會首唱，1958 年 2 月。
[230] 刊於《詩文之友》11 卷 2、3 期，己亥春季大會首唱，1959 年 7 月。
[231] 刊於《詩文之友》13 卷 1 期，高屏三縣市庚子春季聯吟大會首唱，1960 年 8 月，又載《中華藝苑》第 68 號，高屏三縣市庚子春季聯吟大會，1960 年 8 月。
[232] 刊於《詩文之友》13 卷 6 期，鯤南七縣市庚子秋季聯吟大會首唱，1961 年 1 月。

春日登阿里山 [233]

劫後尋芳祝嶺趨，囊攜絕頂日嵩呼。
香飄靈谷櫻千樹，神護森林檜一株。
雲海朝龍春料峭，煙嵐旭照客蹣跚。
振衣不覺歸途晚，吳鳳祠前聽鷓鴣。

知本春浴 [234]

滌垢尋知本，韶光麗十分。閒雲從岫出，瀑布隔溪聞。
地勝驪山擬，池清太液云。塵心皆卻盡，芳草醉斜曛。

寶島春曉 [235]

鼎湖龍渡海之東，瑞氣繽紛淑氣融。
分野朝瞻牛女宿，揚帆時送馬公風。
陽回絕島天方白，日浴咸池水亦紅。
月已西沉鯨北去，至今人頌拓臺功。

朝來倚劍古瀛東，半壁河山淑氣籠。
曙破扶桑雞喔喔，春回員嶠日瞳瞳。
珠潭水暖樓涵碧，玉嶺雪消樹鬱蔥。
睡起赤嵌城外立，大鯨魂去草雞雄。

淑氣宜人遍海東，雞聲一喔破鴻濛。
惜花尚戴桃城月，試草常吟竹塹風。
靈谷浮雲天幻白，咸池浴日水拖紅。
朱明霸業消沉久，誰肯焚衣繼鄭公。

蓬萊水暖日曈曈,百萬閭閻識晦翁。
絮積青霄雲作海,霞烘綠島火燒空。
韶光旖旎明三峽,紫氣氤氳靖八通。
士欲枕戈人舞劍,西征待佐老元戎。

西子灣聽濤 [236]

側耳沙灣願不違,狂濤滾滾泣斜暉。
聲聞堡壘疑鼉鼓,勢捲波堤沒虎旗。
嗚咽尚含文種恨,奔騰又露子胥威。
斐亭松韻鯤溟水,激起雄音壯四圍。

拍擊擎天捲未非,波堤側耳願無違。
雄如擊浪群鼉吼,疾若奔江萬馬歸。
威震燈臺聲遠近,轟騰砲壘勢崔巍。
聽來不盡鷗夷恨,半壁東南鎖落暉。

鯨濤滾滾逞嚴威,西子灣頭聽不違。
怒捲東南門鎖鑰,雄奔朝夕勢崔巍。
滔天鉅響傳孤島,撼地高聲震四圍。
海接七鯤山萬壽,延平霸氣未全非。

[233] 刊於《詩文之友》13 卷 6 期,嘉義縣庚子春季聯吟大會首唱,1961 年 1 月。
[234] 刊於《詩文之友》16 卷 4 期,瀛東第三屆聯吟大會第二日,1962 年 7 月,又載《中華藝苑》第 94 號,瀛東第三屆聯吟大會,1962 年 10 月。
[235] 前二首刊於《詩文之友》16 卷 4 期,中興詩社第一期徵詩,1962 年 7 月,後二首刊於《詩文之友》16 卷 5 期,1962 年 8 月。
[236] 刊於《詩文之友》17 卷 5 期,中興詩社第五期徵詩,1963 年 2 月。

午日鐵砧山懷古 [237]

浴罷蘭湯萬笏青，鄭王聖蹟冠東溟。
懸蒲嗟未延明祚，泛棹終難喚屈醒。
軍駐砧山旗倔息，劍投瞀井水瓏玲。
懷沙佚事焚衣績，待繪精忠作典型。

鹿港迴潮 [238]

古渡繁華事莫稽，汪洋萬疊幻玻璃。
鯨奔瀛海濤千頃，鹿走寒江水一堤。
捲地有聲聞港北，滔天無際迫沖西。
欲伸隻手灘頭挽，須待英雄氣吐霓。

大墩冬霽 [239]

天開霽色滿東皋，大墾陽生每自豪。
雨後茶蒸龍井水，晴時楫擊鹿江濤。
綠川橋畔人聲沸，剛愍祠前鳥語號。
珍重中州風雅地，黃花萎盡尚懷陶。

春日遊天星新村 [240]

平原十日喜停驂，淑氣氤氳繞桂潭。
武績盛傳王得祿，文章獨羨沈斯庵。
濤翻鯤海聲嗚咽，棹泛牛溪水蔚藍。
踏遍天星村外路，濃春煙景勝江南。

勝日尋詩載錦囊，六橋花柳媚春光。
疏財盡說新村李，大義爭傳太保王。
雨霽棟榔翻蝶板，風和檏樹囀鶯簧。
輕裘馴馬牛溪路，一任人嗤杜牧狂。

橐筆新村路轉遙，天星功績獨高超。
繁華煙景當三月，錦繡風光鎖六橋。
柳外聽餘鶯語滑，花前踏遍馬蹄驕。
牛稠溪接荷包嶼，大好江山淑氣饒。

攜囊重過六橋西，旖旎韶光費品題。
荷嶼風和人叱犢，桂潭日麗客停驪。
禾飄馥郁青千畝，水湧婆娑碧一溪。
尚有李家功績著，新村營建濟災黎。

鐵砧山弔鄭成功 [241]

焚衣歃血認岡巒，剪紙祠前感萬端。
正氣尚存王氣盡，降圖未泯霸圖殘。

[237] 刊於《詩文之友》18 卷 6 期，癸卯詩人節全國詩人聯吟大會首唱，1963 年 9 月。
[238] 刊於《詩文之友》18 卷 6 期，中興詩社第九期徵詩，1963 年 9 月。
[239] 刊於《詩文之友》20 卷 3 期，癸卯冬季中北部十一縣市詩人聯吟大會首唱，1964 年 7 月。
[240] 前三首錄自黃傳心《劍堂吟草續集》，又載《詩文之友》20 卷 5 期，春日遊天星新村徵詩，1964 年 9 月 1 日。前二首又載《中華藝苑》第 118 號，檪津吟社，1964 年 10 月、洪寶昆《現代詩選》第一集、吳中《鯤瀛詩文集》下冊。第四首錄自黃傳心《劍堂吟草續集》。
[241] 刊於《詩文之友》23 卷 1 期，詩文之友第 125 期徵詩首唱，1965 年 11 月。

井流碧水欄橫劍，旗展青霄地駐鞍。
遙望東南餘半壁，大鯨魂捲七鯤瀾。

為弔延平過大安，砧山一角夕陽殘。
井遺鳥道無荷鬼，地割牛皮頌漢官。
偉績漫隨陵谷變，雄圖盡付水雲寒。
未恢正朔騎鯨去，獨向西風發浩嘆。

霸氣消沉霸業殘，砧山憑弔感無端。
百年戰績恢明祚，一代功勳記漢官。
人去鼎湖龍種異，月侵華表鶴聲寒。
焚衣若繼延平志，何患王師北定難。

春日北港朝天宮進香 [242]

聖績輝煌聖德崇，神輿浩蕩起村東。
鼓轟瀛海婆娑水，旗捲汾津料峭風。
香火萬家人遠近，衣冠百代廟玲瓏。
剛逢二月韶光麗，瞻仰覃恩復鞠躬。

笨港春回百卉紅，喧天鼓樂鬧神宮。
瀾安瀛海功難沒，派溯湄洲德可風。
隨駕儘多南北轍，迎輿不斷去來驄。
韶光十里汾津路，獅隊龍燈舞態雄。

宮闕巍巍壯海東，進香時值百花紅。
人聲鼎沸繁華裡，旗影飄搖熱鬧中。
玉笏昭彰凝淑氣，珠冠燦爛逐春風。
宵深崇聖臺邊立，萬盞神燈射碧空。

雲林展望 [243]

臺西倚劍水無涯，景色宜人景物華。
觸眼螺陽溪產硯，昂頭澎島嶼流霞。
捕魚棹泛鯤身遠，榨蔗機轟虎尾誇。
更上思齊諸故址，漫煙衰草弔寒鴉。

桃城覓句 [244]

諸羅地古景繁華，拾翠南郊日未斜。
筆棗梅坑宜刻鵠，詩尋橡苑笑塗鴉。
成仁績偉傳吳廟，匡國文豪紀沈家。
十里薰風蘭井路，好收麗句待籠紗。

秋日遊太魯閣 [245]

策杖天峰塔，西風一嘯寒。閣高成疊嶂，壁峭認層巒。
行比秦關險，登如蜀道難。長春橋畔立，瀑布壯奇觀。

[242] 刊於《詩文之友》24 卷 1 期，北港朝天宮徵詩，1966 年 5 月。
[243] 刊於《詩文之友》27 卷 3 期，雲嘉南四縣市丁未冬季詩人大會首唱，1968 年 1 月。
[244] 刊於《詩文之友》28 卷 5 期，雲嘉南四縣市戊申夏季擊缽錄首唱，1968 年 9 月。
[245] 刊於《詩文之友》29 卷 3 期，蓮社歡迎出席東北六縣市詩人聯吟大會全體詩人擊缽錄首唱，1969 年 1 月。

朝陽明山覽勝 [246]

陽明山繞水迢迢，二月重遊萬慮消。
撲蝶人欣春旖旎，觀櫻我愛谷岧嶤。
遙瞻古剎潭沉劍，為賞名園路駐軺。
今日群芳齊祝嘏，七星屯外譜笙簫。

猿江春望 [247]

囊攜東石駐吟旌，大塊韶華觸眼明。
抗日尚懷柯鐵虎，開臺遙弔鄭延平。
燈搖汕塔江橫鷁，月偃龍橋海走鯨。
翹首鯤洋天萬里，歸帆葉葉剪風輕。

詩人節岡山覽勝 [248]

岡山如繪碧玲瓏，節值詩人客駐驄。
拜墓尚懷明大義，插蒲長效楚遺風。
溫泉噴水晨昏裡，瀑布懸崖指顧中。
日暮超峰禪寺路，霜鐘敲落夕陽紅。

促進開設臺中港 [249]

洪荒鑿破海之湄，開拓鰲江願不疲。
他日若兼軍港用，濟民裕國渡王師。

螺溪冬曉 [250]

溪流清濁景非凡，破曉雞聲渡翠巖。
日浴咸池雲靉靆，寒生遠浦燕呢喃。
囊攜文廟晨曦淡，杖策聊園曙色銜。
別創鰲樑分兩縣，題詩有筆累青衫。

八掌溪觀釣 [251]

八掌波含岸柳青，銀鉤觸眼更瓏玲。
雲披玉嶺山橫枕，餌擲清溪水泛舲。
煙月一灘追漢業，絲綸萬縷釣周廷。
蓑衣箬笠攜歸後，風滿桃城露滿汀。

詩人節前一日登鳳崗 [252]

高崗萬仞陟崢嶸，令節騷人翌日迎。
岫聳東西猴鳳立，峰迴左右鼓旗橫。
雄圳有績懷曹瑾，淡水無波弔屈平。
極目海門天萬里，登臨我正憶騎鯨。

[246] 刊於《詩文之友》30 卷 2 期，己酉全國詩人聯吟大會首唱，1969 年 6 月。
[247] 刊於《詩文之友》30 卷 2 期，嘉義縣己酉春季詩人聯吟大會首唱，1969 年 6 月。
[248] 刊於《詩文之友》30 卷 3 期，己酉詩人節岡山全國詩人大會首唱，1969 年 7 月。
[249] 刊於《詩文之友》30 卷 3 期，中部四縣市己酉春季聯吟大會次唱，1969 年 7 月。
[250] 刊於《詩文之友》31 卷 4 期，雲嘉南四縣市己酉冬季詩人聯吟大會首唱，
1970 年 2 月。
[251] 刊於《詩文之友》32 卷 3 期，雲嘉南四縣市庚戌夏季聯吟大會首唱，
1970 年 7 月。
[252] 刊於《詩文之友》32 卷 5 期，庚戌詩人節全國詩人大會首唱，1970 年 9 月。

萬壽山春望 [253]

東南半壁付觀瞻，萬壽咸稱淑景添。
浪拍旗津橫艦舸，風和鼓嶺壯閭閻。
春光旖旎燈臺偉，落日荒蕪砲壘嚴。
極目鯤身三十里，鏖兵莫問鄭虯髯。

東墩秋集 [254]

北馬南驢此駐鞍，西風抗手鬥騷壇。
千秋詞藻才追杜，八代文章句起韓。
銅缽聲敲蕉市晚，吟旗影蔽柳川寒。
東墩暫作題襟會，不負鏖詩挽倒瀾。

題壽山福海圖 [255]

萬仞岡陵繪蔚蒼，添書元首壽無疆。
匡時政績齊湯武，盛世文風繼漢唐。
橐筆共題山鞏固，披圖永見水汪洋。
今朝八五年終屆，軍庶歡呼晉一觴。

光復節登萬壽山 [256]

東南半壁鼓旗張，合浦珠還願已償。
恥洗春帆關署馬，歡騰夏甸地驅狼。
繽紛瑞靄籠孤島，靉靆祥雲起八荒。
國建萬年山萬壽，登臨遙望七鯤洋。

青年節桃城覽勝 [257]

憑弔青年百感增，桃城十里曉風凌。

蘭潭棹泛煙初曩，檜沼綸垂水尚澂。

鶯囀山頭歌大塊，鳳鳴社口兆中興。

攜筇重立吳公廟，犵草蠻花碧血凝。

六十四年（1975）國慶屏東鏖詩 [258]

阿緱名古地翻新，薄海歡騰壯八垠。

磅礴詩追王逸少，鏗鏘句奪屈靈均。

吟餘四顧山歌鳳，醉後東瞻洛走麟。

六十四年昌國運，普天同慶祝三民。

林園冬曉 [259]

林邊朝望凍雲低，曙色繽紛黛色迷。

煙罩漁舟歸汕尾，曦籠猴嶺隔屏西。

匡時待舞劉琨劍，愛國爭聞祖逖雞。

別有綠窗人起早，朔風殘月冷征鼙。

---

[253] 刊於《詩文之友》33 卷 6 期，高屏三縣市聯吟錄首唱，1971 年 4 月。

[254] 刊於《詩文之友》35 卷 2 期，中部四縣市辛亥秋季詩人聯吟大會首唱，1971 年 12 月。

[255] 刊於《詩文之友》35 卷 2 期，延平詩社月例會擊缽錄，1971 年 12 月。

[256] 刊於《中國詩文之友》41 卷 2 期，甲寅全國詩人聯吟大會首唱，1975 年 1 月 1 日。

[257] 刊於《中國詩文之友》41 卷 6 期，鯤南七縣市乙卯春季詩人聯吟大會首唱，1975 年 5 月 1 日。

[258] 刊於《中國詩文之友》42 卷 6 期，乙卯秋季鯤南七縣市詩人聯吟大會首唱，1975 年 11 月 1 日。

[259] 刊於《中國詩文之友》45 卷 1 期，鯤南七縣市丙辰秋季聯吟大會首唱，1976 年 12 月 1 日。

秋日八卦山攬勝 ²⁶⁰

風飄落葉點嶒崚，定寨遨遊感慨增。
青磬聲敲雲萬疊，黑旗影捲壑千層。
豐亭坐飲懷王粲，寶刹閒吟繼杜陵。
安得一枝才子筆，江山錦繡繪中興。

西風十里壁千層，鷗鷺嵩呼拾級登。
八卦山留雲萬疊，七星旗捲壑千層。
鐘敲古刹無朝夕，人坐豐亭感廢興。
指點鹿江天一色，落霞孤鶩看齊升。

受天宮題壁_{麻韻} ²⁶¹

一角觚稜日未斜，驚人妙句出詩家。
題詞始露才三絕，槖筆曾勞手八叉。
宮裡未看紅拂袖，壁間何幸碧籠紗。
整衣我欲虔誠禱，願乞神靈掃佞邪。

基津秋霽 ²⁶²

西風瑟瑟景蕭蕭，雨後津頭靖晚潮。
獅去無球空絕壑，仙歸有洞擁晴霄。
秋明霧自基津斂，海晏雲從鱟港消。
好是日斜天欲暝，半江楓樹燦虹橋。

基津霧散水迢迢，雁叫晴空孕碧霄。
雨霽雞峰清有蹟，風和鱟港靖無潮。
漁村天朗歸帆急，仙洞秋高落日遙。
絕好神鐘鳴一杵，敲來聲軋嶺三貂。

北臺風光圖 [263]

一幅花箋墨淡濃，北臺風景繪雍容。
寺連城邑潭沉劍，宮聳雲霄峒走龍。
坌嶺煙籠青萬笏，屯山雪點碧千重。
偷閒我欲披圖賞，疑是蓬萊第幾峰。

虞溪秋望 [264]

虞溪十里日將晡，人立汀洲興不孤。
荷嶼風蕭重倚劍，桂潭水漲莫提壺。
秋橫麂眼籬搖菊，霜照蛩階井落梧。
飽受新涼天未晚，季鷹底事憶蓴鱸。

---

[260] 刊於《中國詩文之友》第 280 期，中國詩文之友社創刊二十五週年紀念全國詩人大會首唱，1978 年 3 月 25 日。

[261] 刊於《中國詩文之友》第 281 期，丁巳年全國詩人聯吟大會首唱，1978 年 4 月 30 日。

[262] 刊於《中國詩文之友》第 282 期，中華民國丁巳年全國詩人聯吟大會暨臺灣東北六縣市第十屆詩人聯吟大會首唱，1978 年 5 月 31 日。

[263] 刊於陳逢源《北臺風光圖詩選》。

[264] 刊於《中國詩文之友》第 286 期，戊午秋季雲嘉南四縣市詩人聯吟大會首唱，1978 年 11 月 30 日。

塹城聽雨 [265]

塹城霢霂暗雲層，側耳深宵聽不曾。
樓立放翁愁未減，亭留玉局喜難勝。
東門燕剪裁花了，北郭鶯梭織柳增。
韻自瀟瀟聲自響，生春早兆國中興。

鹿港攬勝 [266]

風光觸眼費吟哦，稽古人欣勝概多。
十里街衢新鐵騎，百年樓閣舊銅駝。
濤翻鹿渚鯨吞浪，日射蚵田燕掠波。
倚劍沖西天欲暝，海門潮漲水婆娑。

西子灣避暑 [267]

不堪大地火雲燒，西子灣頭浴晚潮。
沉李願追吳季重，南來涼味樂逍遙。

玉山瑞雪 [268]

何殊天女撒天花，積遍層巒整復斜。
瑞獻玉峰鴻印爪，祥呈雲海鶴橫沙。
堆成銀界三千里，妝點瓊樓百萬家。
知是豐年先有兆，高歌擊壤樂無涯。

玉山雪積白無涯，瑞氣繽紛冷氣加。
雲壓瓊崖林凍雀，寒侵絕壑樹啼鴉。
年豐早穫千鍾粟，地古頻開六出花。
人立峰頭歌盛世，一禾九穗富邦家。

翹首新高瑞氣嘉，皚皚六出綴山涯。
瓊堆鳥道銀屏現，鹽撒羊腸玉笏遮。
倚劍峰頭雲幻海，振衣林外樹棲鴉。
霏霏一萬三千尺，早兆豐年裕國家。

漫天輕撒白無瑕，六出霏霏映鬢華。
祝嶺有枝皆綴玉，枕山無樹不胚芽。
凍侵空谷寒啼豹，冷透深林暮噪鴉。
不負蓬萊推第一，祥雲靉靆護邦家。

羅山春集 [269]

抗手濃春韻事修，桃城重會舊吟儔。
文題淑景師蘇軾，句點韶華起陸游。

[265] 刊於《中國詩文之友》第 294 期，己未年傳統詩全國詩人聯吟大會首唱，1979
年 7 月 1 日。
[266] 刊於《中國詩文之友》第 296 期，第二屆全國民俗才藝活動大會，全國詩人紙
上聯吟賽特輯，1979 年 9 月 1 日。
[267] 刊於《中國詩文之友》第 300 期，己未年鯤南七縣市詩人聯吟大會暨高雄市升
格直轄市誌盛次唱，1980 年 1 月 1 日。
[268] 刊於《中國詩文之友》第 314 期，金生獎詩藝奪魁賽第拾貳期賽，1981 年
3 月 1 日。
[269] 刊於《中國詩文之友》第 315 期，雲嘉南四縣市新春聯吟首唱，1981 年 4 月 1 日。

樣圃陽回風料峭，蘭潭水漾月沉浮。
詩人獨抱匡時策，投筆爭追定遠侯。

春日謁嘉邑城隍廟 [270]

頂禮城隍拜，羅山淑氣添。千秋神赫濯，一角殿莊嚴。
護國恩波渥，封侯德澤霑。鸞卿曾錫匾，廟貌壯觀瞻。

夏日謁舊城隍廟 [271]

城隍廟接碧蓮潭，稽首人來喜駐驂。
半壁煙含山聳翠，一池月漾水拖藍。
鞠躬殿下瞻無二，拱手神前禮再三。
雉堞荒蕪堭又廢，屏峰依舊壯東南。

春日諸羅展望 [272]

為展鴻圖策劃多，和風重拂古諸羅。
興臺待折東侵戟，復國應揮北定戈。
十里蘭潭春旖旎，一彎檜沼水婆娑。
傷心欲弔吳通事，獨立雄祠發浩歌。

題大觀閣 [273]

大觀高閣足千秋，五脂凌霄翠黛浮。
渡水梵鐘寒寺口，片虹明月淡江頭。
晚峰吐彩紅橋隱，嶺霧初晴八里收。
日暮戍臺斜夕照，普茶風景入吟眸。

珠潭泛月 [274]

載酒來登獨木舟，激將裙屐泛中流。
櫓聲搖曳三更月，帆影浮沉兩岸秋。
赤壁當年無此樂，珠潭今日足忘憂。
幾回俯仰煙波裡，水底天河自在浮。

大崗山晚眺 [275]

策杖高崗興未賒，須將極目望天涯。
眼看孤島三千里，氣壓前村四五家。
鹿耳門前流水急，半屏山上夕陽斜。
鐘聲敲斷黃昏月，別有消魂一落霞。

東墩早春 [276]

中洲春色滿樓前，萬紫千紅得氣先。
蝶板鶯梭催韻事，詩聲缽響集群賢。

[270] 刊於《中國詩文之友》第 343 期，鯤南八縣市詩人聯吟大會次唱，1983 年
8 月 1 日。
[271] 刊於《中國詩文之友》第 344 期，癸亥年夏季高屏三縣市詩人聯吟大會首唱，
1983 年 8 月 1 日。
[272] 刊於《中國詩文之友》第 354 期，甲子年鯤南八縣市詩人聯吟大會首唱，1984
年 7 月 1 日。
[273] 錄自李步雲《快園詩錄》。
[274] 錄自李步雲《快園詩錄》。
[275] 錄自李步雲《快園詩錄》。
[276] 錄自李步雲《快園詩錄》。

風和北斗星辰遠，日暖東墩草木妍。
如此韶華難再得，不妨把盞樂陶然。

題大觀閣 [277]

大觀高閣足千秋，五脂凌霄翠黛浮。
渡水梵鐘寒寺口，片虹明月淡江頭。
晚峰吐彩紅橋隱，嶺霧初晴八里收。
日暮戍臺斜夕照，普茶風景入吟眸。

---

[277] 錄自李步雲《快園詩錄》。

六、詠物、懷古、物候、節日及其他

雨珠限眞韻[278]

萬斛傾來粒粒珍，點成阡陌穀芽新。
眼前到處多欣色，酌酒高歌慶祝頻。

紅梅[279]

夢入羅浮欲醉時，酒闌暈頰斂冰姿。
春衫血淚隨風落，吹上江南第一枝。

菊[280]

獨憐晚節向斜陽，一色浮金滿檻黃。
老圃芬芳凝夜月，東籬淺淡傲秋霜。
名高五美猶清瘦，秀比三花更豔香。
莫怪陶潛偏愛爾，至今騷客繫吟腸。

---

[278] 刊於《臺南新報》，「詩壇」欄，北門白鷗吟會擊缽錄，1923 年 8 月 16 日，第 5 版。

[279] 刊於《臺南新報》，「詩壇」欄，萃英吟社詩壇，1925 年 4 月 1 日，第 5 版，又載曾笑雲《東寧擊缽吟前集》。

[280] 刊於《臺南新報》，「詩壇」欄，1925 年 10 月 31 日，第 5 版、第 14 版。

節近重陽一醉傾，黃花消瘦笑相迎。
三秋秀色浮金靨，滿室清香發露英。
細雨輕煙通御氣，疏籬曲檻想高情。
捲簾人靜西風冷，老圃題詩伴月明。

杜鵑花 [281]

血染枝頭落日斜，子規啼處正開花。
春風吹入披香殿，爛熳紅光奪彩霞。

劍膽 [282]

乍出豐城膽自雄，光芒銳氣斗牛沖。
若逢俠客應需汝，一例常山萬古同。

秋蝶 [283]

香鬚栩栩花前舞，粉翅翩翩夢裡逢。
莫嘆唐宮消息渺，西風一例總愁儂。

疏籬曲徑寄行蹤，一遇西風粉翅慵。
漫道佳人無撲處，莊生夢裡自欣逢。

欲戀黃花意萬重，漆園金谷露愁容。
六朝金粉今何處，回首唐宮夢正濃。

落帽風 [284]

乍拂龍山景色佳，參差破帽被風斜。
半籬瘦菊堪消興，一盞茱萸可避邪。
結伴難逢今日醉，登高還憶去年花。
莫驚颯颯吹雙鬢，韻事於今記孟嘉。

落葉 [285]

已隨疏雨林間落，又逐西風月下搖。
此日御溝流水急，憑誰題葉送藍橋。

雨瀟瀟更樹蕭蕭，一片空山亂點飄。
紅葉漫將題素怨，御溝流水已迢迢。

阿房宮懷古 [286]

西望阿房百感傷，風雲慘澹鎖咸陽。
樓臺百尺成焦土，兒女三千枉斷腸。
飛雁聲聞秦苑月，杜鵑啼破漢宮牆。
可憐鑄錯空留跡，回首當年霸業荒。

[281] 刊於《臺南新報》，「詩壇」欄，杜鵑花徵詩錄，1926 年 4 月 12 日，第 6 版。

[282] 刊於《詩報》第 23 號，曾北秋季聯吟大會擊缽錄，1931 年 11 月 1 日。

[283] 刊於《詩報》第 23 號，綠社擊缽錄，1931 年 11 月 1 日。

[284] 刊於《詩報》第 25 號，酉山吟社擊缽錄，1931 年 12 月 1 日，又載曾笑雲《東寧擊缽吟後集》。

[285] 刊於《詩報》第 25 號，綠社擊缽錄，1931 年 12 月 1 日。

[286] 刊於《臺南新報》，「詩壇」欄，1926 年 10 月 1 日，第 6 版。

張敞畫眉 [287]

章臺走馬纔歸去，更傍蘭閨畫拂雲。
柳葉眉尖春八字，菱花鏡裡月三分。
淡濃卻自馮京兆，深淺何須問細君。
莫怪長安傳韻事，朝回媚態最殷勤。

夢菊 [288]

老圃紛紛鬥晚妝，幾番風雨憶重陽。
秋來欹枕南柯裡，猶看寒英滿檻黃。

一枕南柯入夢長，黃英翠葉傲秋霜。
聞香幾惹陶彭澤，也學莊生化蝶忙。

漁翁 [289]

投竿漫憶瀟湘浦，戴笠偏游綠水波。
羨汝一生無俗慮，津頭渡口任高歌。

秋村 [290]

陣陣涼飆散水濱，舍南舍北雁橫陳。
蟲聲觸動拋梭女，牛背輕翻弄笛人。
屋角炊煙迷徑晚，溪邊砧韻入簾新。
田家自有耕耘樂，何用桃源去避秦。

晚釣 [291]

欲釣寒江裡，香鉤仔細敲。風高魚避影，日落鳥歸巢。
渭水銀濤靜，富春玉餌拋。絲綸纔理罷，明月上眉梢。

春草 [292]

三月池塘裡，蒙茸雨露饒。乍聽鶯語澀，空沒馬蹄驕。
南浦添離思，西堂入夢遙。東風長繡陌，佇看漲新橋。

展元宵 [293]

鰲山燈火正鮮妍，十里笙歌鬧綺筵。
最愛禁城煙景好，一宵願作兩宵延。

水中梅影 [294]

萬點雪痕流更豔，幾枝春色漫還妍。
何方仙子來姑射，空對寒江抱月眠。

[287] 刊於《臺南新報》，「詩壇」欄，麻豆書香院徵詩，1926 年 12 月 13 日，第 6 版。
[288] 刊於《三六九小報》第 42 號，「浪漫詩壇」欄，麻豆綠社擊缽錄，1931 年 1 月 29 日，第 4 版。
[289] 刊於《三六九小報》第 67 號，「詩壇」欄，綠社擊缽錄，1931 年 4 月 23 日，第 4 版。
[290] 刊於《詩報》第 45 號，秋季曾北聯吟大會擊缽錄，1932 年 10 月 15 日。
[291] 刊於《詩報》第 48 號，臺南聯吟會擊缽錄，1932 年 12 月 1 日。
[292] 刊於《詩報》第 57 號，北部同聲聯吟會首唱，1933 年 4 月 15 日。
[293] 刊於《詩報》第 57 號，全島聯吟大會第二日次唱擊缽錄，1933 年 4 月 15 日。
[294] 刊於《詩報》第 57 號，集思齋歡迎擊缽吟錄，1933 年 4 月 15 日。

朵朵疏花浸石泉，凌波篩月倍鮮妍。
臨風空弄婆娑態，萬縷冰魂水一天。

戒阿片 [295]

一點風燈日夜忙，應知流毒自西洋。
勸君莫染煙霞癖，只恐田園祖業荒。

紫光線 [296]

為欲知真症，餘光射體初。茂陵多病者，一照感何如。

升降機三首錄二 [297]

創造靈機巧，西人手最能。霎時回大地，頃刻上高層。
旋轉憑雙電，輪迴藉一繩。乘槎今已渺，一例感同登。

出自西人手，飛機巧並稱。乘風纔著地，感電又飛升。
推進心偏爽，旋迴勢沸騰。任他千萬轉，難上白雲層。

山雨 [298]

空濛細雨滴層巒，添得螺鬟獨壯觀。
萬點瀟瀟青嶂外，一天漠漠碧雲端。
隨風濕遍廬山滑，戴笠行來蜀道難。
最是淋漓連十日，登高且莫整衣冠。

崔巍萬壑聳雲端，雨未晴時夜未闌。
滴滴隨風敲疊嶂，瀟瀟潤物入層巒。
攜筇始覺登高苦，載酒應知行路難。
彷似淋鈴聽蜀道，君王舊夢未曾安。

虱目魚[299]

尺身只合托東瀛，得水洋洋樂此生。
潑剌自能懷子產，潛淵端不負延平。
浮沉須避投竿影，游泳偏防打網聲。
志奪英雄甘一死，尚留星眼看朱明。

臺灣[300]

一水婆娑隔海東，鯤溟溫暖四時同。
卦山旗影軍前黑，霧社櫻花劫後紅。
荊棘已非人事故，崗巒依舊霸圖空。
鼎湖龍去鯨魂遠，三百年來憶鄭公。

崔巍樓閣五州同，紫氣氤氳射八通。
鯤海鯨吞濤滾滾，祝山曙破日瞳瞳。

[295] 刊於《詩報》第 81 號，1934 年 5 月 15 日。
[296] 此詩收於《詩報》第 96 號，曾北五社聯吟擊缽，1935 年 1 月 1 日。
[297] 刊於《詩報》第 103 號，學甲吟社歡迎李步雲先生臨時擊缽，1935 年 4 月 15 日。
[298] 刊於《詩報》第 111 號，麻豆綠社納涼擊缽吟會，1935 年 8 月 15 日。
[299] 刊於《詩報》第 114 號，曾北聯吟會課題，1935 年 10 月 1 日。
[300] 刊於《詩報》第 136 號，文輝閣第一期徵詩，1936 年 9 月 1 日。

紅羊劫後雄圖改，玉帶歌殘霸業空。
三百年來興廢感，蠻煙還鎖古瀛東。

線蘭 [301]

異種傳空谷，清高萬縷幽。香宜王者輩，色奪美人眸。
葉底金沙現，燈前素影浮。絲痕留九畹，眾卉合低頭。

一葉明銀線，香清色自幽。凌風姿綽約，纖縷態溫柔。
玉爪平皋麗，金沙九畹浮。離騷佳句在，空負楚臣眸。

秋聲 [302]

梧桐葉落感淒涼，颯颯商飆動八荒。
塞外寒笳樓外角，哀音一例斷人腸。

葉正敲窗夜正涼，忽聞哀雁渡瀟湘。
登樓欲誦歐陽賦，一杵寒砧幾斷腸。

春郊三首錄二 [303]

拾詩我也錦囊攜，北郭晴和夕照低。
十里韶光芳陌外，一春煙雨畫橋西。
輕風淡淡喧鶯語，碧草萋萋襯馬蹄。
信是豔陽天氣好，鞭絲帽影過長堤。

芳原一片草萋萋，如畫風光費品題。
朱雀橋邊飛紫燕，綠楊城外囀黃鸝。

人來拾翠從南郭，我也尋詩過北堤。
正是踏青時節近，旗飄村店夕陽西。

茶味 [304]

七碗嘗來撲鼻芬，武彝佳種獨超群。
一生我有盧全癖，聞氣還思凍頂雲。

誰將蟹眼鼎爐焚，馥氣曾添苣蔾芬。
我效盧全嘗七碗，津津堪比芷蘭薰。

端午感懷 [305]

端陽節屆晚風高，魚腹埋身亦劫遭。
蒲劍懸門知有例，龍舟競渡枉徒勞。
冤沉楚水忠存屈，恨飲吳江孝說曹。
回憶汨羅當日事，不堪揮淚讀離騷。

紅梅五首錄三 [306]

一枝搖曳月黃昏，絳雪凝妝體態溫。
不許塵埃侵玉骨，甘將脂粉點冰魂。

[301] 刊於《風月報》第 45 號，「詩壇」欄，臺南酉山吟社擊缽錄，1937 年 7 月 20 日。
[302] 刊於《臺灣日報》，「漢詩選」欄，文輝閣小集擊缽錄，1937 年 8 月 31 日，夕刊第 4 版。
[303] 刊於《風月報》第 52 期，「詩壇」欄，擊缽，綠社，1937 年 11 月 15 日。
[304] 刊於《詩報》第 236 號，高雄市吟會，歡迎李步雲、陳家駒、陳靜園、吳紉秋四氏擊缽錄，1940 年 11 月 19 日。
[305] 錄自黃洪炎《瀛海詩集》。
[306] 刊於《詩報》第 248 號，臺南市聯吟會課題，1941 年 5 月 19 日。

奪朱奪錦香無跡，籠水籠沙豔有痕。
憶自小青歸去後，春衫淚血尚留存。

羅浮仙子夢初溫，紙帳春深漲血痕。
絳臉流霞工醞釀，酡顏宿酒醉黃昏。
芳姿久灑胭脂水，豔影先迷蛺蝶魂。
最愛鄭王祠畔樹，丹心點點尚留存。

獨占花魁歲月翻，丹砂換骨妒朱門。
微潮暈頰姿添麗，絳雪凝妝態更溫。
東閣詩吟才子句，羅浮醉夢美人魂。
一枝歷盡年三百，儘有英雄血淚痕。

夜談 [307]

蓮翻舌底語豪雄，舊雨聯床月正中。
我有幽懷當夜訴，免教雲樹悵江東。

聚首人來小院東，衷懷欲訴月玲瓏。
何當話到前朝事，觸起興衰感未窮。

舊雨聯床喜氣雄，敲詩煮茗訴吟衷。
十年積愫言難盡，那管西窗燭淚紅。

冬菊 [308]

東籬黯淡徑荒涼，數朵寒花傲雪霜。
凜凜朔風吹老圃，溶溶夜月冷柴桑。
掛冠更有陶潛恨，紉佩寧無屈子傷。
正是迎年時節近，一枝幽豔逞孤芳。

辛卯（1951）詩人節紀念鄭成功 [309]

痛閱朱明劇可哀，天教三百紀開臺。
雄心未遂雄圖盡，霸氣消沉霸業灰。
鬢髮幾莖悲故土，梅花一樹弔英才。
寧南別有王祠在，依舊年年薦藻來。

電影 [310]

一幕迷離幻若真，陰陽二氣藉傳神。
劇憐優孟衣冠古，半壁河山尚劫塵。

待雨 [311]

甘霖未降渺神蛟，日坐田疆望眼拋。
大地禾枯泉又涸，願施幾點濟同胞。

---

[307] 刊於《詩報》第 271 號，集芸吟社，歡迎說劍、逸鶴兩先生擊缽，1942 年 5 月 6 日。
[308] 刊於《詩報》第 294 號，開元寺擊缽會第六期，1943 年 4 月 23 日。
[309] 錄自李騰嶽《辛卯全國詩人大會集》。
[310] 刊於《詩文之友》1 卷 2 期，學甲詩社課題，1953 年 5 月 20 日。
[311] 刊於《中華詩苑》第 5 號，嘉義縣第九屆聯吟大會，1955 年 6 月。

信魚 [312]

絕島重來歲一更，細鱗端不負前盟。
倘能脫網成龍去，庶免人間付鼎烹。

揚鰭不負前年約，逐浪應酬昔日盟。
每羨細鱗能守信，嚴冬依舊入臺澎。

七夕 [313]

荊楚遺風久未灰，陳瓜陳果費徘徊。
雙星照徹針樓外，知有佳人乞巧來。

浪說長生誓約來，女牛話別恨成灰。
今宵分與人間巧，費我樓頭乞幾回。

太空船 [314]

舷扣青霄鷁首輕，星河黯淡任衝橫。
凌虛更藉雲千里，解纜應無水半泓。
飛誤靈槎乘兔窟，泛疑遊艇壯鵬程。
待看放射神州去，一掃妖氛靖八紘。

夏雲四首錄二 [315]

氄氄晴空擘絮低，流金爍石與山齊。
影隨暑氣蒸千里，痕共輕煙淡一溪。

漠漠飄搖瞿峽口，悠悠點綴薊門西。
薰風待捲從龍去，化作甘霖濟庶黎。

江東日暮景淒迷，五月奇峰積絮低。
漠漠飄揚黃麥隴，悠悠舒捲綠槐堤。
楚山魂幻襄王夢，秦嶺詩憑吏部題。
絕好南來涼一味，無心出岫護群黎。

西施菊七首錄二 [316]

枝枝冷艷自天真，移種蘇臺別有神。
明月一籬陶徑外，西風十里越溪濱。
芳姿不愧傳西子，麗質偏教妒采蘋。
花未開時吳已沼，捧心愁殺捲簾人。

一錢來看一枝新，冷艷憑誰繼效顰。
泛棹不隨彭澤宰，捲簾應倩苧蘿人。
花能霸越憐嘗膽，色欲亡吳嘆臥薪。
三徑未荒城已沼，捧心須待筆傳神。

---

[312] 刊於《詩文之友》4 卷 2 期，琅環吟社，1955 年 9 月。
[313] 刊於《詩文之友》4 卷 4 期，白河角力吟社，1955 年 12 月，又載《中華詩苑》第
10 號，白河角力吟社，1955 年 11 月。
[314] 刊於《詩文之友》9 卷第 4，嘉義縣戊戌春季聯吟大會詩選首唱，1958 年 7 月。
[315] 刊於《詩文之友》9 卷 6 期，曾北聯吟會課題，1958 年 9 月，又載《中華詩苑》
第 45 號，曾北聯吟會第八期課題，1958 年 9 月。
[316] 刊於《詩文之友》10 卷 2 期，曾北聯吟會課題，1958 年 11 月，又載《中華詩苑》
第 47 號，曾北聯吟會課題，1958 年 11 月。

菊花天四首錄一 [317]

九月砧聲起，籬邊虎爪芬。糕題劉夢得，帽落孟參軍。
露冷花三徑，天高雁一群。詩成簾未捲，細雨尚紛紛。

觀濤二首錄一 [318]

撼岸如雷捲夕昏，江頭悄立看高翻。
擎天勢比千軍壯，觸眼威疑萬馬奔。
澎湃尚含精衛恨，汪洋猶露子胥魂。
何當借取錢王弩，射卻狂瀾靖海門。

觀菊三首錄二 [319]

玉露侵枝枝挺秀，金英觸眼眼垂青。
捲簾漫笑黃花瘦，一逐西風見性靈。

花放九秋心帶紫，人趨三徑眼垂青。
一枝搖曳疏籬外，幾惹詩家睹未停。

藍田玉七律三首錄一 [320]

璠璵無價璧無瑕，種後輝煌頌孔嘉。
未遞相如歸趙國，先同雍伯燦楊家。
光分待照雙棲鳥，色潤均沾並蒂花。
欲把河洲佳句詠，洞房宵暖露瓊華。

秋郊漫步七律元韻三首錄一[321]

徐徐躑躅出平原，野外西風又一番。
覓食鼠爭甘蔗園，尋詩人過苦瓜園。
雲橫北郭天無縫，火燒東皋劫有痕。
甚欲行吟橋畔去，砧敲落葉惹消魂。

白菊花五律文韻四首錄一[322]

隱逸柴桑宅，冰姿獨出群。迎風香十里，浥露碧三分。
蕊奪瓊花麗，枝放玉屑紛。霜高簾未捲，愁殺杜司勳。

詩才二首錄一[323]

八叉手健抗吟儔，蕊榜名題得意秋。
技慳愧余攀驥尾，才高羨汝占鰲頭。
起衰文字傳韓愈，絕代詞華繼陸游。
筆夢生花詩煮豆，凌雲壯志任追求。

---

[317] 刊於《詩文之友》10 卷 4 期，曾北聯吟課題，1959 年 2 月。

[318] 刊於《詩文之友》10 卷 6 期，曾北聯吟會月課，1959 年 4 月。

[319] 刊於《詩文之友》13 卷 5 期，南社擊缽錄，1960 年 12 月。

[320] 刊於《詩文之友》15 卷 5 期，延平詩社，祝社員楊乃胡先生之令郎森富君與蓮愛小姐結婚，1962 年 2 月，又載《中華藝苑》第 86 號，延平詩社，祝楊乃胡先生令郎森富君與蓮愛小姐結婚，1962 年 2 月。

[321] 刊於《詩文之友》15 卷 6 期，佳里詩社社課，1962 年 3 月，又載吳登神提供《佳里鯤瀛詩社課題集》（一），第十三期社課、吳中《鯤瀛詩文集》上冊。

[322] 刊於《詩文之友》15 卷 5 期，佳里詩社第十二期社課，1962 年 2 月，又載吳登神提供《佳里鯤瀛詩社課題集》（一）、吳中《鯤瀛詩文集》上冊。

[323] 刊於《詩文之友》16 卷 2 期，延平詩社為鵬程、子衡、秉璜、少卿四社友參加第一屆詩歌朗誦比賽南返洗塵擊缽會，1962 年 5 月，又載《中華藝苑》第 88 號，延平詩社洗塵吟會錄，1962 年 4 月。

遊山五絕看韻四首錄二 [324]

橐筆雲深處，煙嵐萬象包。振衣臨絕頂，山寺一鐘敲。

躡屐深林去，嵩呼萬慮拋。匡廬煙景好，不覺晚鐘敲。

電視 [325]

陰陽二氣巧裝成，繪影如何又繪聲。
欲睹匡廬真面目，且掀黑幕自分明。

懶貓七絕咸韻 [326]

枉將王面署頭銜，痌性疲慵尚未芟。
不負家防勤職守，任他鼠輩喫裙衫。

海燕三首錄二 [327]

湖海飄零嘆未歸，雙棲雙宿願無違。
紅樓絕命嗟關盼，紫禁承恩憶趙妃。
掠水身輕留玉剪，穿波語切說烏衣。
應知拍岸洪濤險，漫把銅環鎖落暉。

繁華王謝久相違，日伴漁翁宿釣磯。
來去須防江浪險，呢喃似訴海風微。
身經澤國波千頃，尾剪滄洲月四圍。
花未刪裁簾未捲，梨雲舊夢冷烏衣。

地震 [328]

板蕩驚天壤，牆頹一刹那。勢如沉陸野，聲若撼江河。
地裂人傾屋，樹搖鳥覆窠。願教伸援手，濟物起民痾。

一震乾坤動，崗陵歷劫多。片時驚好夢，頃刻起悲歌。
屋倒知難免，人亡信不訛。災黎哀遍野，救卹欲如何。

蘆花三首錄二 [329]

香飄極浦寒千朵，色點清流碧一溪。
憶自過關人遯蹟，深叢盡處晚淒淒。

為筆為簾費品題，枝枝開向小橋西。
英雄頭亦同花白，漫把潛蹤事再稽。

壽星 [330]

古稀年屆體而康，宿列中天獻瑞祥。
黃道日傾黃菊酒，紫微光燦紫霞觴。

[324] 刊於《詩文之友》17 卷 1 期，佳里詩社社課，1962 年 10 月，又載吳登神提供《佳里鯤瀛詩社課集》（一），第十八期社課、吳中《鯤瀛詩文集》上冊。
[325] 刊於《詩文之友》17 卷 5 期，嘉義縣聯吟會壬寅秋季聯吟會，1963 年 2 月，又載《中華藝苑》第 99 號，嘉義縣聯吟會壬寅秋季聯吟大會，1963 年 3 月。
[326] 錄自吳登神提供《佳里鯤瀛詩社課題集》（二），第三十期課題。
[327] 刊於《詩文之友》20 卷 1 期，南瀛詩社第二期課題，1964 年 5 月，又載《中華藝苑》第 112 號，南瀛詩社第二期課題，1964 年 4 月。
[328] 刊於《詩文之友》20 卷 6 期，南瀛詩社第七期課題，1964 年 10 月，第一首又載《中華藝苑》第 115 號，南瀛詩社課題，1964 年 7 月。
[329] 刊於《詩文之友》21 卷 4 期，南瀛詩社第十二期課題，1965 年 2 月，又載《中華藝苑》第 120 號，南瀛詩社課題，1964 年 12 月。

明徵上界籠山闕，影射人間耀劍堂。
我愛長庚搖炯炯，清輝永照壽無疆。

竹屋三首錄一 [331]

剪取琅玕築，清幽繪入圖。材應尋嶻谷，址可傍湘湖。
架貯書千卷，門環水一隅。通風窗四面，下拜有菖蒲。

摸彩 [332]

漫將福運等閒拋，一字摸來自解嘲。
千古吾儒多幸運，得當大獎喜心茅。

騷壇摸獎復推敲，彩券同拈勝拔茅。
人欲裁詩吾福引，新春幸運屬同胞。

進香車 [333]

成團十輛過橋頭，為乞清香此地留。
赫濯神靈傳笨港，堂皇聖績溯湄洲。
燈輝街市停轆轆，儀肅衣冠拜冕旒。
俎豆千秋人萬里，願祈護國固金甌。

書展紀盛 [334]

淋漓墨瀋綴縑緗，鐵硯銀鉤列一場。
匡國有才文錦繡，凌雲無價筆光芒。

鄭虔三絕留江左，蘇軾千篇繼海疆。

今日書家開盛展，合將正氣署綱常。

端陽謁屈子祠二首錄一 [335]

蒲酒三閭奠，靈祠俎豆豐。文章哀地下，節序屆天中，

未減彭咸恨，難消賈誼衷。鯤溟嗚咽水，猶弔楚詩翁。

孟冬筍味 [336]

十月貓兒熟，味清佐酒觴。霑霜含舊籜，出土長新篁。

節倩萊公種，甜勞玉局嘗。津津留舌底，細嚼有餘香。

竹葉青 [337]

一杯慣引劉伶醉，五斗偏教杜甫酕。

果是汾陽名產著，簀箸葉釀味皆甘。

---

[330] 刊於《詩文之友》21 卷 5 期，為祝朴雅吟社顧問黃傳心先生古稀初度榮壽徵詩，1965 年 3 月。

[331] 刊於《詩文之友》23 卷 6 期，南瀛詩社第二十三期課題，1966 年 4 月。

[332] 刊於《詩文之友》24 卷 1 期，延平詩社擊缽錄，1966 年 5 月，又載《中華藝苑》第 134 號，延平詩社擊缽錄，1966 年 8 月。

[333] 刊於《詩文之友》28 卷 1 期，中華民國戊申全國詩人聯吟大會首唱，1968 年 5 月。

[334] 刊於《詩文之友》29 卷 5 期，慶祝蘇子傑書畫展擊缽吟，1969 年 3 月。

[335] 刊於《詩文之友》36 卷 6 期，延平詩社端午祭屈子並延平詩社諸先哲擊缽錄，1972 年 10 月。

[336] 刊於《中國詩文之友》41 卷 3 期，臺南市延平詩社，1975 年 2 月 1 日。

[337] 刊於《中國詩文之友》41 卷 6 期，鯤南七縣市乙卯春季詩人聯吟大會次唱，嘉義縣聯吟會主辦，1975 年 5 月 1 日。

盂蘭勝會 [338]

蘭盂會啟紀初秋，剪紙招魂佚事留。
我願陰光長普照，免教鬼哭與人愁。

祭鬼招魂七月秋，豐饌佳饌置悠悠。
官方政令宜遵守，節約宣傳遍海陬。

秋雨三首錄二 [339]

重將蠟燭剪西窗，夜漲秋池勢自厖。
每把淋鈴吟蜀道，又隨落葉點吳江。
瀟瀟灑到排空雁，漠漠敲醒守戶尨。
滴碎鄉心人未睡，憑欄惆悵舊家邦。

漠漠隨風滴未降，蕭齋秋冷暗銀釭。
淋漓響徹花三徑，淅瀝聲遲雁一雙。
天際何人觀洗甲，樓頭引我聽敲窗。
西山日暮巴山晚，依舊滂沱漲碧江。

倦鳥四首錄二 [340]

沖霄舊事已全非，補壘填巢體力微。
舞怠只因毛羽脫，啄慵空負稻粱肥。
心思啼北喉乃澀，志欲圖南願更違。
暫待他時疲困解，鵬程萬里任高飛。

懶惰何能伴釣磯，荒巢獨守嘆衰微。
欲啼漢旬喉羞澀，擬渡湘江態倦飛。
罷舞卻因毛羽減，充飢有待稻粱肥。
圖南未遂身還怠，空負銅環鎖落暉。

拔河七絕冬韻[341]

兩對平分鬥意濃，牽鉤拔索勢洶洶。
佇看制勝河溝日，萬歲歡呼震九重。

分界拔繩追魯匠，臨場題句記玄宗。
一拖一挽爭來去，未決雌雄不放鬆。

冬至烏七絕江韻[342]

南來鯤海水淙淙，潑剌揚鰭氣勢龐。
我羨細鱗能踐約，待過冬至離臺江。

玉山瑞雪四首錄二[343]

何殊天女撒天花，積遍層巒整復斜。
瑞獻玉峰鴻印爪，祥呈雲海鶴橫沙。

---

[338] 刊於《中國詩文之友》46 卷 4、5 期，延平詩社六六年八月份擊缽吟，1977 年。
[339] 刊於《中國詩文之友》第 281 期，延平詩社第二十三期課題，1978 年 4 月 30 日。
[340] 刊於《中國詩文之友》第 283 期，延平詩社第二十五期課題，1978 年 6 月 30 日。
[341] 刊於《中國詩文之友》第 296 期，金生獎詩藝奪魁賽第三期賽，1979 年 9 月 1 日。
[342] 刊於《中國詩文之友》第 300 期，金生獎詩藝奪魁賽第五期賽，1980 年 1 月 1 日。
[343] 刊於《中國詩文之友》第 314 期，金生獎詩藝奪魁賽第十二期賽，1981 年 3 月 1 日。

堆成銀界三千里，妝點瓊樓百萬家。
知是豐年先有兆，高歌擊壤樂無涯。

玉山雪積白無涯，瑞氣繽紛冷氣加。
雲壓瓊崖林凍雀，寒侵絕壑樹啼鴉。
年豐早穫千鍾粟，地古頻開六出花。
人立峰頭歌盛世，一禾九穗富邦家。

春味四首錄二 [344]

養花天氣半晴陰，桃臉嬌紅柳葉森。
撲鼻香休雞肋比，他時梅子赤酸心。

大地陽回萬木森，辛酸初試酒初斟。
何嘗重覓枇杷巷，薝澤親嘗喜不禁。

哀遠航三義空難 [345]

一駕輕飛入太清，片時霹靂半空鳴。
機員有責難逃劫，乘客無辜共喪生。
火焰山前雲變色，銅鑼灣外鳥哀聲。
願教早履賠償法，莫使人家怨不平。

臘梅 [346]

十月胚胎早，花開古崁城。鶴隨林處士，鯨附鄭延平。
浮動枝南北，橫斜水淺清。歲寒三友共，不負舊時盟。

大地陽春過，南枝嶺上橫。花開風凜冽，蕚破雪晶瑩。
寒迫紅毛井，香飄赤崁城。鄭王祠畔路，一樹弔朱明。

春訊 [347]

送鼠迎年歲序過，陽回大地景清和。
今朝漏洩江南訊，一樹梅花破蕚多。

旖旎韶華頌太和，裁花織柳賴鶯梭。
何時漏洩春消息，萬紫千紅醉綺羅。

江濱銷夏 [348]

未睹奇峰斂火雲，相邀鷗鷺坐斜曛。
襟披壽島涼先覺，扇執猿江暑欲焚。
沉李合師吳季重，賦桐猶念沈光文。
消炎我願龍橋去，一味南來爽十分。

春曉 [349]

睡起窺窗月色低，遙聞山籟發清溪。
風和陌路花垂徑，煙鎖池塘柳拂堤。

---

[344] 刊於《中國詩文之友》第 315 期，臺南市延平詩社新春聯吟會，1981 年 4 月 1 日。
[345] 刊於《中國詩文之友》第 324 期，金生獎詩藝奪魁賽第十六期賽，1982 年 1 月 1 日。
[346] 刊於《中國詩文之友》第 354 期，臺南市延平詩社社員擊缽例會首唱，1984 年 7 月 1 日。
[347] 刊於《中國詩文之友》第 376 期，臺南市延平詩社元春詩人吟會，1986 年 5 月 1 日。
[348] 錄自《新生詩苑》。
[349] 錄自李步雲《快園詩錄》。

樹上曉鶯驚曉夢，階前春燕啄春泥。
扶筇緩步郊原去，十里風光入眼迷。

白燕 [350]

剪破春愁素質肥，呢喃似訴潔身歸。
淡容不向朱門去，瘦影偏隨白絮飛。
雪滿梁園留玉剪，月明深巷認烏衣。
叮嚀莫過昭陽殿，恐惹趙家說是非。

湘浦歸來夕照斜，舊時王謝卻無家。
說殘午夢妝初改，剪破春愁鬢已華。
影入陌頭疑柳絮，身過庭院混梨花。
玉京死後情懷減，不肯烏衣傍水涯。

春晴 [351]

朝來爽氣樂無涯，萬里風光散綺霞。
陌路香泥含舊雨，池塘細草長新芽。
旗飄市上人沽酒，簾捲樓前客賣花。
曳杖踏青郊外去，田家處處話桑麻。

水仙花 [352]

綽約娉婷恍是仙，凌波無語占春光。
珠簾燦影嬌垂露，玉珮芬香淡著煙。
把盞瑤臺嫌寂寞，舉杯月下合團圓。
園林夜靜東風暖，一朵幽姿絕世妍。

白帝城懷古 [353]

巫山巫峽暗淒風，客子何心思不窮。
魚腹陣圖空有石，永安宮闕半飛蓬。
遠天孤雁愁雲黑，絕塞啼鵑泣淚紅。
憑弔古來興廢事，紅塵落拓幾英雄。

秋夢 [354]

夜靜蘭閨爽氣豪，秋來敧枕憶南柯。
朦朧蝶影迷魂渺，斷續蟬聲入夢多。
一飯黃粱皆變幻，三更白露冷婆娑。
江山萬里移時沒，一覺華胥可奈何。

涼生錦帳倍清幽，一枕西風拂睡眸。
槐國功名當夜渺，巫山雲雨一時收。
雁鳴北塞驚新夢，人到南柯憶舊遊。
滿眼黃花終是幻，故來化蝶會莊周。

曲徑通幽月色光，西風瑟瑟夜生涼。
草連靈運池中句，花向江淹筆底香。

350 錄自李步雲《快園詩錄》。
351 錄自李步雲《快園詩錄》。
352 錄自李步雲《快園詩錄》。
353 錄自李步雲《快園詩錄》。
354 錄自李步雲《快園詩錄》。
354 錄自李步雲《快園詩錄》。

落枕砧聲終是幻，臨床琴韻總迷茫。
幾人能得邯鄲去，一飯黃粱入夢長。

遠寺疏鐘 [355]

蘭若雲深處，鐘疏入耳遲。風高聲細細，夜靜月離離。
隔水清音幻，凌霄雅韻宜。霜天應寂寞，一響落山陂。

早梅 [356]

初入羅浮夢，南枝破萼纔。眾芳猶未放，嫩蕊已先開。
鐵骨誇高品，清香占首魁。江南春漏洩，消息早傳來。

鏡月 [357]

銀漢清如水，菱花映碧空。無波皆爛熳，不夜自玲瓏。
皎潔藏幽閣，團圓掛蕊宮。窗前頻顧影，彷彿兩相同。

鶯梭 [358]

度柳遷橋自有因，花前葉底弄機頻。
應知多少工夫巧，慣織春愁別樣新。

鷗夢 [359]

睡入寒汀月色侵，眠沙傍水任浮沉。
一生曾作江邊客，長伴漁人直到今。

假山 [360]

疊石栽花處處移，非真山水也清奇。
妝成一片凌雲景，彷彿高峰映碧池。

葬花 [361]

誰將殘碎葬芳園，惹我傷心把淚吞。
昔日紅妝今已杳，劇憐無處弔香魂。

電話機 [362]

兩線牽來一樣同，文明利器奪天工。
莫愁消息無人報，萬里情懷藉此通。

蕉陰 [363]

搖風篩月綠參差，匝地涼生午夢遲。
愛汝心多籠夜色，滿庭清影印長籬。

涼生徑下晚風吹，綠葉成陰印短籬。
鄭客夢回空寂寞，滿庭月色正離離。

---

[360] 錄自李步雲《快園詩錄》。
[361] 錄自李步雲《快園詩錄》。
[362] 錄自李步雲《快園詩錄》。
[363] 錄自李步雲《快園詩錄》。
[355] 錄自李步雲《快園詩錄》。
[356] 錄自李步雲《快園詩錄》。
[357] 錄自李步雲《快園詩錄》。
[358] 錄自李步雲《快園詩錄》。
[359] 錄自李步雲《快園詩錄》。

伍員吹簫 [364]

踏過昭關感二毛，英雄落拓起悲號。

津頭贈劍恩難盡，市上吹簫氣尚豪。

一管清香餘楚恨，半身餓骨向吳逃。

劇憐父子遭奇禍，回首胥江吼怒濤。

雨絲 [365]

海國濃雲密，霏霏濕砌輕。臨風吹欲斷，著地聽無聲。

潤柳千條綠，霑花一徑明。蘭亭修禊返，大道幾時晴。

新涼 [366]

纔送新涼玉室中，驚回午夢入簾櫳。

寒生庭院三更雨，冷透衣襟一葉風。

紈扇拋殘秋寂寞，孤砧搗盡月玲瓏。

昨收暑氣情懷爽，好聽歸鴻叫碧空。

[364] 錄自李步雲《快園詩錄》。

[365] 錄自李步雲《快園詩錄》。

[366] 錄自李步雲《快園詩錄》。

七、他人寫及李步雲的詩作

和李步雲先生自遣韻[367]　　廖印束

漫將奴隸事拋過，撫髀搥胸把劍摩。
戟折沙場猶有鐵，珠沉滄海豈無波。
大山噴火心宜熱，象蟻搬鯨力自多。
天意漸臻征殺運，不容胡子夜高歌。

心病纏綿暗自傷，稜稜有骨傲風霜。
航迴禍水風濤惡，眼底塵寰氣味涼。
恨海填餘猶有海，愁腸斷盡已無腸。
愧無智慧除煩腦，瑤瑟輕彈雁過湘。

讀李步雲詞兄自遣詩心爲之癢次韻效之[368]　　吳子宏

年華似水等閒過，紙醉金迷費揣摩。
救急玉瓶難吐水，哀時銀海易興波。

[367] 刊於《詩報》第 40 號，「詞林」欄，1932 年 8 月 1 日。
[368] 刊於《三六九小報》第 222 號，「詩壇」欄，1932 年 10 月 3 日，第 2、3 版中縫。

腸餘百結蘭空紉，網入千絲思倍多。
小少自憐遊俠誤，枉教子夜託悲歌。

十年往事最神傷，贏得眉愁與鬢霜。
夢裡鬢雲來彷彿，燈前哀曲舊淒涼。
東鄰南國非無意，白石青溪兩斷腸。
記得聲詩和淚讀，如聞哀雁落瀟湘。

迎李步雲君 369　周石輝

滿天風雨近重陽，喜迓高軒過草堂。
促膝談心忘夜永，清燈淨榻正秋涼。

招仙閣席上賦似子宏步雲兩兄 370　張篁川

相逢南國晚涼天，閣下招仙態欲仙。
燈火熒熒花解語，一樽重續酒詩緣。

登赤崁樓和李步雲君原韻 371　黃珠園

高樓百尺履痕稀，四顧蒼茫夕照微。
昔日江山依舊在，當年市井未全非。
天邊帆影連雲際，海外濤聲送客歸。
此是紅夷爭霸地，延平一怒解戎衣。

席上喜贈李步雲先生[372]　邱耀青

相逢恰喜是同鄉，盃酒因君累十觴。
莫問寶桑當日事，衣冠文物異尋常。

敬贈李步雲先生[373]　麥田

繡虎奇才信不虛，胸藏今古五車書。
一篇七步推能手，每讀君詩喜氣舒。

和李步雲先生原玉[374]　洪子衡

湖海飄零暗自傷，那堪酷暑正當陽。
生來自覺胸無垢，老去何愁鬢有霜。
拮据廿年三跌足，推敲一字九迴腸。
炎炎未肯因人熱，坐待清風送晚涼。

遍地哀鴻不忍聽，此身何事尚飄零。
時機未到天難問，人醉那容我獨醒。
憂國士吟工部句，尋幽客愛子雲亭。
驚心夜夜風聲急，銀燭無光冷畫屏。

[369] 刊於《詩報》第 43 號，「海國清音」欄，1932 年 9 月 15 日。
[370] 刊於《詩報》第 211 號，「詩壇」欄，1939 年 11 月 2 日。
[371] 刊於《詩報》第 289 號，「詩壇」欄，1943 年 2 月 1 日。
[372] 刊於《詩報》第 299 號，「詩壇」欄，1943 年 7 月 12 日。
[373] 刊於《詩報》第 299 號，「詩壇」欄，1943 年 7 月 12 日。
[374] 刊於《詩報》第 301 號，「詩壇」欄，1943 年 8 月 18 日。

敬次步雲李先生無題瑤韻 [375]　王則修

作客他鄉漫感傷，天邊飛雁尚隨陽。
文章到處光爭月，詞賦哀時節勵霜。
看汝儒修原有骨，笑他公子本無腸。
先生絕不因人熱，自署頭銜清且涼。

騷壇健將昔曾聽，屈處商廛足涕零。
雷雨未逢龍尚困，飛騰有自鶴初醒。
南陽諸葛興廬舍，西蜀揚雄起草亭。
待到梯青扶捷步，高峰疊疊聳雲屏。

懷人詩四十五首之一李步雲君 (麻豆人) [376]　林玉書

才華饒俊逸，矯矯人中龍。垂老吟懷健，居然德有容。

李步雲新居賦此祝之 [377]　王養源

革鞏入畫靜中參，花映衡門蒂並含。
惟有閒情消物外，一窗風月自容涵。

敬和李步雲先生新居感懷瑤韻 [378]　張李德和

善人居處覓賢鄰，輪奐斐然物象新。
鄴架飄香原是富，楊園煥豔不為貧。
文章佇看爭先學，道義應容步後塵。
詩教宏揚老彌壯，兒孫滿眼樂天真。

次李步雲詞長新居感懷卻寄韻 [379]　王養源

擬就天涯賦比鄰，滿窗風月景翻新。
得瞻愛屋鳥仍及，且喜藏書士未貧。
詩筆拓開榮世胄，畫簾劃斷俗囂塵。
一樽自挈堪酬菊，傲骨偏彰色本真。

萬瓦輝紅擁翠嵐，倚窗吟嘯首頻探。
硯田墨湧春爭潤，筆岫雲開月閏三。
綠草平鋪詩入畫，五溪環帶水拖藍。
青山有意偕招隱，俗慮未拋我自慚。

大智如愚慧業修，卜居吉宇壯居由。
擇鄰此日師孟母，肯構他年繼仲謀。
遠近人傳歌燕賀，東南美盡萃名流。
遙知高臥羲皇上，特送閒情到海陬。

牽蘿補屋傍幽郊，有約人來載酒肴。
估地不愁勤插柳，養花猶自好鋤茅。
遣懷藉酒當歌飲，得句沉吟信手抄。
藻繪江山呈瑞氣，鶯遷睍睆頌新巢。

---

[375] 刊於《詩報》第 304 號，「詩壇」欄，1943 年 10 月 11 日。
[376] 刊於林玉書《臥雲吟草續集》。
[377] 刊於王養源《夢寄樓詩集》。
[378] 刊於《琳瑯山閣唱和集》。
[379] 刊於王養源《夢寄樓詩集》。

和步雲兄新居感懷瑤韻四首 ³⁸⁰（六月十二日）　吳紉秋

長與青蓮結比鄰，苟完苟美趨時新。
作詩以外無他技，光復之間轉畏貧。
土室披襟堪寓目，雪巢既構不嫌塵。
暇餘重訪來麻豆，華廈嶄然一顧真。

宅前它後賞輕嵐，鷗鷺相尋當戚探。
輪奐奚殊堂忍百，抒情未減徑開三。
滿腔筆氣曾題彩，揮手屏風竟畫藍。
環境須知機智警，紙鳶款段總生慚。

持躬德潤賦雙修，徹彼桑吟自有由。
差不鳩心言老拙，得能燕翼裕貽謀。
奔馳歲月銷磨急，爛醉乾坤錯雜流。
宇宙一如山海角，英雄民族鑿荒陬。

拱門柚綠嫩田郊，經劫文章餖飣肴。
半世而安餬口計，此身猶望蓋頭茅。
平常小吃為難事，好讀奇篇就傃抄。
良悟日沉月方上，旅人歸否鳥爭巢。

和步雲兄新居感懷 ³⁸¹　楊乃胡

羨君卜宅擇仁鄰，傑構堂皇輪奐新。
儘道失時毋失志，敢云憂世不憂貧。

賞心瀚墨文無滓，過眼滄桑劫有塵。
車笠高風存古誼，論交湖海幾情真。

吟幟高飄百尺嵐，騷壇抗手作驪探。
懸蒲雅愛詩題五，種菊勤鋤徑闢三。
竊喜素來交本淡，更欣青山勝於藍。
謀生底事難藏拙，貽笑方家轉自慙。

次韻李步雲新居 [382]　　張蒲園

宅為安居以德鄰，潤身豈在奐輪新。
國輕文武寧紓難，家起兒孫不患貧。
諸葛隆中耕隴畝，歐陽晝錦記車塵。
臥床詩就書遙寄，瀟酒風懷孰比真。

次韻奉和李步雲詞兄新居感懷韻 [383]　　蘇鴻飛

結構堪稱善結鄰，鶯遷燕駕氣迎新。
淡如名利多增壽，樂在林泉未是貧。
隙地三弓偕白首，寥天一幕隔紅塵。
從茲避俗無煩攪，傲世風懷自有真。

[380] 刊於吳紉秋手稿（十七），《乙未小詩雜錄》。
[381] 刊於《中華詩苑》第 9 號，1955 年 10 月。
[382] 刊於《中華詩苑》第 10 號，1955 年 11 月。
[383] 刊於《中華詩苑》第 13、14 號，1956 年 2 月。

雲開極浦現層嵐，霽景無邊任意探。
掃徑不妨人自獨，養神好共柳眠三。
窺窗月色凝寒碧，當戶山光繞翠藍。
擬寫黃庭留淨室，吾廬吾愛有何慚。

寄懷李步雲詞長 [384]　謝桂森

祭酒騷壇孰與齊，雄才未老氣如霓。
庭前蘭桂因時秀，劫後詩書任意稽。
風月有情聊寄傲，江山無恙輒留題。
卅年翰苑多佳句，好對滄桑認雪泥。

題名錄舊作李步雲先生 [385]　張蒲園

才可驚人不獨詩，掄元拔幟看當時。
自從分手臺南後，月夕花晨兩地思。

敬和步雲詞兄八十書懷寄諸吟友瑤韻 [386]

張晴川

澗別迴瀾忽六春，蒼茫雲樹憶詩人。
騷壇悠久情偏重，詞境高超句出神。
耄耋猶懷崇道志，吟哦尚抱歲寒身。
姻緣翰墨欣同調，北去南來老更親。

似步雲寅兄八十書懷原玉 ³⁸⁷ （甲寅（1974）歲首）

黃傳心

不驚談虎共迎春，莫比興周釣渭人。
詩紀三羊開泰運，壽登八秩尚丰神。
經營歲月閒餘筆，珍重滄桑劫後身。
翹首南山同獻頌，清高松鶴影相親。

梅花記詠快園春，雞黍心期訪故人。
約會聯吟書致意，行看奪榜筆傳神。
金蘭待訂三生譜，鴻寶相資百鍊身。
且喜杖朝同健在，鏡頭並影證交親。

訪李步雲詞兄於臺北敦化路令孫樓寓 ³⁸⁸ （是日與登玉兄同道） 蘇鴻飛

偶爾多吟旃，驅車訪故人。迂迴敦化路，輾轉快揚塵。
見面胸襟暢，傾談肺腑親。交情逾水淡，翰墨惜儒珍。

壽李步雲先生九十 ³⁸⁹ 莊幼岳

九秩身仍健，才名海內聞。俊新唐白句，聲望漢膺門。
有子都能孝，無詩不可存。天南星正耀，獻壽晉芳樽。

---

³⁸⁴ 刊於《詩文之友》21 卷 6 期，1965 年 4 月。
³⁸⁵ 刊於《詩文之友》26 卷 6 期，1967 年 9 月。
³⁸⁶ 刊於《詩文之友》40 卷 1 期，1973 年 5 月。
³⁸⁷ 錄自黃傳心《丹心集》，又載《詩文之友》40 卷 5 期，1974 年 10 月。
³⁸⁸ 刊於《詩文之友》44 卷 4 期，1976 年 9 月。
³⁸⁹ 錄自莊幼岳《紅梅山館詩文集》。

肆、報紙、日記資料

一九二〇一一九四〇年代

　　麻豆書香院風流雲散後，鉢韻鐘聲寂焉無聞，當地文士每引爲憾。者番快園李步雲氏，乃出提倡，重興旗鼓。去十夜邀諸吟侶於其家，開擊鉢吟會，擬題「秋江」，七絕東韻，公推黃珠園、韓浩川二氏閱卷，選竟，分贈品而散。次期例會，定來十六日晚，開於珠園別墅。

翰墨因緣，《臺灣日日新報》，一九二九年十月十三日夕刊第四版

　　十二月三日，嘉義開催州下聯吟會，爲準備來春全島大會。我社出席者，惟步雲一人。聞其首唱題爲「詩城」五律尤韻，余因得二句云：「騷壇同萬古，文社並千秋」。

邱濬川〈綠社吟壇日誌〉節錄，《三六九小報》第三一七號，
一九三四年二月二十三日第二版

　　步雲君本日往嵌城壽吳紉秋先生令堂，至今未見歸來，想又爲南社或桐侶詩魔魔去矣。今日旬期，又值擊鉢，諸

同人外出者有之，忙於公私事者亦有之，不知傍晚出席，能達半數乎。

　　昨者佳里開催秋季聯吟會，聞王大俊先生誦麻雀熱詩，結聯云：「打到夜深迷老眼，誤看白板作紅中。」昨晚在吟壇與澄秋社長及麗山、步雲、綠珊三君小飲，徹席後不圖被「鼻司爺」（即傑殊）所嗅，可惜汝朵頤無福，若早些著，僕當滅燭留髡，壽汝一杯矣。汝陽三斗，知君是其流亞。想君到此時。瞥見杯盤狼藉，酒氣襲人，得毋道逢麴車口流涎耶。

邱滄川〈綠社吟壇日誌〉節錄，《三六九小報》第三一八號，

一九三四年二月二十六日第二版

　　斷句有終身不能已於心，而是垂諸不朽者，如〈南亭四話〉載有斷炊一聯云：「從此已無煙火氣，舉家風味近神仙」。夕陽紅半樓主人〈落絮〉云：「花風問小劫，萍水證三生」。社友步雲〈紅梅〉云：「春衫血淚隨風落，吹上江南第一枝」。笑雲先生〈從良妓〉云：「匹卿自有佳夫婿，不是蘄王便衛公」。

邱滄川〈綠波山房攄談〉節錄，《三六九小報》第 333 號，一九三四年四月十九日第二版

余作詩，素未存稿。麻豆綠社李步雲君過訪，誦余甲戌全臺聯吟會，「阿里山曉望」五律詩，囑余實諸小紀，是亦嗜痂之癖也。「向曙過眠月，凌虛迴出塵。山沉雲作海，天老木成神。大壑長蛇遠（蘇友讓先生言阿里山中無蛇），深林帝雉馴。萬櫻紅盡處，眾嶽碧嶙峋。」

懺紅〈餐霞小紀〉節錄，《三六九小報》第三四四號，一九三四年五月二十六日第二版

　　五月二十日，羅山開甲戌全島聯吟州下慰勞會。是日之會，頗呈盛況。余以緣慳，未能躬與其盛，不禁神馳而心往焉。聞其擊缽，題拈「首夏」五律庚韻。詩星朗朗照耀南州，洵可樂也。散會後，我社步雲君歸來，對余誦是日與會者佳作數首，余錄而讀之，悉擲地金聲之作。

邱濬川〈綠波山房摭談〉節錄，《三六九小報》第三七八號，一九三四年九月十九日第四版

　　又我社步雲君曾奉教洪鐵濤先生日，君善中元，請授其方。先生日「典鮮淺顯」只此四字足矣，味此益覺信然。

邱濬川〈綠波山房摭談〉節錄，《三六九小報》第四一三號，一九三五年一月二十三日第二版

臺南酉山吟社，因者番社長黃廷禎氏逝世，諸同人於本月十七日始政記念佳節，於報恩堂，開臨時總會，並邀他社諸吟友蒞席。至定刻午後一時，出席者三十餘名，首由許子文氏就議長席，審議一切並選舉新社長，結果正社長許子文氏，副社長陳雲汀氏，幹事楊元胡、李炳煌、王棄人、高燦榮、蘇子潔、施清雲諸氏當選，至三時移入擊缽，首唱詩題「二酉藏書」，五律刪韻，共推李步雲、白劍瀾兩氏為左右詞宗。次唱詩題「松濤」，七絕覃韻，推洪子衡、黃登釆兩氏為左右詞宗，至五時交卷，每題計得詩三十餘首，錄呈詞宗評選結果。首唱雙元被洪子衡、楊元胡兩氏所獲，次唱被潘春源、白劍瀾兩氏所占，由酉山吟社分呈贈品。至七時盡歡而散，洵騷人之韻事也。

《詩報》第二九九號，一九四三年七月十二日，第一頁

一九五〇──一九九〇年代

　　鯤南國學研究會聯吟大會，由高屏三縣市輪值司會，此次輪由鳳山詩翁陳皆興司 會，於昨（廿七）日假鳳山鎮中山堂舉行，與會官員來賓有改造主任委員劉象山，洪縣長（教育科長王添泉代表）等多人參加，出席人員卅九人，會由鄭坤五主持，行禮如儀後，致開會詞，繼由□委會主任委員劉象山致詞，旋即擬題目，首唱爲七律，一先韻，「懷屈原」，次唱爲七絕，十一眞韻，「楊柳風」，並推舉陳文石爲首唱左詞宗，吳照軒爲右詞宗。李步雲爲次唱左詞宗，林海樓右詞宗。旋即開始拈韻，於下午二時半交卷。經詞宗審閱結果，許成章入選律左元，陳文石入選律 右元。萬榮春入選絕左元，陳家駒入選絕右元。

鯤南國學研究會 在鳳山聯吟，《公論報》，一九五一年五月三十一日第五版

　　臺南延平詩社，社友四十餘人，本月十三日下在竹溪禪寺舉行擊鉢吟會。題爲「竹溪秋望」，韻定十三覃，

由該會李期閣、李步雲分任左右詞宗，經評定左元洪子衡，右元林海樓。

臺南延平詩社 擊缽竹溪禪寺，《公論報》，一九五四年九月十五日第四版

昨日自新營回來，不往臺南過週末（我的週末在週頭），因爲有一疑似小兒麻痺症的患者在院。車中遇李步雲先生，他說南瀛詩社社員大會，擬在三月十三日舉行，並希望文獻會幫忙。我想父親爲要到基隆醫病，恐怕他再也不能做個副社長出席大會。

《吳新榮日記》一九六〇年二月二十日 [390]

（父親吳萱草於四月十七日過世）

二十四日：自昨日籌備告別式場，至本日下午始完畢。式場四邊均以聯軸圍繞，靈前以陳清曉君及張煌兄送來生花環飾置。此光景可爲本地方未曾有的盛況。我們先請徐清吉、陳其和、楊水池、吳昭邦四君接待弔客；又請省立北門中學樂隊來奏哀樂。

---

[390] 以下資料選錄自中央研究院臺灣史研究所「臺灣日記知識庫」及吳新榮著，張良澤總編纂，《吳新榮日記全集 10：1955-1961》、《吳新榮日記全集 11：1962-1967》（臺南：國立臺灣文學館，2008）。凡內容與李步雲相關者，擇要依時間先後選錄。觀點或內容相似者，只選錄其中較詳細者。

過了預定的時間，我們遺族由功德堂奉遺骸至式場，同時開始奠禮。首由善行寺和尚五位誦經後，次由鄭國禎先生介紹故人簡歷，再由主祭吳三連先生朗讀祭文，後由縣長胡龍寶、省議長黃朝琴、縣議會議員廖乾定、省議員郭秋煌、南瀛詩社李步雲、琅環詩社徐青山、臺南市文獻委員會黃典權、佳里鎮長魏順安等諸機關團體首長朗讀弔辭。其他弔文弔詩甚多，因時間關係不能一一奉讀，只由陳清汗君朗讀弔電，而後由吳和對叔代表遺族致謝詞。再一次誦經後，由遺族進香，再由弔客進香而禮成。

《吳新榮日記》一九六〇年四月二十八日

　　十二日：這是我五十六歲的誕生日，是我一生中可以紀念的日子。我今年中在上元日於金唐殿被選為爐主，又在今日同在此處，被選為社長。上午十時，於三寶殿舉行佳里詩人大會，以紀念國父的誕生日，並擴大組織，改組為全縣性的詩社。屆時來簽到者社員二十九名，來賓三十名，來自臺南、嘉義等地。社名新改為「鯤瀛」詩社，擬與「南瀛詩社」為姊妹社，但我們將向政府備案為交誼團體。本詩社繼承白鷗吟社、琅環詩社的傳統精神，敦睦風雅人士，陶冶醇良志氣，以貢獻地方文化為目的。大會由魏順安鎮長主持，由臺南陳木池、歸仁林金樹、麻豆李步雲致祝辭。後審議社則十條，經過小小修改後全部通過，

至今新詩社宣告成立，並選舉役員。七股鄉長陳槐卿提議推荐，而全員贊成其議並推薦如左：

理事：吳新榮　　文獻組長

　　　魏順安　　佳里鎮長

　　　陳天賜　　縣議員

　　　黃玉崑　　縣議員

　　　蔡順治　　鎮代表主席

　　　陳昌言　　原詩社顧問

　　　黃生宜　　原詩社副長

監事：莊金珍　　鄉會秘書

　　　陳進雄　　原詩社員

　　　侯振堯　　原詩社員

至此新主席又推薦如下：

社　長：吳新榮

副社長：陳昌言、黃生宜

次由新社長推推薦：

顧問：徐青山

　　　鄭國湞

　　　黃秋錦

　　　陳清汗

　　　黃　圖

陳槐卿

總幹事：陳昌言

　　至此役員全部選出，這是在此地方最佳的人士，最好的配置，這可預兆本社的前途，所以我也樂於承受，並以答報先人之恩典。

　　禮成後即開始擊缽，最初以選舉方式，選出左右詞宗，臺南白劍瀾以最高票當左詞宗，嘉義李可讀以次高票當右詞宗，一南一北最公平的分配。次舉三位來賓擬題為「鯤瀛詩社成立紀盛」，而抽為東韻，限至四時交卷。

　　正午於琄琅山房煮出大麵為點心，餐後即在小雅園攝影為紀念。時間屆限，交卷者百餘首，由兩詞宗評選的結果：中左元者麻豆李步雲，右元者佳里陳進雄，一老一少又一客一主，也是巧妙的配合。

　　晚上我們備辦八桌大菜請客，六桌為詩友，二桌為家親，這是近來在山房罕見的盛事。

《吳新榮日記》一九六二年十一月十九日

　　元旦：鯤瀛詩社開擊缽會於小雅園，合來賓（由臺南及麻豆）總有二十多人。題目為「春滿琄琅」，詞宗為李步雲、陳紉香。正午我們備辦麵點饗諸人，也可云一種的新年宴會。雖然是新正，病院仍有患者，所以我不能全關

於詩會。但做個社長，連一首五言律也做不成，也可云天下的怪事。

《吳新榮日記》一九六三年一月一日

下午二時，於山房餐廳舉行南瀛詩社秋季聯吟大會磋商會，來會者有麻豆、學甲、北門及佳里詩界之元老，磋商二點鐘即決定如左記：

一、主辦：佳里鯤瀛詩社。

二、期日：十月二十五日重陽節。

三、會址：北門鄉南鯤鯓廟。

四、役員：顧　問　李步雲

　　　　　顧　問　林竹圍

　　　　　會　長　胡龍寶

　　　　　副會長　吳新榮

　　　　　副會長　洪清風

　　　　　總幹事　陳昌言

五、其他籌備事項

《吳新榮日記》一九六三年十月六日

南縣南瀛詩社第七期徵詩「地震」，體韻：五律歌韻，得詩百三十手，經左右詞宗黃森峰、張永明兩先生選出佳作十名，茲誌名單如下佳里陳昌言、花蓮吳石祥、嘉義李

可讀、佳里黃秋錦、新營呂左淇、佳里陳新川、佳里鄭靜
夫、臺南黃清標、歸仁林金樹、麻豆李步雲。

南瀛詩社徵詩 佳作業已選出，《臺灣民聲日報》，1964 年 6 月
27 日第 5 版

　　下午，臺南郭親姆及王滿女士來訪，說要為我病癒來
賀喜，不久即回去。近午，陳昌言先生和李步雲先生來訪，
為文獻委員會立詩碑於關子嶺、珊瑚潭、虎頭埤、南鯤鯓
四處而協議。

　　結果如左：

　　　一、文獻會自己籌作，每碑約五千元，計二萬元
　　　　　對政府請求。

　　　二、每碑三人，一為明清人，一為日據人，三為
　　　　　現代人，當選者以縣志稿贈之。

　　　三、選評人為劉博文、李步雲、陳昌言、蔡和泉、
　　　　　林竹圍、吳新榮等六人。

　　　四、選評時定來年一月中，由縣長決定分期建立
　　　　　或定期建設。

　　午餐請鄭靜夫先生為陪賓共在山房小飲。

《吳新榮日記》一九六四年十二月九日

七日，下午和陳進雄君到麻豆訪李步雲先生，拜託他擔任臺南縣文獻委員會主辦的本縣名勝詩碑募詩的初選，並談話近年來詩界的狀況。先生雖被稱本縣詩界的老先輩，但其老未免老得過分，連一字的錯音就說不爲詩。

《吳新榮日記》一九六五年十一月七日

　　今年十一月十二日剛爲星期日，爲要紀念華甲，擬在本鎮舉行南瀛聯吟會。

　　　　一、時日：十一月十二日上午十時。
　　　　二、場所：佳里金唐殿。
　　　　三、籌備會：李步雲、陳昌言、鄭國禎、徐青山、
　　　　　　黃生宜、陳進雄、魏順安、吳新榮、呂左淇。
　　　　四、預算：文獻會二千元，南瀛詩社二千元，鯤
　　　　　　瀛 詩社二千元，金唐殿一千元，吳新榮一千
　　　　　　元。共八千元。

《吳新榮日記》一九六六年一月二十三日

　　二日：全省聯吟大會每年在詩人節舉行大會外，在南部七縣市（雲、嘉、南四縣市及高屏三縣市）亦組織聯吟會，每年於春秋兩季輪流舉行。而雲嘉南四縣市自舊年起又組織聯吟會，於每年夏冬兩季輪流舉行，今冬輪到臺南

縣，而有人要求鯤瀛詩社主辦。所以本日上午十時起，召集左記諸先生於琱琅山房舉行籌備會。

李步雲　　陳昌言

鄭國滇　　徐青山

呂左淇　　黃生宜

魏順安　　吳新榮

籌備結果決定如次：

一、時日：十一月十二日

二、地點：佳里中山堂

三、人員

　　　　顧問：李步雲、陳昌言、林金樹、鄭
國滇、徐青山

　　　　會長：劉博文

　　　　副會長：吳新榮、魏順安

　　　　總幹事：呂左淇

　　　　總務：黃生宜

　　　　會計：林江泉

四、預算：捌仟元左右

會畢，於醫院樓上午餐，諸老如甚滿足我們的招待。我也很滿足在我的還曆紀念日，於此佳里，由我主持，能夠舉行一聯吟大會。

《吳新榮日記》一九六六年十月四日

一昨日麻豆李步雲先生、臺南陳昌言先生、外渡頭黃生宜先生三人不約而來。他們為此次鯤瀛詩會主辦的南嘉雲四縣市聯吟大會而來商量的。

《吳新榮日記》一九六六年十月三十日

昨（二十八）日是中華民國辛亥年詩人節，上午九時許在省立新竹社會教育館舉行聯吟大會，全國各地詩人及海外華僑詩人六百餘人。聯吟大會由會長白如初主持，來賓包括國民黨新竹縣黨部主任委員陳志堅、劉樹燻縣長等多人。

開幕後，由臺南市李步雲、臺北市汪洋兩詩人為首唱「建國六十年詩人節誌盛」等詞宗。

昨天，聯吟大會一致通過上　總統暨國軍三軍將士致敬電文及告大陸同胞書。

海內外詩人　昨舉行聯吟《聯合報》一九七一年五月二十九日第 2 版

在士林洲美里的屈原宮，端午節那天，聚集了三百多人，他們來自臺灣各角落，分屬一百多個詩社，大部分年齡都在五十歲以上，也大都僅受過孩提時的私塾漢文教育，這天卻要聚在一起參加「擊缽吟會」寫詩吟唱，尤顯出他們生命的活力。連主辦人林錫牙先生，也已七十歲了，看來卻像年輕人；另有一位來自臺南的李步雲先生，他的年齡是八十五。

呂俊德〈狀元落誰家　屈原宮擊缽吟會〉，《聯合報》一九八一年六月二十九日第十二版

　　市府慶祝七十二年端午節舉辦的全國詩人聯吟大會，經過一天創作、吟唱活動，昨由四位詞宗選出十二篇佳作，公布供社會喜愛詩文者欣賞。

　　首唱七律，題目為「午日安平懷古」，詩韻四支；右詞宗李可讀……次唱七絕，題目為「端午節關帝聖堂雅集」，詩韻二冬，……左詞宗鄭指新評選第一名高泰山……第二名陳紉香……第三名李步雲，作品「鷗鷺聯翩午日逢，帝君堂上駐吟節。懷沙賦罷還哀郢，鼓醒招魂一杵鐘」。

安平懷古．關帝聖堂雅集　詩人聯吟．昨日選出佳作，《民生報》1983年6月17日第/11版

臺南市圖書館為配合端午龍舟競賽藝文活動，今天上午在育樂堂舉辦全國詩人吟詩大會，將有來自全省各地的詩友一百八十餘人參與盛會。在這次吟詩大會中，有不少頗富盛名的詩友，像臺南市延平詩社社長陳進雄、成功大學副教授吳榮富、詩人黃天爵、李步雲、黃自青、陳維香、桐城詩社負責人林焜壁等人。

　　據市立圖書館館長姜榮慶表示，在會中將分七言絕句即興創作、吟唱及七言律詩即興創作、吟唱，每組將錄取左右詞宗各一百名頒給獎品，而所有參加者一律致贈紀念品。

全國詩人聯吟 今在臺南舉行，《聯合報》1988 年 6 月 19 日第 15 版

　　全國詩人聯吟大會由鹿耳門天后宮主辦，西港慶安詩社長吳應民和卅多位工作伙伴承辦，計有三百八十二人完成報到，開幕時，騷人墨客與前往參觀的民眾，將會場擠得水洩不通。

　　國內騷壇前輩百歲人瑞李步雲，昨日專程參與這項盛會，受到全場詩人的熱烈歡迎、敬仰，鹿耳門天后宮主委林仙養特贈「騷壇人瑞」紀念牌給李步雲，表彰他對騷壇的貢獻。

全國詩人南市相聚聯吟大會 臺灣最年長詩人「欣然」與會 李步雲獲頒「百歲」殊榮獎牌

《聯合報》1994 年 4 月 5 日第 13 版

伍、文學年表

西曆	中日紀年	歲	文學活動	大事記
1895	光緒 21 年 乙未	1	農曆 9 月 17 日出生。	
1919	大正 8 年		進入由林泮、高山輝、黃文楷創設之「蔴荳書香院」義塾就讀。[391]	
1923	大正 12 年 癸亥	29	8 月《臺南新報》刊載北門白鷗吟會擊缽「雨珠」一首，署名「步雲」，爲現今所見最早之作品。	
1925	大正 14 年 乙丑	31	以「紅梅」七絕一首應萃英吟社徵詩，獲得第一名。	
1928	昭和 3 年 戊辰	34	10 月，李步雲重振蔴豆書香院，開擊缽吟會於其家，詩題「秋江」七絕東韻。《臺灣日日新報》翰墨因緣欄首次出現「快園李步雲」之名。	9 月 9 日蔴豆綠社成立。[392]
1932	昭和 7 年 壬申	38	4 月擔任《詩報》援助員。 8 月 25 日北上順至《詩報》編輯部，故有發行人周石輝之〈迎李步雲君〉之詩。	
1933	昭和 8 年 癸酉	39	3 月 18 日因商務至基隆，並至《詩報》編輯部，有歡迎擊缽會，詩題「水中梅影」七絕先韻。 11 月 3 日李步雲等蔴豆綠社六名社員拜訪北門學甲吟社，並開擊缽詩會，首題「秋砧」五律先韻，由洪子衡、李步雲獲左右元。次題「戀菊」七絕虞韻，由李步雲、王大俊擔任詞宗。	學甲吟社成立。

西曆	中日紀年	歲	文學活動	大事記
1934	昭和 9 年 甲戌	40	6 月，擔任麻豆綠社理事。 11 月，李步雲參加嘉義 鷗社大會，擔任次唱「避 雷針」七絕東韻詞宗。	佳里登雲吟社成立。 10 月麻豆綠社舉行五 週年紀念詩會。
1935	昭和 10 年 乙亥	41	8 月 25 日，南州秋季聯 吟大會磋商會在佳里漁 業組合樓上舉行，首由白 鷗吟社社長吳萱草敍禮， 次由李步雲起述意見。決 議 10 月 6 日在麻豆公會 堂舉行聯吟大會。 10 月 6 日，南州聯吟大 會舉行，由李步雲擔任議 長，主持主持協議事項。 次唱「落帽風」七絕東韻， 右元為李步雲。	將軍吟社成立。 社友邱濬川過世。
1936	昭和 11 年 丙子	42		竹林詩學研究會成立。
1942	昭和 17 年 壬午	48		社友王大俊過世。
1943	昭和 18 年	49	《詩報》載擊缽詩題「銀座 步月」等，以「快園主人」 署名發表作品。	
1951	民國 40 年 辛卯	57		延平詩社成立。[393] 南瀛詩社成立。

[391] 1915 年蔴荳公學校禁授漢文，地方宿儒遂於 1919 年成立「蔴荳書香院」，地點在蔴荳下 街濬亨商行，1926 年因濬亨商行結束麻豆業務，遷至佳里，故蔴荳書香院宣告結束。 蔴荳書香院上承「蔴荳振文社」，下啟「麻豆綠社」，對於當地文風傳承具有相當意義。詹 評仁，《柚城詩錄》（臺南：麻豆鎮公所，2003.11），頁 33-34。

[392] 1928 年成立時社長高山輝、總幹事黃文楷，戰後改組，社長黃珠園、總幹事李步雲。 李步雲，〈麻豆綠社沿革〉，《南瀛文獻》3 卷 3-4 期（1956.06.30），頁 52-53。

[393] 延平詩社由臺南市區南社、酉山、桐侶、留青、錦文、嵌南、樂天、芸香、珊社、南雅、 雞林等十餘社聯合組成。

西曆	中日紀年	歲	文學活動	大事記
1952	民國 41 年 壬辰	58		社友王炳南過世。
1957	民國 46 年 丁酉	63	臺北聯吟會以「快園話舊」爲擊缽詩題，詞宗爲吳萱草和陳昌言，李步雲作二首，爲右一和右七。	社友許子文過世。
1960	民國 49 年 庚子	66	擔任南瀛詩社副社長，時社長劉博文，副社長另一爲陳昌言，總幹事呂左淇。	延平詩社舉行臺南市十二名勝徵詩活動。[394] 社友吳子宏過世。 社友吳萱草過世。 社友黃溪泉過世。
1961	民國 50 年 辛丑	67	10 月，南社創立 67 週年紀念聯吟，由李步雲擔任右詞宗。	延平詩社舉行鄭成功復臺三百週年紀念徵詩活動，並全國詩人聯吟大會。
1962		68		鯤瀛詩社成立。 社友王鵬程過世。
1964	民國 53 年 甲辰	70	擔任南瀛詩社副社長，時社長胡寶龍，副社長另一爲陳昌言，總幹事呂左淇。	
1965	民國 54 年 乙巳	71	約 4 月，臺南縣文獻委員會舉行臺南縣名勝徵詩，詩題「關子嶺」、「珊瑚潭」、「虎頭埤」、「鯤身廟」七律不拘韻，詞宗劉博文、李步雲、陳昌言、吳新榮等。	
1966	民國 55 年 丙午	72	9 月 25 日鯤南七縣市秋季聯吟，延平詩社主辦，臺南市立人國小舉行，首唱「臺江泛月」，李步雲、楊雲鵬掄元。	延平詩社創立十五週年。
1969	民國 58 年 己酉	75	春，南瀛詩社第一期課題，詩題「快園探梅」。	瀛社創立六十週年。

西曆	中日紀年	歲	文學活動	大事記
1970	民國 59 年 庚戌	76	5 月前後,遷居至高雄市鹽埕區五福四路。同時南瀛詩社舉辦歡送李步雲先生擊缽會,詩題「快園話別」。	
1971	民國 60 年 辛亥	77	2 月前後,遷居至臺南市東區東寧路。 11 月前後,擔任延平詩社顧問,另有朱玖瑩、黃少卿同爲顧問。時社長爲白劍瀾、副社長陳玉榮、總幹事陳進雄。	延平詩社創立20週年。
1972	民國 61 年 壬子	78	7 月 30 日在魏順安副社長宅,舉行鯤南七縣市秋季詩人聯吟大會及雲嘉南四縣市多季詩人大會籌備會議,由李步雲副社長主持會議,決議鯤南七縣市大會於 10 月 8 日在南鯤身代天府舉行、雲嘉南四縣市大會於 10 月 10 日在麻豆代天府舉行。	
1973	民國 62 年 癸丑	79	2 月 18 日在佳里三寶殿召開南瀛詩社員大會,選舉社長李步雲,副社長魏順安、林竹圍,並開擊缽吟會。 11 月 4 日長孫女素珍結婚消息刊登在《詩文之友》39 卷 1 期。	社友呂左淇過世。

[394] 詩題爲:鄭祠探梅、金城春曉、法華夢蝶、鹿耳沉沙、杏壇夏蔭、竹溪煙雨、安平晚渡、燕潭秋月、妃廟飄桂、鯤身漁火、北園冬舞、赤崁夕照。

西曆	中日紀年	歲	文學活動	大事記
1974	民國 63 年 甲寅	80	1 月 25 日長孫席舟結婚消息刊登在《詩文之友》39 卷 3 期。 5 月 18 日召開雲嘉南四縣市夏季詩人聯吟會之籌備會，由李步雲、陳進雄等籌備，決議 6 月 23 日於關廟國小禮堂舉行。 10 月 6 日延平詩社創立 23 週年社慶，在武廟舉行擊缽慶祝吟會。並選舉社長白劍瀾，副社長李步雲、陳玉榮，總幹事陳進雄，理事施劍峰、周金德、黃天爵、李勝彥、曹井泉，監事蘇子傑、廖望渠。	
1975	民國 64 年 乙卯	81		3 月社友白劍瀾過世。
1976	民國 65 年 丙辰	82	1 月 2 日，鯤南七縣市春季詩人聯吟大會籌備會召開，南瀛詩社主辦，佳里金唐殿舉行，會議由李步雲主持，決議 2 月 15 日在佳里中山堂舉行聯吟大會。 1 月 2 日，南瀛詩社擊缽會，詩題「醉春」，左元爲李步雲。	1 月社友高懷清過世。

西曆	中日紀年	歲	文學活動	大事記
1977	民國 66 年 丁巳	83	7 月 30 日，延平詩社會員大會，在武廟舉行，選舉社長洪旺熙，常務理事陳進雄等，聘李步雲等六人爲顧問，並開擊缽詩會，詩題「古都夏集」，李步雲連中雙元。	
1980	民國 69 年 庚申	86	擔任延平詩社名譽社長，時社長陳進雄。	社友楊乃胡過世。
1983	民國 71 年 壬戌	88	八十八歲米壽，家人爲之舉辦米壽慶祝詩會，在臺南市勝利國小，並刊印詩集《米壽書懷唱和詩集》。	
1983	民國 72 年 癸亥	89		社友鄭國滇過世。社友施獻忠過世。
1986	民國 75 年 丙寅	92	南瀛詩社改組，李步雲任副名譽會長，時名譽會長呂廷復，會長魏順安，總幹事陳進雄。 下半年南瀛詩社又改組，李步雲任社長，名譽社長李雅樵，總幹事陳進雄。	
1994	民國 73 年 甲戌	100	4 月 4 日，以百歲之齡參加全國詩人聯吟大會，在鹿耳門天后宮舉行，獲贈「百歲殊榮」獎牌。	
1995	民國 84 年 乙亥	101	李步雲過世。	

陸、相關資料

李步雲發表作品、擔任詞宗紀錄

(一) 日治時期 [395]

時間	詩會	詩題	名次	擔任詞宗 [396]	來源
1923.08.16	北門白鷗吟會擊缽錄	雨珠限眞韻	左七		臺南新報
1925.04.01	萃英吟社詩壇	紅梅	一名		臺南新報
1925.10.31	天長節集募詩	菊	第八名		臺南新報
1925.11.13	詩壇	敬步秋梧君瑤韻	無排名		臺南新報
1926.02.21	詩壇	送林芹香先生遊大陸	無排名		臺南新報
1926.03.21	詩壇	明妃出塞	無排名		臺南新報
1926.04.12	詩壇	杜鵑花	廿七名		臺南新報
1931.10.01		感懷	無排名		詩報 21 號
1931.10.01		過文昌祠有感	無排名		詩報 21 號
1931.10.15	曾北秋季聯吟大會擊缽錄	秋望	右十一、左十三右十六		詩報 22 號
1931.11.01	曾北秋季聯吟大會擊缽錄	劍膽	左二		詩報 23 號
1931.11.01	綠社擊缽錄	秋蝶	左右一、右五左十、右六		詩報 23 號
1931.12.01	酉山吟社擊缽錄	落帽風	左七右避	陳璧如李漢忠	詩報 25 號
1931.12.01	綠社擊缽錄	落葉	左二、左四		詩報 25 號
1932.01.01	麻豆綠社擊缽錄	月下聽琴	左二		詩報 27 號
1932.01.15	麻豆綠社擊缽錄	曉煙	左右一、右七		詩報 28 號
1932.02.24	麻豆綠社擊缽錄	燕剪	右一左三		詩報 30 號

時間	詩會	詩題	名次	擔任詞宗[396]	來源
1932.02.15	曾北春季聯吟大會擊缽錄	春景	左一右十五、左二右三		詩報 31 號
1932.04.01	曾北春季聯吟大會	春娃	右二		詩報 32 號
1932.04.01	麻豆綠社擊缽錄	吟髭	右七		詩報 32 號
1932.05.01	麻豆綠社擊缽錄	春夜	右二、右四、左七		詩報 34 號
1932.05.15	高雄州聯吟會首唱	壽山曉翠	右二左十四		詩報 35 號
1932.05.15	麻豆綠社課題	嶼江觀海	右一左五、左二、左三		詩報 35 號
1932.06.01	高雄州聯吟會次唱	防波堤	左九右十六		詩報 36 號
1932.06.15	海國清音	無題	無排名		詩報 37 號
1932.07.01	麻豆綠社擊缽錄	春雨	左七右避、左十右避		詩報 38 號
1932.07.01		江村夏日	無排名	高澄秋 李步雲	詩報 38 號
1932.07.15	麻豆綠社擊缽錄	醜婦	左一右避	高澄秋 李步雲	詩報 39 號
1932.08.01	麻豆綠社擊缽錄	情絲	右一左二、左右五		詩報 40 號
1932.08.01	高雄鼓山吟社歡迎李步雲先生擊缽錄	蕉月蜂腰格	右八左避	李步雲 鮑樑臣	詩報 40 號
1932.08.01	詞林	自遣寄廖印束先生	無排名		詩報 40 號
1932.09.15	海國清音	和韻	無排名		詩報 43 號

[395] 李步雲詩作極多，本表僅取日治時期《臺南新報》、《詩報》，與戰後《詩文之友》為例列表。以數量而言，如果不考量重複刊登的詩作，發表於《詩報》的作品至少有 545 首，發表於《詩文之友》者，至少有 860 首。詩作署名多為步雲、李步雲，並依當時居住地點冠以臺南或麻豆等地名；少數詩作署名快園、快園主人、李快園、李漢忠。

[396] 李步雲一生擔任詞宗的次數，如以期數保留完整之日治時期《詩報》與戰後《詩文之友》兩種期刊為例，進行統計，總計這兩種期刊所記錄李步雲擔任詞宗的次數，將近 300 次。

時間	詩會	詩題	名次	擔任詞宗[396]	來源
1932.09.15	麻豆綠社擊缽錄	新竹	左右三、左四、右五、左七		詩報 43 號
1932.10.01	麻豆綠社擊缽錄	夢扇分詠格	無發表	高澄秋李步雲	詩報 44 號
1932.10.15	綠社擊缽錄	織婦	左五		詩報 45 號
1932.10.15	秋季曾北聯吟大會擊缽錄	秋村	左六右十一		詩報 45 號
1932.11.01	麻豆綠社擊缽錄	慵妝	無發表	高澄秋李步雲	詩報 46 號
1932.12.01	臺南聯吟會擊缽錄	晚釣	右八左卅二		詩報 48 號
1932.12.15	麻豆綠社擊缽錄	關塞月	左八右避	黃珠園李步雲	詩報 49 號
1933.01.01	吳萱草先生令郎吳新榮君新婚擊缽錄	鴛鴦樹	一名		詩報 50 號
1933.01.01		祝吳萱草先生令郎新榮學士與毛雪芬女士結婚	無排名		詩報 50 號
1933.02.01	麻豆綠社擊缽錄祝林雪窗社友新婚	鴛鴦戲水圖	右一左二、左三右		詩報 52 號
1933.02.01		祝雪窗社弟新婚	無排名		詩報 52 號
1933.03.01	曾北春季聯吟大會擊缽錄	訪梅	左四右十八		詩報 54 號
1933.03.15	癸酉全島聯吟大會	屏東春曉	左四右五		詩報 55 號
1933.04.01	北部同聲聯吟會次唱	破帆	右十		詩報 56 號
1933.04.15	北部同聲聯吟會首唱	春草	左十二		詩報 57 號
1933.04.15	麻豆麗明齋小集	曠夫	無發表	郭曉村李步雲	詩報 57 號
1933.04.15	集思齋歡迎擊缽吟錄	水中梅影	右五左避、右十左避	李步雲李春霖	詩報 57 號

時間	詩會	詩題	名次	擔任詞宗[396]	來源
1933.04.15	全島聯吟大會 第二日次唱 擊缽錄	展元宵	右八左錄		詩報 57 號
1933.05.15	高雄時轉屋 落成紀念吟會	新燕	無發表	李步雲 陳午橋	詩報 59 號
1933.06.15	麻豆麗明齋小集	花影	右三、左四、 左六右九		詩報 61 號
1933.07.15	麻豆麗明齋小集	花月 魁斗格	左三右避、 左六右避、 左七右避、 左九右避	邱濬川 李步雲	詩報 63 號
1933.08.01	麻豆綠社課題	珊瑚潭泛月	右二左三、右 四左七、左五 右九、左九		詩報 64 號
1933.09.01	麻豆綠社納涼擊缽錄	雨聲	右一左三、 右三左九、左五		詩報 66 號
1933.10.15	麻豆綠社擊缽錄	晚妝	右三		詩報 68 號
1933.11.15	麻豆綠社擊缽錄 陳紉香氏新婚	月老檢書	右一左五、 左二右七、右十		詩報 70 號
1933.11.15		祝陳紉香君 新婚	無排名		詩報 70 號
1933.12.01	麻豆綠社第二期徵詩	婦人心	九		詩報 71 號
1933.12.15	麻豆麗明齋擊缽錄	鵑血	右二左十、 右四、右五		詩報 72 號
1933.12.15	曾北秋季聯吟大會 擊缽錄	秦灰	右二左十一		詩報 72 號
1933.12.15		敬步倪登 玉詞兄歸 臺北留 別坎南瑤韻	無排名		詩報 72 號
1934.01.01	曾北秋季聯吟大會 擊缽錄	戒賭	左三		詩報 73 號
1934.01.01	學甲吟社擊缽錄	秋砧	右一左避、 右五左避	李步雲 王大俊	詩報 73 號
1934.01.15	麻豆綠社擊缽錄	古塚	右一、左七		詩報 74 號

時間	詩會	詩題	名次	擔任詞宗[396]	來源
1934.02.15	麻豆綠社歡迎學甲吟社員擊缽錄	秋雁	右一左二、左三右七		詩報75號
1934.02.15	麻豆綠社擊缽錄	簾影	左二右避	黃珠園 李步雲	報75號
1934.03.01	學甲吟社擊缽錄	戀菊	右五左避、右八左避	李步雲 王大俊	詩報76號
1934.03.15	綠社課題	閨夢	右一左九、左四		詩報77號
1934.03.15	綠社課題	邊城春怨	右一左避、右七左避	李步雲 陳麗山	詩報77號
1934.04.01	綠社擊缽錄	插田	右二左七、左八右十		詩報78號
1934.05.01	登雲吟社創立發會式擊缽錄	新鶯	右臚左翰、右十二		詩報80號
1934.05.01	麻豆綠社擊缽錄	踏雪	無發表	黃珠園 李步雲	詩報80號
1934.05.15		祝登雲吟社成立	無排名		詩報81號
1934.05.15		戒阿片	無排名		詩報81號
1934.06.01	壽峰吟會徵詩	秦淮月	六名		詩報82號
1934.06.15	高雄州下聯吟大會首唱	荷錢	甲二		詩報83號
1934.06.15	高雄州下聯吟大會首唱	荷錢	地九		詩報83號
1934.06.15	登雲吟社歡迎麻豆綠社員擊缽錄	村娃	右花左避	李步雲 呂左淇	詩報83號
1934.07.01	高雄州下詩人聯吟會次唱	雪衣	地六、人八	李步雲 鮑樑臣 黃森峰	詩報84號
1934.07.01	綠社歡迎擊缽	畫山	右二左十、右八		詩報84號
1934.07.15	麻豆綠社擊缽錄	飛絮	右一左八、右四左五、右六左七		詩報85號

時間	詩會	詩題	名次	擔任詞宗[396]	來源
1934.08.01	麻豆綠社納涼擊缽錄	端午即事	右一、右四		詩報 86 號
1934.09.15	麻豆綠社擊缽	燈花	左一右四、右二左四、右五、左八		詩報 89 號
1934.09.15	學甲吟社擊缽	葛衣	無發表	王大俊 李步雲	詩報 89 號
1934.10.01	麻豆綠社納涼會擊缽	納涼會	左二		詩報 90 號
1934.10.01	學甲吟社擊缽	舞女	右九左避	李步雲 呂左淇	詩報 90 號
1934.10.15	南州聯吟會擊缽	秋雨	右八左二十		詩報 91 號
1934.10.15	瀨南詩社課題	笠影	擬作一首		詩報 91 號
1934.10.15	麻豆綠社擊缽	話舊	左五右九、右六左十	李步雲 謝景雲	詩報 91 號
1934.10.15	登雲吟社課題	人影	左眼右九、右花、右翰		詩報 91 號
1934.11.01	南州聯吟會擊缽	十六夜月	無發表	吳萱草 李步雲	詩報 92 號
1934.11.15	曾北聯吟擊缽	謁南鯤身	右八左十五		詩報 93 號
1934.11.15	麻豆綠社五週年紀念擊缽	馬當風	左七		詩報 93 號
1934.11.15	曾北五社聯吟會首唱	成夢	右花		詩報 93 號
1934.12.01	臺南珊社歡迎擊缽	觀潮	左七右避	李步雲 謝星樓	詩報 94 號
1934.12.15	高雄瀨南詩社課題	同情淚	左三		詩報 95 號
1934.12.15	曾北五社聯吟擊缽	新寒	右二左七		詩報 95 號
1934.12.15	學甲吟社課題	絕纓會	右詞宗擬作	王大俊 李步雲	詩報 95 號
1935.01.01	曾北五社聯吟擊缽	紫光線	右八左避	李步雲 潘芳菲	詩報 96 號
1935.02.01	曾北聯吟大會	漁村秋望	右十左十四		詩報 98 號

時間	詩會	詩題	名次	擔任詞宗[396]	來源
1935.02.01	南州聯吟會徵詩	阿里山	十二名		詩報 98 號
1935.02.15	曾北五社聯吟	風箏	左一右四		詩報 99 號
1935.03.01	曾北五社聯吟擊缽	鄭王梅	左一右五、左右八		詩報 100 號
1935.03.15	曾北五社聯吟擊缽	春聯	左十右避	王大俊 李步雲	詩報 101 號
1935.04.01	曾北聯吟月例會擊缽	醉春	右六左十五、左十右十七		詩報 102 號
1935.04.01	將軍吟社 發會式擊缽錄	上巳雅集	無發表	王大俊 李步雲	詩報 102 號
1935.04.15	南州詩人大會擊缽	荊桐城懷古	左一	陳文石 李步雲	詩報 103 號
1935.04.15	將軍吟社 發會式擊缽錄	春帆	左九		詩報 103 號
1935.04.15	學甲吟社 歡迎李步雲先生 臨時擊缽	升降機	右一左避、右二左避、右六左避	潘芳菲	詩報 103 號
1935.05.01	曾北聯吟月例會擊缽	曉煙	左五		詩報 104 號
1935.05.01	登雲吟社課題	菊枕	右眼、右六		詩報 104 號
1935.06.01	曾北聯吟擊缽	新泥	右十二左避	李步雲 邱淯川	詩報 106 號
1935.07.01	麻豆綠社擊缽	蟻陣	左八	黃珠園 李步雲	詩報 108 號
1935.08.15	曾北六社月例會擊缽	汗珠	右九		詩報 111 號
1935.08.15	麻豆綠社納涼擊缽吟會	山雨	左五右六、右九		詩報 111 號
1935.08.15	學甲吟社擊缽 歡迎謝景雲先生	春風	右六左七、左九		詩報 111 號
1935.09.01	曾北六社聯吟擊缽	蝶衣	右九左避、右十四左避	李步雲 吳萱草	詩報 112 號
1935.09.01	麻豆綠社納涼會擊缽	荷珠	左四右避、左十右避	許成章 李步雲	詩報 112 號
1935.09.15	曾北月例會課題 將軍值東	將軍橋晚眺	左八		詩報 113 號

時間	詩會	詩題	名次	擔任詞宗[396]	來源
1935.09.15	麻豆綠社第六期徵詩	憶妓	五名右二		詩報113號
1935.09.15	麻豆綠社第四期徵詩	鑄秦檜	一名、十二名		詩報113號
1935.09.15	曾北六社聯吟詩鈔	踏青	左四右避	王大俊李步雲	詩報113號
1935.10.01	曾北聯吟會課題	虱目魚	左三		詩報114號
1935.10.01	曾北月例會擊缽	秋懷	左八		詩報114號
1935.10.01	六社聯吟擊缽	琴心	左二右二十		詩報114號
1935.10.17	曾北月例會擊缽	江楓	右四左避、右五左五避	李步雲呂左淇	詩報115號
1935.10.17	麻豆綠社課題	古碑	右一左四		詩報115號
1935.10.17	麻豆綠社課題	古碑	右二、右四左十五、左五、左十		詩報115號
1935.10.17	登雲吟社擊缽	秋笳	左一右九		詩報115號
1935.11.03	曾北五社聯吟	楊妃菊	左一右四、左右眼		詩報116號
1935.11.18	曾北聯吟月例會課題	君代橋曉望	右十		詩報117號
1935.11.18	登雲吟社擊缽	寒月	右五左八		詩報117號
1935.11.18	曾北五社聯吟	茶韻	無發表	李步雲洪子衡	詩報117號
1935.12.15	曾北五社月例會擊缽	斑竹	右十二左避	李步雲潘芳菲	詩報119號
1935.12.15	麻豆綠社擊缽	鄉思	左二右四、右六		詩報119號
1935.12.15		老馬	無排名		詩報119號
1936.01.01	麻豆綠社擊缽	美人簫	右四左九、右九		詩報120號
1936.01.01	曾北聯吟月例會課題	蘆溪垂釣	右六、右七、左十右二十		詩報120號

時間	詩會	詩題	名次	擔任詞宗[396]	來源
1936.01.17	曾北聯吟會課題	范蠡泛五湖	右一左十、左四右十四		詩報 121 號
1936.01.17	學甲振文吟會擊缽	冬曉	左九右避	王大俊 李步雲	詩報 121 號
1936.02.02	南州聯吟大會擊缽	落帽風	左一		詩報 122 號
1936.02.02	曾北五社聯吟擊缽	泥美人	左六右十二		詩報 122 號
1936.02.02	學甲振文吟會 擊缽錄	假山	左二、左五、左九		詩報 122 號
1936.02.15	曾北聯吟月例會 擊缽	帆影	左一		詩報 123 號
1936.02.15	登雲吟社擊缽 歡迎葉雲梯先生	問燕	左一右十、左六		詩報 123 號
1936.03.01	曾北五社月例會 擊缽	冬樹	右三左五		詩報 124 號
1936.03.01	登雲吟社課題	冬日書懷	左二右三		詩報 124 號
1936.03.01	臺南市詩社 春季聯吟	愛慾海	無發表	李步雲 許子文	詩報 124 號
1936.03.20	登雲吟社擊缽	琵琶	左三右四、右五左十		詩報 125 號
1936.04.02	登雲吟社課題	鐘聲	左九		詩報 126 號
1936.04.18	曾北五社月例會 擊缽	姑蘇臺	右臚		詩報 127 號
1936.05.01	登雲吟社擊缽	冬柳	右二左九		詩報 128 號
1936.05.15	曾北五社月例會擊缽	無絃琴	右四		詩報 129 號
1936.05.15	麻豆綠社擊缽	落梅	右一、左右二、左五右十		詩報 129 號
1936.06.01	曾北聯吟會擊缽 徐青山先生令郎 徐千田君與嚴溫溫 女士新婚紀念	合歡鏡	十名	李步雲 王大俊	詩報 130 號
1936.06.15	麻豆綠社擊缽	浮萍	左二右三、左四右九、右六左七		詩報 131 號

時間	詩會	詩題	名次	擔任詞宗[396]	來源
1936.07.01	麻豆綠社擊缽	家書	左二右六、右二、右四		詩報132號
1936.07.16	麻豆綠社	尋香巢	左五、左十	吳國卿李步雲	詩報133號
1936.08.15	麻豆綠社擊缽	閨思	左三右四、左右五		詩報135號
1936.09.01	臺南市夏季聯吟	殘夏	左一右二		詩報136號
1936.09.01	曾北五社課題	白桃花	右五		詩報136號
1936.09.01	文輝閣第一期徵詩	臺灣	五、十六		詩報136號
1936.09.17	臺南詩社夏季聯吟會	戰艦	左有右一一		詩報137號
1936.09.17	文輝閣第二期徵詩	野球	九名		詩報137號
1936.09.17	麻豆綠社擊缽錄	鏡花	左五、左九		詩報137號
1936.12.15	麻豆綠社歡迎擊缽	拋磚	左四右避、左五右避、左六右避	王惠卿李步雲	詩報143號
1937.01.01	曾北五社聯吟首唱	美人關	右一左二		詩報144號
1937.01.01	麻豆綠社擊缽	題美人	左一、左二右四、右八左十		詩報144號
1937.01.17	曾北五社聯吟擊缽	生活難	右二		詩報145號
1937.02.02	曾北五社月課	多筍	右一、右四		詩報146號
1937.02.02	學甲吟社擊缽	貧士	無發表	王大俊李步雲	詩報146號
1937.02.02	學甲吟社擊缽	霜月鳳頂格	無發表	王大俊李步雲	詩報146號
1937.02.19	曾北聯吟大會擊缽	秋晴	左二		詩報147號
1937.02.19	麻豆綠社擊缽	冬晴	右二左避、右八左避、右九左避	李步雲吳紉萱	詩報147號
1937.03.09	曾北五社聯吟會次唱	劍花	左六	吳萱草李步雲	詩報148號

時間	詩會	詩題	名次	擔任詞宗[396]	來源
1937.03.09	臺南文輝閣擊缽	文輝閣週年雅集	無發表	李步雲 洪鐵濤	詩報 148 號
1937.03.21	登雲吟社擊缽	遊春	左一右二、左六		詩報 149 號
1937.03.21	麻豆綠社擊缽	歌脣	右一左避	李步雲 吳紉萱	詩報 149 號
1937.04.01	曾北聯吟大會擊缽	雞聲	右七左十二		詩報 150 號
1937.04.20	麻豆綠社擊缽	離亭柳	左一、左六、右六		詩報 151 號
1937.04.20	高雄州下春季詩人聯吟大會擊缽錄	詩膽	無發表	李步雲 鄭坤五	詩報 151 號
1937.05.11	麻豆綠社擊缽	春色	左三、左十	黃珠園 李步雲	詩報 152 號
1937.05.11	高雄市詩友歡迎李步雲先生擊缽錄	花草	右三左避、右五左避		詩報 152 號
1937.06.08	麻豆綠社擊缽	古畫	右一左八、右二左六、左右四		詩報 154 號
1937.06.25	臺南文輝閣	鳳凰木	十一		詩報 155 號
1937.07.06	麻豆綠社擊缽	陌頭柳	右一左避、右四左避、右七左避	李步雲 陳紉香	詩報 156 號
1937.07.18	麻豆綠社擊缽	桃花臉	左五、右九		詩報 157 號
1937.08.19	麻豆綠社歡迎擊缽會	問燕	右二左七、右四左九、左五右九		詩報 159 號
1937.08.19	麻豆綠社歡迎擊缽會	雨後花	無發表	林芹香 李步雲	詩報 159 號
1937.09.22		送臥蕉君喬梓東遊席上作	無排名		詩報 161 號
1937.10.06	麻豆綠社擊缽	田家夏日	左一右四、左三、左六		詩報 162 號
1937.10.06	臺南珊社	跳舞女	無發表	李步雲 洪子衡	詩報 162 號

時間	詩會	詩題	名次	擔任詞宗[396]	來源
1937.10.20	麻豆綠社擊缽錄	秋雲	右三左四、右六左八、右七、右九		詩報 163 號
1937.11.04		新月	無排名		詩報 164 號
1937.11.12	麻豆綠社擊缽錄	宮怨	右一左避、右二、右四左避、右六	李步雲 陳紉香	詩報 165 號
1938.04.02	臺灣石粉會社 第三期徵詩	石灰	左四、右九		詩報 174 號
1938.04.17	麻豆綠社	春寒	右一、右四、左六右七、右六左十、右八		詩報 175 號
1939.02.19	南市	春蝶	左元、左八		詩報 195 號
1939.03.05	南市擊缽	月兔	右七左避	吳子宏 李步雲	詩報 196 號
1939.04.01	南市	春夢	左三		詩報 198 號
1939.05.20	臺南擊缽錄	歸帆	右四、左十		詩報 201 號
1939.06.04	臺南聽濤吟社 第五期課題	畫筆	右二、右三左五、右四、右七		詩報 202 號
1939.06.20	臺南市擊缽錄	話舊	右一		詩報 203 號
1939.11.02	詩壇	次筥川兄 席上原韻	無排名		詩報 211 號
1939.11.02	詩壇	次筥川兄 原韻贈貞貞	無排名		詩報 211 號
1939.12.04	臺南聽濤吟社 第八回課題	太白樓	右四		詩報 213 號
1939.12.20	聽濤吟社 歡迎倪登玉氏 擊缽	寒船	左眼、右八		詩報 214 號
1940.01.01	南市小集 送吳紉秋氏之林邊 擊缽錄	移硯	右一左三、左五		詩報 215 號
1940.01.01	高雄州下聯吟大會 次唱	木鐸	無發表	李步雲 吳紉秋	詩報 215 號

時間	詩會	詩題	名次	擔任詞宗[396]	來源
1940.01.23		祝林草香君續絃	無排名		詩報216號
1940.10.18	高雄市吟會歡迎李步雲、吳紉秋、王惠卿擊缽錄	秋雲	右眼左避	李步雲吳紉秋	詩報234號
1940.11.02	鯤島同吟第五期課題	乘槎路	右十八		詩報235號
1940.11.19	臺南八景詩	南州覽勝	無排名		詩報236號
1940.11.19	臺南八景詩	嵌城觀海	無排名		詩報236號
1940.11.19	臺南八景詩	寧南晚眺	無排名		詩報236號
1940.11.19	臺南八景詩	安平泛月	無排名		詩報236號
1940.11.19	臺南八景詩	鹿耳濤聲	無排名		詩報236號
1940.11.19	臺南八景詩	北園聽雨	無排名		詩報236號
1940.11.19	臺南八景詩	鯤身雪浪	無排名		詩報236號
1940.11.19	臺南八景詩	鯽潭垂釣	無排名		詩報236號
1940.11.19	鯤島同吟第六期課題	酒旗風	左十一、左十七		詩報236號
1940.11.19	高雄市吟會歡迎李步雲、陳家駒、陳靜園、吳紉秋四氏擊缽錄	茶味	右一左避、右三左避	李步雲陳家駒	詩報236號
1941.02.04	鯤島同吟第九期課題	韓愈馬	右十四左三十、右十八、右卅一		詩報241號
1941.02.18	鯤島同吟第十期課題	伍員簫	右十五、右卅八		詩報242號
1941.02.18	麻豆綠社擊缽錄	晚妝	右三		詩報242號
1941.03.02	汾津同人歡迎吳高李王諸君子首唱	新柳	左右三		詩報243號

時間	詩會	詩題	名次	擔任詞宗[396]	來源
1941.03.02	接天寺落成紀念徵詩	落成紀念	無發表	李步雲	詩報243號
1941.03.21	臺南市詩會歡迎汾津吟社員首唱	春信	左右一		詩報244號
1941.03.21	汾津同人歡迎吳高李王諸君子次唱	青樓月	右三左避	李步雲王惠卿	詩報244號
1941.03.21	麻豆綠社	燕子樓	左四、右六		詩報244號
1941.04.02	臺南市詩會歡迎汾津吟社員次唱	養花	左六		詩報245號
1941.04.02	麻豆綠社	雨夜花	右二左九		詩報245號
1941.05.06	臺南市詩會課題	美人圖	右二左三、左五右十七、左七右八、右七		詩報247號
1941.05.19	臺南市聯吟會課題	紅梅	右一左十四、左四右七、右五、左七右十六、左九右十		詩報248號
1941.06.04	臺南市聯吟會擊缽歡迎陳家駒先生	筆權	左四、左七		詩報249號
1941.06.04	麻豆綠社	乳峰	右一、右五		詩報249號
1941.06.22	麻豆綠社	綿山火	右一、右二		詩報250號
1941.06.22	桐城吟會歡迎擊缽錄	詩筒	左眼右八、左五、右九		詩報250號
1941.06.22	竹音吟社歡迎擊缽錄	假山	右二、右三、右九	李步雲周水生	詩報250號
1941.07.04	高雄州下聯吟會擊缽	墨浪	左六右避	王炳南李步雲	詩報251號
1941.07.22	桐城吟會歡迎擊缽	鴛瓶	左三、左四、右九、左十		詩報252號
1941.10.06	麻豆綠社	白蓮	左右四、右十左十六		詩報257號

時間	詩會	詩題	名次	擔任詞宗[396]	來源
1941.10.20		謹和珠園先生閒居雜詠瑤韻	無排名		詩報258號
1941.10.20	屏東聯吟會課題	淡溪垂釣	右六		詩報258號
1941.11.01	麻豆綠社	含羞淚	左七右避、左十右避	鄭坤五李步雲	詩報259號
1941.11.01	屏東聯吟會課題	武巒曉翠	左二右七、左五右八		詩報259號
1941.11.17	麻豆綠社	繁華夢	右三左四、右十		詩報260號
1941.11.17	屏東聯吟會	鐵橋夕照	右八左十四		詩報260號
1941.12.05	集芸吟社歡迎陳紉香先生擊缽	對鏡	左一		詩報261號
1941.12.17	臺南市聯吟擊缽	冰山	左一右六、右二左九		詩報262號
1941.12.17	臺南集芸吟社爲社長方國琛氏視察東臺灣歸南擊缽	洗塵	無發表	吳子宏李步雲	詩報262號
1942.01.01	臺南集芸吟社歡迎吳紉秋擊缽	竹聯	左翰、左六右八		詩報263號
1942.01.01	麻豆綠社	老處女	無發表	吳子宏李步雲	詩報263號
1942.01.20	麻豆綠社	春服	右三		詩報264號
1942.01.20	臺南市聯吟會於開元寺開新春擊缽	七絃竹	右八、左九、右十		詩報264號
1942.01.20	臺南張耀宗新婚徵詩發表	月鏡	右八		詩報264號
1942.02.06	竹林小集	竹林	右一左避、右二左避	李步雲呂左淇	詩報265號
1942.02.20	麻豆綠社歡迎許成章先生擊缽	筆力	右六左九、左七		詩報266號
1942.02.20	竹林小集	蔗浪	右一左避、右三左避	李步雲呂左淇	詩報266號
1942.03.07	麻豆綠社	問桃	左一右避、左二右避、左六右避、左十右避	黃珠園李步雲	詩報267號

時間	詩會	詩題	名次	擔任詞宗[396]	來源
1942.03.07	臺南市詩會	鄭經井	左右一、左三右四		詩報 267 號
1942.03.07	集芸吟社 歡迎柳塘逸人入社 擊缽	墨花	左一、右五左九、左右七、左十		詩報 267 號
1942.03.18	臺南集芸吟社 第一期徵詩 祝柳村憲學氏開 業金井商會	懋遷	左詞宗擬作	李步雲 陳寄生	詩報 268 號
1942.03.18	臺南市詩會	登桂子山	左一右九、左八、右八、左九		詩報 268 號
1942.04.03	高雄州聯吟會 首唱	南方戰捷	左十		詩報 269 號
1942.05.06	集芸吟社 歡迎說劍逸鶴 兩先生擊缽	夜談	左元、左花右五、左七右九		詩報 271 號
1942.06.05	麻豆綠社	假山	左五右避	黃珠園 李步雲	詩報 273 號
1942.06.21	臺南市詩會	七鯤觀釣	右五、左十		詩報 274 號
1942.07.10	臺南開元寺第 一回擊缽錄	海螺化石	左九		詩報 275 號
1942.10.10	臺南市聯吟會	鯤海飛帆	左右一		詩報 281 號
1942.10.26	麻豆綠社	觀潮	左一右避、左四右避、左十右避	黃珠園 李步雲	詩報 282 號
1942.11.25	麻豆綠社 歡迎臺南嘉義諸 吟友擊缽錄	曾文晚釣	右一左五		詩報 284 號
1942.11.25	南市聯吟會	坎城月	左二右七、左七		詩報 284 號
1942.12.07	麻豆綠社 歡迎臺南嘉義諸 吟友擊缽錄	蘆花	左一右二		詩報 285 號
1942.12.21	麻豆綠社	荒城秋望	左一右避、左四右避、左七	黃珠園 李步雲	詩報 286 號
1942.12.21	南市聯吟會	落梅風	右一左七、右四左五		詩報 286 號

時間	詩會	詩題	名次	擔任詞宗[396]	來源
1943.01.01	麻豆綠社	捲簾風	左七、右八		詩報287號
1943.01.01	桐城吟會擊缽	觀雪	右一左十九		詩報287號
1943.01.01	南市吟會歡迎李笑林先生	霜鐘	左一右七、右四左六、左五右九		詩報287號
1943.02.01	桐城吟會擊缽	戰勝新春	右七		詩報289號
1943.02.01	麻豆綠社	烏山曉翠	左八右避	黃珠園李步雲	詩報289號
1943.02.01	嘉義麗澤吟社歡迎吳子宏、李步雲、葉占梅、呂左淇、吳詠秋諸先生擊缽	訪菊	無發表	吳子宏李步雲	詩報289號
1943.02.01	麻豆綠社	妝臺春曉	左一右六、右三左四、右四、左七		詩報290號
1943.03.23	麻豆綠社	月夜歸舟	左四右十、左十		詩報292號
1943.03.23	北園吟會	開元訪梅	左一右二、左八		詩報292號
1943.04.06	北園吟會擊缽	參禪	左七	許子文李步雲	詩報293號
1943.04.06	高雄鯤社第三期課題	登壇拜將	無發表	李步雲陳文石	詩報293號
1943.04.23	開元寺擊缽會第六期	冬菊	左三右六		詩報294號
1943.05.09	桐城吟會擊缽	鶯梭	右六左十一、右七左十九		詩報295號
1943.05.25	桐城吟會課題	一捻紅	十八 天一地十五		詩報296號
1943.06.25	臺南桐城吟會歡迎擊缽錄	高砂月	左一、右二、右三左四		詩報298號
1943.06.25	寶桑吟社擊缽吟歡迎李步雲王惠卿先生	畫扇	右一左避、右五左避	李步雲王惠卿	詩報298號
1943.07.12		敬和邱耀青先生原韻	無排名		詩報299號

時間	詩會	詩題	名次	擔任詞宗[396]	來源
1943.07.12		敬和麥田先生原韻	無排名		詩報299號
1943.07.12	臺南西山吟社總會擊缽	二酉藏書	右二左避、右六左避、右七	李步雲白劍瀾	詩報299號
1943.07.27	臺南西山吟社總會擊缽	松濤	左二右八、右三左六		詩報300號
1943.08.18		無題 二律			詩報301號
1943.08.18	桐城吟會歡迎擊缽	溪煙	左一右六、右一左二、右三左五		詩報301號
1943.08.18	寶桑吟社周課	興農	擬作	李步雲王惠卿	詩報301號
1943.08.18	北園擊缽錄	詩畸	右一、右二左八		詩報301號
1943.08.18		祝王養源先生弄璋	無排名		詩報301號
1943.09.07	桐城吟會課題	銀座步月	天一人二、地一人三、地二人七天十五、地三人四、地五人五天十四、天十人十一		詩報302號
1943.09.07	西山吟社課題	古都風景	天一人十一、人三天六		詩報302號
1943.09.24		敬和王則修先生古稀晉七述懷瑤韻	無排名		詩報303號
1943.09.24	蓬山屋歡迎擊缽	陳蕃塌	左四、右七		詩報303號
1943.10.11	北園擊缽錄	蕉影	右六左避	許子文李步雲	詩報304號
1943.10.11	桐城吟會課題嵌南新八景二	喜樹水泳	地一人二天二十七、人四、人六天七地九、天八人十三地十八、人八		詩報304號
1943.10.11	法華寺中秋擊缽	折桂	四名、十三名	許子文陳雲汀李步雲	詩報304號
1943.11.01	西山吟社例會	蝶幸	左三右九、右六		詩報305號

時間	詩會	詩題	名次	擔任詞宗[396]	來源
1943.11.20	稻香吟會 歡迎李步雲東忠 男先生擊缽	樵問	右一	李步雲 東忠男	詩報 306 號
1943.11.20	桐城吟會 臺南新八景三	礪軒聽雨	天一人十三、 地二人二天二十、 天三人四地十九、 天五地七人二十、 天七人七地九、 天八地十人、 人九天十四		詩報 306 號
1943.12.08	鴻利商行擊缽錄 歡迎蕭嘯濤先生	冬山	左一右四、右二、 右三左五、 左四右九、右七		詩報 307 號
1943.12.08	稻香吟會 歡迎李步雲東忠男 二先生擊缽	西施菊	左一、右一、 左四右六		詩報 307 號
1943.12.08	酉山吟社擊缽錄	李白	一名、九名		詩報 307 號
1944.01.01	法華寺擊缽 首唱	九日 法華寺小集	左一右九		詩報 308 號
1944.01.01	酉山吟社課題	鞋蹤	左四、右七左十		詩 報 308 號
1944.01.01	臺南華珍徵詩	秋蝶	一名、三名、 九名、十一名	吳子宏 李步雲	詩報 308 號
1944.01.19	桐城吟會課題 臺南新八景四	後甲競馬	地一人十二、 人一地四天十五、 地三、地八		詩報 309 號
1944.02.11	法華寺擊缽 次唱	襌菊	左八		詩報 310 號
1944.02.11	鴻利商行 歡迎王養源先生 擊缽	燭影	左一右二、左三、 右三左五、 右五左九、左十		詩報 310 號
1944.03.01	酉山吟社擊缽錄	雛鳳	左一右五、 右一左六、 右二左十、左四、 左七右十、 右七左八		詩報 311 號
1944.03.20	法華寺擊缽錄 首唱	古寺鐘聲	左一右八、 右一左五		詩報 312 號

時間	詩會	詩題	名次	擔任詞宗[396]	來源
1944.04.09	法華寺擊缽錄次唱	半月池	左一右二		詩報313號
1944.04.09	原健太郎徵詩錄	簾鉤	三名、五名、七名、八名、十一名		詩報313號
1944.04.25	原氏擊缽吟錄	慈母線	右一左四、左右二、左右三		詩報314號
1944.07.07	桐城吟會歡迎陳文石先生擊缽錄	養雞	右一、左六右九		詩報317號
1944.07.07	西山吟社課題	梅魂	左四右八左五右十四、右五、左六右十七		詩報317號
1944.07.07	菱香、大成、螺溪三社聯吟會	筆槍	無發表	李步雲吳步初	詩報317號
1944.08.07	桐城吟會歡迎高雄吟友擊缽錄首唱	足跡	左二右八、右二左三、左七		詩報318號
1944.09.05	本報課題第一期	產業戰士	良		詩報319號
1944.09.05	高雄市內聯吟擊缽錄	浪花	右二、右三	李步雲吳步初	詩報319號

（二）戰後

時間	詩會／欄位	詩題	名次	擔任詞宗	來源
1951.08.10	臺灣詩壇第一期徵詩	赤嵌樓懷古	右十四		臺灣詩壇 1卷3期
1951.10.10		安平秋望	無排名		臺灣詩壇 1卷5期
1951.11.20	臺灣詩壇第四期徵詩	病蟬	左一		臺灣詩壇 1卷6期
1952.02.01	臺灣詩壇第六期徵詩	枯蓮	左右三十		臺灣詩壇 2卷2期
1952.03.01	臺灣詩壇第七期徵詩	春夢	右十八		臺灣詩壇 2卷3期
1952.03.01	鯤南聯吟大會 祝陳文石、陳皆興、陳逢源、王開運、李德和諸詞友當選省參議 擊缽吟會	出岫雲 支韻	右花左五		臺灣詩壇 2卷3期
1952.04.01	臺灣詩壇第八期徵詩	迎春詞	右十三、右十八、左十九		臺灣詩壇 2卷4期
1952.05.25	詩壇	追憶 七十二烈士	無排名		鯤聲報 721號
1952.09.01	詩壇	恭祝沈榮先生令堂蘇太夫人七秩晉七壽誕	無排名		鯤聲報 753號
1952.10.01	淡水滬江吟社 第一期徵詩	淡月	左十四、左三四、左三九		臺灣詩壇 3卷4期
1952.10.07	臺南延平詩社 課題	養女淚 七律元韻	右六左二十		鯤聲報 765號
1952.12.01	鯤南七縣市聯吟大會 擊缽錄 恭祝蔣總統 六十晉六華誕	菊花杯	左十右四十一		臺灣詩壇 3卷6期
1955.07.01	乙未詩人節臺南舉行全國詩人大會 七律陽韻		左十右八六		臺灣詩壇 9卷1期
1956.10.01	臺南延平詩社五週年紀念大會擊缽｜首唱	延平詩社 五週年	右四左卅四		臺灣詩壇 11卷4期
1952.12.29	臺南市延平詩社成立週年紀念擊缽錄	杏壇 五律支韻	左十一		鯤聲報 769號

時間	詩會／欄位	詩題	名次	擔任詞宗	來源
1953.05.20	今人佳作	西螺大橋覽勝	無排名		詩文之友 1卷2期
1953.05.20	學甲詩社課題	電影	左元右十三		詩文之友 1卷2期
1943.07.01	五大化工廠徵詩	味王	無發表	李步雲 李逢初	詩文之友 1卷3期
1953.09.01	學甲詩社課題	項羽別姬	地臚		詩文之友 1卷5期
1953.10.01	嘉義縣第五屆聯吟會	中埔春望	右六左避	李步雲 許藜堂	詩文之友 1卷6期
1953.10.01	月津吟社徵詩	慶祝農民節	右九、 左十右十五		詩文之友 1卷6期
1953.11.15	學甲詩社課題	秋江晚釣	左花		詩文之友 2卷1期
1953.12.15	今人佳作	大武秋望	無排名		詩文之友 2卷2期
1953.12.15	學甲詩社課題	故園菊	右花、右臚		詩文之友 2卷2期
1953.12.15	琅環詩社第五期課題	中秋月	無發表	李步雲 施獻忠	詩文之友 2卷2期
1953.12.15	螺溪吟社課題	歸燕	左詞宗擬作	李步雲 蔡漁笙	詩文之友 2卷2期
1954.01.15	學甲詩社課題	九日登高	右眼		詩文之友 2卷3期
1954.01.15	本社第七期徵詩	曉角	無發表	盧纘祥 李步雲	詩文之友 2卷3期
1954.03.01	臺南延平詩社 甲午元旦擊缽吟會	建國紀念日	無發表	李步雲 李初得	詩文之友 2卷4期
1954.03.01	南瀛詩社秋季擊缽吟	秋聲	左九右避	蔡如笙 李步雲	詩文之友 2卷4期
1954.03.01	本社第八期徵詩	香妃	右廿四、右四十		詩文之友 2卷4期
1954.05.01	鯤南七縣市詩人 春季聯吟大會擊缽	南縣早春	左七右四九		詩文之友 2卷5期
1954.05.01	臺南縣議會新築落成 典禮招待南、嘉、雲 四縣市詩人 聯吟擊缽大會	臺南縣議會 新廈落成誌盛	左十三		詩文之友 2卷5期
1954.05.01	南陔吟社擊缽	擁爐夜話	無發表	李步雲 吳步初	詩文之友 2卷5期

時間	詩會 / 欄位	詩題	名次	擔任詞宗	來源
1954.05.01	琅環吟社第七期擊缽吟	沙場月	左避右一、左避右六	李步雲 周全德	詩文之友 2 卷 5 期
1954.05.01	螺溪吟社課題	海味	無發表	李步雲 鄭玉波	詩文之友 2 卷 5 期
1954.06.15	麻豆綠社擊缽	新鶯	左一右二、右七		詩文之友 2 卷 6 期
1954.06.15	南縣南瀛詩社擊缽錄	春晴	左四右避	洪子衡 李步雲	詩文之友 2 卷 6 期
1954.06.15	南瀛吟社秋季擊缽錄	秋聲	右避左九	蔡如笙 李步雲	詩文之友 2 卷 6 期
1954.06.15	曾北聯吟會課題	問梅	左一右一、左四右七		詩文之友 2 卷 6 期
1954.10.01	螺溪吟社課題	石篆	左元右眼、左四右八、右四左五		詩文之友 3 卷 1 期
1954.11.01	本社第十二期徵詩	桐城月	右二左卅二、左十、左十二右卅二		詩文之友 3 卷 2 期
1954.11.01	海東擊缽錄	祝嘉義縣春季聯吟會	無排名		詩文之友 3 卷 2 期
1954.11.01	嘉義縣春季聯吟會	岱江觀海	左六右廿七		詩文之友 3 卷 2 期
1954.11.01	曾北聯吟會	夏節雨	左一右二、右三左八		詩文之友 3 卷 2 期
1954.11.01	琅環、學甲、綠社	柳眼	右一	李步雲 黃秋錦	詩文之友 3 卷 2 期
1954.12.01	延平詩社擊缽錄	榕城	無發表	李步雲 ○詠榮	詩文之友 3 卷 3 期
1954.12.01	嘉義聯吟	帆影	右一左避	李步雲 洪子衡	詩文之友 3 卷 3 期
1954.12.01	曾北聯吟	秋怨	左五右二十		詩文之友 3 卷 3 期
1955.02.01	鯤南七縣市秋季聯吟大會	曹公圳 七絕	左七		詩文之友 3 卷 4 期
1955.02.01	曾北詩社	秋晴	左避右八	李步雲 黃秋錦	詩文之友 3 卷 4 期
1955.03.01	曾北四社	月鏡	左一右十一、左四右九、左六		詩文之友 3 卷 5 期
1955.03.01	琅環、學甲、綠社	初夏	左一右三、左六右一、左九右六		詩文之友 3 卷 5 期

時間	詩會／欄位	詩題	名次	擔任詞宗	來源
1955.03.01	曾北四社擊缽錄	荷香	無發表	李步雲 陳昌言	詩文之友 3卷5期
1955.09.01		新居感懷寄諸吟友並乞賜和	無排名		詩文之友 4卷2期
1955.09.01	乙未自由中國詩人大會	乙未詩人節臺南舉行全國詩人大會七律陽韻	左第十名 右第八六名		詩文之友 4卷2期
1955.09.01	曾北聯吟課題	多筍	右三		詩文之友 4卷2期
1955.09.01	琅環吟社	信魚	左右一、左五		詩文之友 4卷2期
1955.10.01	琅環詩社擊缽錄	火雲	左二、左三右三		詩文之友 4卷3期
1955.10.01	石社擊缽吟	待重陽	左七		詩文之友 4卷3期
1955.11.01	琅環吟社第七期課題	晚秋農村卽事	左五、右八		詩文之友 4卷4期
1955.12.01	白河角力吟社	七夕	左元右臚、右八		詩文之友 4卷5期
1955.12.01	岡山小集第六期課題	迎春	無發表	王隆遜 李步雲	詩文之友 4卷5期
1956.01.01	延平詩社擊缽錄 在臺南竹溪禪寺	竹溪秋望	無發表	李劍閣 李步雲	詩文之友 4卷6期
1956.01.01	香草吟社 第二十三期課題	秋思	右詞宗擬作	吳萱草 李步雲	詩文之友 4卷6期
1956.01.01	岡山小集課題	遊春	右詞宗擬作	鄭毓祥 李步雲	詩文之友 4卷6期
1956.02.01	香草吟社課題	月	右詞宗擬作	吳萱草 李步雲	詩文之友 5卷1期
1956.04.01	本社第二十二期徵詩揭曉	春風	無發表	李步雲 王養源	詩文之友 5卷3期
1956.05.01		輓蔡如生先生	無排名		詩文之友 5卷4期
1956.06.01	高屏三縣市詩人丙申春季聯吟大會主催旗峰吟社首唱	旗山覽勝	左十三		詩文之友 5卷5期
1956.06.01	延平詩社擊缽	植樹	右五左九		詩文之友 5卷5期

時間	詩會／欄位	詩題	名次	擔任詞宗	來源
1956.11.01	中北部七縣市 春季聯吟大會 次唱	柳眼	右九左避	李步雲 謝景雲	詩文之友 6卷3期
1956.11.01	臺南鯤南吟社 丙申秋季聯吟大會	關廟覽勝	右十二		詩文之友 6卷3期
1957.01.01		敬和陳昌言 先生秋感原韻	無排名		詩文之友 6卷5期
1957.01.01	嘉縣第十二屆聯吟大會 首唱	秋寺晚鐘	左十四右卅二		詩文之友 6卷5期
1957.02.01	鯤南七縣市丙申 秋季聯吟會	冬日登壽山	左六右廿三		詩文之友 6卷6期
1957.03.01	鯤南七縣市秋季聯吟會	餐菊	右九左六二		詩文之友 7卷1期
1957.05.01	曾北聯吟大會擊缽錄	秋日謁南鯤身 廟 七律不限韻	右八左十五		詩文之友 7卷 2、3期 合刊
1957.07.01	丁酉詩人節自由中 國詩人大會 次唱	鹿港觀潮	左五二		詩文之友 7卷4期
1957.07.01	本社第卅四期徵詩揭曉	秧田	無發表	李步雲 李康寧	詩文之友 7卷4期
1957.08.01	臺南延平詩社 燦琳杯奪魁擊缽吟會	六街懷古	無發表	白劍瀾 李步雲 葉占梅	詩文之友 7卷5期
1957.09.01	曾北聯合擊缽吟會	快園話舊	右一左十、 右七左九		詩文之友 7卷6期
1957.09	臺灣詩壇臺南辦事處 成立成立週年紀念 聯吟大會 次唱	秋日登赤嵌樓	右四		臺灣詩壇 13卷3期
1957.10.01	南瀛詩社 秋季會員聯吟大會 首唱	麻豆覽勝	左二右八		詩文之友 8卷1期
1957.10.01	螺溪吟社	竹簾	無發表	李步雲	詩文之友 8卷1期
1957.11.01	南瀛詩社 秋季會員聯吟大會 次唱	詩膽	左六右四一		詩文之友 8卷2期

時間	詩會／欄位	詩題	名次	擔任詞宗	來源
1957.11.01	臺南延平詩社 燦琳杯奪魁擊缽聯吟會	碑林	九 天十 地廿五人九		詩文之友 8卷2期
1957.11.01	曾北聯合吟會課題	雁影	右一左四、 右二左五、 右六左十二、 左七右八、 右七左十一、 左十右十五		詩文之友 8卷2期
1957.12.01	鯤南七縣市 丁酉秋季聯吟大會 次唱	鵝鑾燈塔	無發表	張作梅 李步雲	詩文之友 8卷3期
1957.12.01	香草吟社課題	吳郭魚	無發表	李步雲 許文葵	詩文之友 8卷3期
1958.02.01		彰化縣 聯吟大會誌賀	無排名		詩文之友 8卷5期
1958.02.01	丁酉秋季 高屏三縣市聯吟大會 首唱	旗山冬曉	右花左避	李步雲 白劍瀾	詩文之友 8卷5期
1958.02.01	彰化縣丁酉秋 季聯吟大會 首唱	二林秋望	右八		詩文之友 8卷5期
1958.02.01	本社第四十一期 徵詩揭曉	秋蔭	左一右四七		詩文之友 8卷5期
1958.02.01	本社第四十一期 徵詩揭曉 六唱	秋水	右十九		詩文之友 8卷5期
1958.04.01		敬賀陳明三 先生令郎劍虹 君新婚誌喜	無排名		詩文之友 8卷6期
1958.04.01	丁酉南縣 曾北五社聯吟會課題 值當龍湖詩社	琅琊臺	右四、右五左九		詩文之友 8卷6期
1958.04.01	曾北聯吟會課題	秋帆	左眼右八、 左花右五、 右六左十一		詩文之友 8卷6期
1958.04.01	彰化縣 丁酉秋季聯吟 大會擊缽錄 次唱	防風林	無發表	李步雲 許文葵	詩文之友 8卷6期

時間	詩會 / 欄位	詩題	名次	擔任詞宗	來源
1958.04.15	南瀛詩社籌備會擊缽錄	新營探春	右一左二		詩文之友 9 卷 1 期
1958.04.15	曾北聯吟會課題	假山	左一右四、左二右三、左五右八		詩文之友 9 卷 1 期
1958.04.15	李秉璜先生令長男燦庭君結婚擊缽吟會	鴛鴦梅	右四左避	李步雲 洪子衡	詩文之友 9 卷 1 期
1958.05.01	臺灣省中北部十一縣市戊戌春季聯吟大會次唱	酒旗風	左八右八九		詩文之友 9 卷 2 期
1958.05.01	鯤南七縣市春季聯吟大會首唱	關嶺溫泉	右一左卅一		詩文之友 9 卷 2 期
1958.05.01	本社第四十四期徵詩揭曉	醉花朝	左八		詩文之友 9 卷 2 期
1958.06.01	中北部十一縣市戊戌春季聯吟大會首唱	弔黃花崗	右花		詩文之友 9 卷 3 期
1958.06.01	鯤南七縣市春季聯吟大會次唱	燕剪	右二左七三		詩文之友 9 卷 3 期
1958.06.01	蓮社課題	奇萊草春	無發表	李步雲 劉嘯廬	詩文之友 9 卷 3 期
1958.07.01	嘉義縣戊戌春季聯吟大會詩選首唱	太空船	右十二左避	李步雲 吳紉秋	詩文之友 9 卷 4 期
1958.07.01	曾北聯吟課題	觀魚	左一右八		詩文之友 9 卷 4 期
1958.08.01	嘉義縣戊年春季聯吟大會次唱	游鞭	右八左十八		詩文之友 9 卷 5 期
1958.08.01	曾北聯吟課題	踏青	右眼左十六		詩文之友 9 卷 5 期
1958.09.01	曾北聯吟會課題	夏雲	左一右二、右一左五、右三左八、右六左九		詩文之友 9 卷 6 期
1958.09.01	臺南延平詩社歡迎石儷玉女詩人歸南擊缽吟會	崁城歸燕	無發表	石儷玉 李步雲	詩文之友 9 卷 6 期

時間	詩會 / 欄位	詩題	名次	擔任詞宗	來源
1958.10.01	曾北聯吟課題揭曉	蛙鼓	右六左十四		詩文之友 10 卷 1 期
1958.11.01	曾北聯吟會課題	西施菊	左一右六、右一左十三、左二右二、右三左六、左四右四、左八右十八、左九右廿三		詩文之友 10 卷 2 期
1958.11.01	曾北聯吟會課題	美人醉	左一右二、左眼右六、左花右八		詩文之友 10 卷 2 期
1959.02.01	曾北聯吟課題揭曉	菊花天	左一右二、右一左八、左二右二、右九左一		詩文之友 10 卷 4 期
1959.02.01	本社第五十三期徵詩揭曉	畫眉	無發表	李步雲白劍瀾	詩文之友 10 卷 4 期
1959.03.01	本社第五十四期徵詩揭曉	迎春	無發表	李步雲林義德	詩文之友 10 卷 5 期
1959.03.01	曾北聯吟課題	湘妃竹	右一、左二右十一、右二左八、右四左十七、右七、右八、左九右十四		詩文之友 10 卷 5 期
1959.04.01	曾北聯吟會月課	觀濤	左右元、右花左十五		詩文之友 10 卷 6 期
1959.04.01	臺南延平詩社祝社友蔡人龍先生令長郎攀鰲君新婚紀念	同心帶	第三名、第四名、第五名、第十名		詩文之友 10 卷 6 期
1959.05.01	曾北聯吟課題	新雪	左四右一、左二右五、左六右十		詩文之友 11 卷 1 期
1959.05.01	東寧擊缽吟三集	漁村秋望	無排名		詩文之友 11 卷 1 期
1959.07.01	己亥春季中北部十一縣市聯吟大會	椰雨	右廿九左五一		詩文之友 11 卷 2、3 期
1959.07.01	己亥春季大會首唱	羅山曉市	右十二左避	李步雲李秉璜	詩文之友 11 卷 2、3 期
1959.07.01	臺南延平詩社擊缽月例會	待花朝	左四右避	吳萱草李步雲	詩文之友 11 卷 2、3 期

時間	詩會／欄位	詩題	名次	擔任詞宗	來源
1959.07.01	曾北聯吟會社課	鯤身觀海	左一右八、右一左十二、左二右十、左五右十一、左七右十五		詩文之友 11 卷 2、3 期
1959.07.01	臺南延平詩社 祝社友洪子衡先生令四郎震東君偕呂雪卿小姐新婚紀念擊缽錄	合卺酒	第十六名	王鵬程 李步雲 楊元胡	詩文之友 11 卷 2、3 期
1959.07.01	寶桑吟社課題	岳飛	無發表	李步雲 張達修	詩文之友 11 卷 2.3 期
1959.11.01	己亥詩人節 全國詩人大會 首唱	詩人節懷古	右三九		詩文之友 11 卷 4 期
1959.11.01	瀛社創立五十週年紀念會	鷗盟	右十九左三六、左四、右十		詩文之友 11 卷 4 期
1959.12.01	本社慶祝賈韜園先生八十華誕徵詩	壽沁水賈韜園先生八十	天四一		詩文之友 11 卷 5 期
1959.12.01	曾北聯吟會 第二十一期社課	待字小姐	左二、左三右廿八		詩文之友 11 卷 5 期
1959.12.01	臺南延平詩社 祝黨國元老賈景德先生八秩華誕擊缽錄	杖朝	無發表	陳昌言 李步雲	詩文之友 11 卷 5 期
1960.01.01	曾北聯吟月課	春色	右三、左七右十、左九、右九左廿一		詩文之友 11 卷 6 期
1960.01.01	臺南延平詩社 祝張社長蓮亭先生六秩晉六華誕擊缽錄	鶴算	左右二		詩文之友 11 卷 6 期
1960.01.01	東寧擊缽吟三集	博浪椎	無排名		詩文之友 11 卷 6 期
1960.01	延平詩社 祝林玉輝令愛出閣	紅葉	眼		臺灣詩壇 16 卷 6 期
1960.02	佳里詩社 成立紀念擊缽	缽韻	左元右避、左眼右避	白劍瀾 李步雲	臺灣詩壇 17 卷 1 期
1960.02.01	鯤南七縣市己亥秋季詩人聯吟大會 首唱	光復節懷延平郡王	左廿四		詩文之友 12 卷 1 期

時間	詩會／欄位	詩題	名次	擔任詞宗	來源
1960.02.01	慶祝蔣總統 七秩晉三華誕 擊缽錄	長生果	右六左避	李步雲 洪寶昆	詩文之友 12卷1期
1960.02.01	曾北聯吟會社課	江埔曉煙	右一左二十、 左二右十五、 左三右十六、 左五右十一、 右十左十八		詩文之友 12卷1期
1960.03.01	鯤南七縣市 己亥秋季聯吟大會 次唱	火箭射月	右廿九		詩文之友 12卷2期
1960.03.01	曾北聯吟會題	待字小姐	左二、 左三右廿八		詩文之友 12卷2期
1960.04.01	臺南縣南瀛詩社 春季聯吟大會 首唱	春日遊珊瑚潭	右一左十一		詩文之友 12卷3期
1960.04.01	曾北聯吟會社課	春蝶	左二右十七、 右二左四、 右四左七、 右九左十八		詩文之友 12卷3期
1960.04.01	鹿港半閒吟社課題	孵雛	無發表	謝景雲 李步雲	詩文之友 12卷3期
1960.05.01	鯤南七縣市 庚子春季聯吟錄 首唱	青年節修禊	右七左三七		詩文之友 12卷4期
1960.05.01	南瀛詩社 春季聯吟大會	祈雨	左二右廿五		詩文之友 12卷4期
1960.05.01	曾北聯吟會課題	眼箭	左五、 左十右十七		詩文之友 12卷4期
1960.05.01	林海樓社兄 令郎瑞璋君新婚 擊缽吟錄	卻扇	元		詩文之友 12卷4期
1960.05.01	林玉輝社兄 令愛淑媛小姐 出閣徵詩	紅葉	眼		詩文之友 12卷4期
1960.06.01	臺南市十二名勝 徵詩第二期	金城春曉	右眼		詩文之友 12卷5期
1960.06.01	鯤南七縣市 庚子春季聯吟錄 次唱	喜雨	無發表	李步雲 葉占梅	詩文之友 12卷5期

時間	詩會/欄位	詩題	名次	擔任詞宗	來源
1960.06.01	己亥年秋季大會擊缽吟稿次唱	餞秋	左五		詩文之友12卷5期
1960.06.01	曾北聯吟會題	春曉	右四左五、右九		詩文之友12卷5期
1960.07.01		祝佳里詩社成立大會	無排名		詩文之友12卷6期
1960.07.01	曾北聯吟會社課	磨劍	左一右二、左二右三、左八右十		詩文之友12卷6期
1960.07.01	民國四十九年五月廿二日佳里詩社成立大會暨社長徐青山先生副社長黃生宜先生就任紀念擊缽	缽韻	左元右避、左眼右避	白劍瀾李步雲	詩文之友12卷6期
1960.08.01	臺南市十二名勝徵詩第一期	鄭祠探梅	右九、右十四		詩文之友13卷1期
1960.08.01	高屏三縣市庚子春季聯吟大會首唱	春日遊鼓山公園	右元左避	李步雲高文淵	詩文之友13卷1期
1960.08.01	高屏三縣市庚子春季聯吟大會次唱	旗影	右元		詩文之友13卷1期
1960.08.01	曾北聯吟會社課	國姐	右二左十、右三左十五、右六左十九、右七左十六		詩文之友13卷1期
1960.08.01	臺南市延平詩社徵詩揭曉第三期徵題	法華夢蝶	左眼右五十、左廿六		詩文之友13卷1期
1960.09.01	曾北聯吟會課題	華宗橋晚釣	左一右五、右二		詩文之友13卷2期
1960.09.01	臺南市十二名勝第四、五期徵詩揭曉	鹿耳沉沙	右四、右十三		詩文之友13卷2期
1960.10.01	臺南市十二名勝徵詩揭曉第六期	竹溪煙雨	左四右四一、左廿五、左卅七、右四五、右四七		詩文之友13卷3期
1960.10.01	曾北聯吟會	梅妻	左元右眼、右元左五、左十		詩文之友13卷3期

時間	詩會／欄位	詩題	名次	擔任詞宗	來源
1960.10.01	鹿港淬礪吟社課題	牧笛	無發表	李步雲 許藜堂	詩文之友 13卷3期
1960.11.01	曾北聯吟會課題	劇中美人	右二左十一		詩文之友 13卷4期
1960.11.01	佳里詩社第二期社課	吟聲	左右元、 右三左六		詩文之友 13卷4期
1960.11.01	臺南市十二名 勝徵詩揭曉 第七期詩題	安平晚渡 七律眞韻	右花、左十二、 左卅三、左四七		詩文之友 13卷4期
1960.11.01	臺南市十二名 勝徵詩揭曉 第八期	燕潭秋月	左四右四一、 左十七		詩文之友 13卷4期
1960.12.01		慶祝國父誕辰 暨旗峰詩社 三十週年紀念 全國聯吟大會 賦此誌盛	無排名		詩文之友 13卷5期
1960.12.01	慶祝國父誕辰 旗峰詩社三十週年紀念 全國聯吟大會 首唱	旗峰詩社 三十週年紀盛	左六二右六八		詩文之友 13卷5期
1960.12.01	南社擊缽錄	觀菊	左三右避、 左五右避、 左七右避	潘春源 李步雲	詩文之友 13卷5期
1960.12.01	曾北聯吟會第 三十期課題	村姑 七絕	右一、右七		詩文之友 13卷5期
1961.01.01	慶祝國父誕辰 旗峰詩社 卅週年紀念 全國聯吟大會 首唱	秋潮	右卅五左四三		詩文之友 13卷6期
1961.01.01	臺南市十二名 勝徵詩揭曉 第九期詩題	妃廟飄桂	右元、右十八		詩文之友 13卷6期
1961.01.01	鯤南七縣市 庚子秋季聯吟大會 首唱	玉山秋色	左三十右卅七		詩文之友 13卷6期
1961.01.01	嘉義縣 庚子春季聯吟大會 首唱	春日登阿里山	右十七		詩文之友 13卷6期

時間	詩會/欄位	詩題	名次	擔任詞宗	來源
1961.02.01	鯤南七縣市 庚子秋季聯吟大會 次唱	風簾	右花左卅三		詩文之友 14卷1期
1961.03.01	臺南市十二名勝 全國徵詩揭曉 第十期詩題	鯤身漁火	左花右避、 左五右避	陳皆興 李步雲	詩文之友 14卷2期
1961.03.02	佳里詩社課題	雙飛燕	右三		詩文之友 14卷2期
1961.03.02	佳里詩社社課 陳進雄社員吳素娥小姐 結婚紀念	翰墨姻緣	左眼、 右五左十二		詩文之友 14卷2期
1961.04.01	佳里詩社社課	佳里春色	左一右十、 左二右十二、 左三右九、左六		詩文之友 14卷3期
1961.04.01	慶祝國父誕辰 暨旗峰詩社卅週年紀念 全國聯吟大會課題	國父九五誕辰	右元左廿三、 右四左十一		詩文之友 14卷3期
1961.04.01	曾北聯吟會課題	路樹	右一、 左五右十四、 右七、 右九左十五		詩文之友 14卷3期
1961.05.01	鯤南七縣市 辛丑春季聯吟大會 首題	展花朝	左十三右卅六		詩文之友 14卷4期
1961.05.01	鄭成功復臺三百週年 紀念全國詩人大會 首唱	鄭王 三百年祭紀盛	右九、左元 右六、右花		詩文之友 14卷4期
1961.05.01	臺南市十二名勝 全國徵詩揭曉 第十二期	赤嵌夕照	左元右眼、 左十四右卅三、 右十七左四八、 左四一右卅八		詩文之友 14卷4期
1961.07.01	臺南市十二名勝 全國徵詩揭曉 第十一期詩題	北園冬霽	右十、 右十一左四八		詩文之友 14卷5期
1961.08.01	佳里詩社社課	曾橋展望	天元地眼人六、 地花人元、 地十四人七、 地十三		詩文之友 14卷6期

時間	詩會／欄位	詩題	名次	擔任詞宗	來源
1961.09.01		吳步初先生七十生辰原韻	無排名		詩文之友15卷1期
1961.11.01	佳里詩社社課	江村初夏	右五		詩文之友15卷2期
1961.11.01	本社主辦辛丑竹醉日卦山雅集首唱	詩風	右十三左避	李步雲楊乃胡	詩文之友15卷2期
1961.11.01	本社主辦辛丑竹醉日卦山雅集次唱	竹醉	左五右六		詩文之友15卷2期
1961.11.01	瀛東詩人大會	太平洋垂釣	右詞宗擬作	周定山李步雲	詩文之友15卷2期
1961.12.01	鯤南七縣市秋季聯吟大會首唱	新營軍聲	右十三左廿四		詩文之友15卷3期
1962.01.01	恭祝蔣總統七五華誕	玉山瑞雪	無發表	李步雲黃森秋	詩文之友15卷4期
1962.01.01	恭祝蔣總統七五華誕嘉縣辛丑秋季聯吟會錄取稿次唱	菊酒	左一		詩文之友15卷4期
1962.01.01	恭祝蔣總統七五華誕 嘉縣辛丑秋季聯吟會錄取稿次唱	秋蓮	右十六左六五、右廿九左七八		詩文之友15卷4期
1962.01.01	臺南市南社創立六十七週年紀念聯吟首唱	辛丑雙十節南社創立六十週年誌盛	無發表	許黎堂李步雲	詩文之友15卷4期
1962.02.01	佳里詩社第十二期社課	白菊花	左二、右三左十九、左四右十		詩文之友15卷5期
1962.02.01	延平詩社祝社員楊乃胡先生之令郎森富君與蓮愛小姐結婚	藍田	一名、七名、十九名		詩文之友15卷5期
1962.02.01	南部七縣市詩歌朗誦比賽大會	再造神州	無發表	王鵬程陳皆興張鶴亭李步雲張李德和	詩文之友15卷5期

時間	詩會／欄位	詩題	名次	擔任詞宗	來源
1962.03.01		並蒂榴	無排名		詩文之友 15 卷 6 期
1962.03.01	佳里詩社社課	秋郊漫步	左一右十七、左二右十四、左九右二十		詩文之友 15 卷 6 期
1962.03.01	黃少卿先生令長郎石麟君與光子小姐結婚紀念徵詩	並蒂榴	第五名、第三十名		詩文之友 15 卷 6 期
1962.05.01	延平詩社創立十週年紀念首唱	延平詩社十週年紀念	右八左十九		詩文之友 16 卷 2 期
1962.05.01	延平詩社為鵬程、子衡、秉璜、少卿四社友參加第一屆詩歌朗誦比賽南返洗塵擊缽會	詩才	右一左四、右四左十四		詩文之友 16 卷 2 期
1962.05.01	瀛東第三屆聯吟大會第一日首唱	春日謁忠烈祠	右四左避	李步雲 林義德	詩文之友 16 卷 2 期
1962.07.01	瀛東第三屆聯吟大會第二日	知本春浴	左七右九		詩文之友 16 卷 4 期
1962.07.01	中興詩社第一期徵詩揭曉	寶島春曉	右一左三、右九左避	李步雲 謝景雲	詩文之友 16 卷 4 期
1962.07.01	火山大仙寺八景徵詩揭曉	紫雲夕照	無發表	李步雲 王養源	詩文之友 16 卷 4 期
1962.08.01	海鷗聯吟會課題	騷壇拔幟	無發表	李步雲 吳紉秋	詩文之友 16 卷 5 期
1962.09.01	佳里詩社社課	冬夜敲詩	左一、右一左二、右二左四		詩文之友 16 卷 6 期
1962.09.01	佳里詩社社課	筆花	右二		詩文之友 16 卷 6 期
1962.10.01	中興詩社第三期徵詩揭曉	古都夜色	左四右八、左五、左八右卅五、左十一右四七、左十二、右廿八左四五、右卅一		詩文之友 17 卷 1 期
1962.10.01	佳里詩社社課	遊山	左一右一、右二左十、右五左二十、左九		詩文之友 17 卷 1 期

時間	詩會／欄位	詩題	名次	擔任詞宗	來源
1962.11.01	慶祝孔子聖誕暨 詩文之友創刊十週年 全國詩人聯吟大會 特刊 首唱	儒將	右八七	李步雲 曾文新	詩文之友 17 卷 2 期
1962.11.01	慶祝孔子聖誕暨 詩文之友創刊十週年 全國詩人聯吟大會特刊 次唱	學海	右四七左九十		詩文之友 17 卷 2 期
1962.11.01	本社第九十二期 徵詩揭曉	詩文之友 十週年	右九左三一		詩文之友 17 卷 2 期
1962.11.01	中興詩社第四期 徵詩揭曉	夏日 謁彰化孔廟	左四右八、 右六左十二		詩文之友 17 卷 2 期
1962.11.01	佳里詩社社課	春心	右四、左八		詩文之友 17 卷 2 期
1963.01.01		歸仁十景 之三庠朝訓	無排名		詩文之友 17 卷 4 期
1963.01.01		歸仁十景 之八甲春耕	無排名		詩文之友 17 卷 4 期
1963.01.01		歸仁十景 之紅瓦曉霞	無排名		詩文之友 17 卷 4 期
1963.01.01	南瀛詩社秋季聯吟 暨敦源吟社四十週年 紀念全國詩人聯吟大會 首唱	秋日歸仁覽勝	左廿五		詩文之友 17 卷 4 期
1963.01.01	鯤瀛詩社擊缽錄	鯤瀛詩 社成立誌盛	左元右三		詩文之友 17 卷 4 期
1963.01.01	佳里詩社社課	蘆溪泛月	左三右二十、 右十		詩文之友 17 卷 4 期
1963.02.01	中興詩社 第五期徵詩揭曉	西子灣聽濤	左二右廿一、 左七右五十、 左廿一		詩文之友 17 卷 5 期
1963.02.01	嘉義縣聯吟會 壬寅秋季聯吟會	冬日探梅	左四右四		詩文之友 17 卷 5 期
1963.02.01	嘉義縣聯吟會 壬寅秋季聯吟會	電視	右眼左九		詩文之友 17 卷 5 期
1963.02.01	鯤瀛詩社課題	書窗	左眼右眼		詩文之友 17 卷 5 期
1963.02.01	佳里詩社社課	蕭隴秋煙	右一左五		詩文之友 17 卷 5 期

時間	詩會/欄位	詩題	名次	擔任詞宗	來源
1963.02.01	東寧擊缽吟三集	假山	無排名		詩文之友 17卷5期
1963.03.01	鯤瀛詩社課題	春日 謁南鯤身廟	右元左花		詩文之友 17卷6期
1963.03.01	東寧擊缽吟三集	曉妝	無排名		詩文之友 17卷6期
1963.04.01	劍廬唱和集	敬和鄭品聰 先生六一述懷	無排名		詩文之友 18卷1期
1953.06.01	嘉縣癸卯春季聯吟大會	道院雅集 首唱	無發表	李步雲 蔡元亨	詩文之友18 卷2.3期
1963.06.01	鯤瀛詩社元旦擊缽	春滿蕭壠	右六	李步雲 葉占梅	詩文之友18 卷2、3期
1963.06.01	鯤瀛詩社元旦擊缽	睡海棠	右十四名、 左十七右三十		詩文之友18 卷2、3期
1963.06.01	寶桑吟社爲社員 邱耀青先生令郎 劍鳴君新婚誌喜	合歡帳	右花、右六		詩文之友18 卷2、3期
1963.07.01	鯤瀛詩社期課	金唐殿 善行寺沿革誌 出刊紀念	右九左廿八		詩文之友 18卷4期
1963.07.01	寶桑吟社慶祝 社員邱耀青先生 令郎劍鳴君新婚	鴛鴦枕	右四左十四、 右八		詩文之友 18卷4期
1963.08.01	潮州天臺寶宮 徵聯揭曉	五教冠首	無發表	李步雲	詩文之友 18卷5期
1963.08.01	臺潭村龍安宮徵聯	龍安冠首	第三名	李步雲 陳昌言	詩文之友 18卷5期
1963.09.01	癸卯詩人節 全國詩人聯吟大會 首唱	午日 鐵砧山懷古	左二右廿一		詩文之友 18卷6期
1963.09.01	中興詩社第九期 徵詩揭曉	鹿港迴潮	左廿一右廿七		詩文之友 18卷6期
1963.09.01	鯤瀛詩社課題	海埔新生地	左八右廿一		詩文之友 18卷6期
1963.09.01	屏東市慈鳳宮 徵聯揭曉	慈鳳冠首	無發表	黃傳心 陳月樵 李步雲	詩文之友 18卷6期

時間	詩會／欄位	詩題	名次	擔任詞宗	來源
1963.11.01	癸卯春季 鯤南七縣市詩吟大會 首唱	嵌城首夏	右元左五		詩文之友 19卷1期
1963.12.01	鯤瀛詩社課題	白荷花	左三		詩文之友 19卷2期
1964.01.01	鯤瀛詩社課題	蕉風	右一左十七、 右三左二十、 右五左○		詩文之友 19卷3期
1964.01.01	中興詩社 第十一期課題揭曉	江樓望月	右一左二、 右二左三		詩文之友 19卷3期
1964.01.01	本刊第一零二期 徵詩揭曉	霜葉	無發表	李步雲 王養源	詩文之友 19卷3期
1964.02.01	鯤南七縣市 癸卯秋季聯吟會錄 首唱	壽山遠眺	無發表	曾文新 李步雲	詩文之友 19卷4期
1964.02.01	鯤南七縣市 癸卯秋季聯吟會錄 次唱	菊夢	右五		詩文之友 19卷4期
1964.03.01	南瀛詩社 癸卯秋季聯吟大會 首唱	九日南鯤身廟 雅集	右一左五		詩文之友 19卷5期
1964.03.01	南瀛詩社第一期課題	夢中美人	左一右二、 左五右八、 左六右七、 左七右十七		詩文之友 19卷5期
1964.03.01	游昭棠先生與 廖碧玉小姐 徵詩揭曉	天成佳偶	左右元、 右四左二十		詩文之友 19卷5期
1964.03.01	慶祝王桂木先生 令次媛淑民小姐留美	凌雲志	右一、右廿五		詩文之友 19卷5期
1964.04.01		題臺灣 擊缽詩選	無排名		詩文之友 19卷6期
1964.04.01	南瀛詩社 癸卯秋季聯吟大會 次唱	曬鹽	左二右廿二、 左十九右廿一		詩文之友 19卷6期
1964.04.01	瀛東聯吟會 第十四期課題	岳王 七律寒韻	無發表	白劍瀾 李步雲	詩文之友 19卷6期

時間	詩會／欄位	詩題	名次	擔任詞宗	來源
1964.05.01	南瀛詩社第二期課題	海燕	右一、 左二右十、 右二左四		詩文之友 20 卷 1 期
1964.06.01	南瀛詩社第四期課題	相如鼓琴	右四左十八、 右十左十七		詩文之友 20 卷 2 期
1964.06.01	本刊第一零七期 徵詩揭曉 首唱	春日遣興	無發表	李步雲 謝景雲	詩文之友 20 卷 2 期
1964.07.01	癸卯冬季 中北部十一縣市 詩人聯吟大會 次唱	人潮	無發表	李步雲 曾文新	詩文之友 20 卷 3 期
1964.07.01	癸卯冬季 中北部十一縣市 詩人聯吟大會 首唱	大墩冬霽	左十二		詩文之友 20 卷 3 期
1964.07.01	南瀛詩社第五期課題	養廉	左一右五、 左二右七、 右二左十八、 左十一、左十四		詩文之友 20 卷 3 期
1964.07.01	南瀛詩社第六期課題	拜石	左一右十九、 左二右七、 右六左八		詩文之友 20 卷 3 期
1964.08.01	海鷗聯吟會 慶祝黃秀峰先生 令長郎文薰君 結婚徵詩揭曉	比目魚	左八		詩文之友 20 卷 4 期
1964.08.01	鄉勵吟社為張清輝 社友令長女 淑娥小姐與鄭啟良君吉 席徵詩揭曉	結褵訓	無發表	李步雲 張達修	詩文之友 20 卷 4 期
1964.09.01	寶桑吟社常年大會 首唱	初夏即事	無發表	李步雲 周定山	詩文之友 20 卷 5 期
1964.09.01	臺南縣南瀛詩社 第七期月課	夏日即事	右臚左翰、 右翰左十九		詩文之友 20 卷 5 期
1964.09.01	春日遊天星新村 徵詩揭曉	春日 遊天星新村	六名、九名、 十三名		詩文之友 20 卷 5 期
1964.10.01	臺南縣南瀛詩社 第七期課題	地震	左九右廿三、 右十五左廿一		詩文之友 20 卷 6 期

時間	詩會／欄位	詩題	名次	擔任詞宗	來源
1964.10.01	海鷗聯吟會第九期課題揭曉	思鱸	無發表	李步雲 張達修	詩文之友 20 卷 6 期
1964.11.01	本刊第一一二期徵詩揭曉	詩文之友 十二週年	無發表	李步雲 張達修	詩文之友 21 卷 1 期
1964.11.01	南瀛詩社第九期社課	伍員吹簫	四名、六名		詩文之友 21 卷 1 期
1964.11.01	南瀛詩社第十期課題	源泉	左七		詩文之友 21 卷 1 期
1964.12.01	南瀛詩社第十一期課題	江楓	右三左七、左四右六、右十七左廿八		詩文之友 21 卷 2 期
1965.02.01	南瀛詩社第十二期課題	蘆花	左一、右三左廿七、左五右十		詩文之友 21 卷 4 期
1965.02.01	鹿港詩友聯吟會課題	進香客	無發表	李步雲	詩文之友 22 卷 4 期
1965.03.01	鯤南七縣市甲辰秋季聯吟大會詩選首唱	教師節書感	右十一左十六		詩文之友 21 卷 5 期
1965.03.01	爲祝朴雅吟社顧問黃傳心先生古稀初度榮壽徵詩揭曉	壽星	右十九左避	李步雲 張達修	詩文之友 21 卷 5 期
1965.04.01	南瀛詩社第十三期社課	坉上進履	右十四		詩文之友 21 卷 6 期
1965.04.01	高屏三縣市聯吟擊缽錄首唱	國父頌	無發表	李步雲 鄒滌暄	詩文之友 21 卷 6 期
1965.05.01	鯤南七縣市春季聯吟大會課題	春日謁麻豆代天府	右一左十六		詩文之友 22 卷 1 期
1965.05.01	南瀛詩社第十五期課題	新柳	右一、右二、左八右八		詩文之友 22 卷 1 期
1965.06.01	南瀛詩社課題	離亭月	右三左廿七、左十五右十六		詩文之友 22 卷 2 期
1965.06.01	鯤水吟社爲祝社友李茂鐘君與王春鶴小姐新婚徵詩揭曉	鏡臺春	無發表	黃傳心 李步雲 王煥章	詩文之友 22 卷 2 期
1965.07.01	中州吟社社課次唱	松柏長青	無發表	李步雲 楊乃胡	詩文之友 22 卷 3 期

時間	詩會／欄位	詩題	名次	擔任詞宗	來源
1965.07.01	延平詩社 慶祝林監事金樹歸仁 養鷄園落成 擊缽錄	春日遊 歸仁養鷄園	左十右避	楊乃胡 李步雲	詩文之友 22 卷 3 期
1965.08.01	南瀛詩社 第十七期課題	題鴛鴦戲水圖	左六右十一、 右六左廿二		詩文之友 22 卷 4 期
1965.09.01	南瀛詩社 第十八期社課	粉筆報國	右七		詩文之友 22 卷 5 期
1965.09.01	本刊第一二三期 徵詩揭曉 次唱	荔香 比翼格	無發表	李步雲 謝景雲	詩文之友 22 卷 5 期
1965.10.01	蘆墩吟社 甲辰季冬課題	寒夜對客	無發表	李步雲 李可讀	詩文之友 22 卷 6 期
1965.11.01	臺南縣南瀛詩社 秋季聯吟大會 首唱	秋日謁龍湖巖	右十左三六		詩文之友 23 卷 1 期
1965.11.01	臺南縣南瀛詩社 秋季聯吟大會 次唱	白菊	右十左廿七		詩文之友 23 卷 1 期
1965.11.01	本刊第一二五期 徵詩揭曉 首唱	鐵砧山 弔鄭成功	左一、 右四左十一、 左十三右十七		詩文之友 23 卷 1 期
1966.01.01	國父百年誕辰紀念 全國詩人聯吟大會 首唱	國父百年誕辰 懷大陸	右十六左五七		詩文之友 23 卷 3 期
1966.01.01	南瀛詩社課題	鯤身雪浪	右一左十七、 左二右七、 右二左十九、 右十四		詩文之友 23 卷 3 期
1966.01.01	本刊第一二七期 徵詩揭曉 首唱	歸雁	無發表	李步雲 曾今可	詩文之友 23 卷 3 期
1966.02.01	臺東縣寶桑吟社 課題揭曉	張翰思歸	無發表	李步雲 張達修	詩文之友 23 卷 4 期
1966.02.01	紀念國父百年誕辰 全國詩人大會 首唱	遙拜中山陵	右眼左四		詩文之友 23 卷 4 期

時間	詩會／欄位	詩題	名次	擔任詞宗	來源
1966.02.01	南瀛詩社第十一期課題	青樓怨	左眼右花、左七右二十		詩文之友23卷4期
1966.03.01	爲李可讀社友令次郎聰儒君與麗玉小姐新婚徵詩誌慶	鸞鳳和鳴	詞宗擬作	許藜堂黃傳心李步雲	詩文之友23卷5期
1966.03.01	南瀛詩社第二十三期課題	惜寸陰	右花左三八、左五		詩文之友23卷5期
1966.03.01	寶桑吟社國父百年誕辰全國詩人大會謝桂森社友榮獲掄元祝賀會擊缽錄	詩筆	無發表	李步雲謝景雲	詩文之友23卷5期
1966.04.01	鯤南七縣市丙午春季詩人聯吟大會首唱	中和節懷顏思齊	左一右五五		詩文之友23卷6期
1966.04.01	南瀛詩社第廿三期課題	竹屋	左眼、右六左廿六、右十五		詩文之友23卷6期
1966.05.01	慶祝青年節雲嘉南四縣市聯吟大會首唱	青年節懷先烈	左四右十九		詩文之友24卷1期
1966.05.01	慶祝青年節雲嘉南四縣市聯吟大會次唱	春寒	左二右十八		詩文之友24卷1期
1966.05.01	北港朝天宮徵詩	春日北港朝天宮進香	左一、左四、左十五		詩文之友24卷1期
1966.05.01	南瀛詩社第二十四期課題	春日過佳里興訪諸羅縣故跡	右七左避	李步雲陳昌言	詩文之友24卷1期
1966.05.01	延平詩社擊缽錄	摸彩	右三左避、右八左避	李步雲白劍瀾	詩文之友24卷1期
1966.05.01	芸香吟社課題	苦寒	無發表	李步雲張蒲園	詩文之友24卷1期
1966.06.01	鹿港聯吟會課題	旌善	無發表	葉占梅李步雲	詩文之友24卷2期
1966.07.01	本刊第一三三期徵詩揭曉｜首唱	劉壯肅	無發表	李步雲張達修	詩文之友24卷3期
1966.07.01	倪登玉先生令萱堂八秩晉五誕辰唱和集	次韻	無排名		詩文之友24卷3期

時間	詩會／欄位	詩題	名次	擔任詞宗	來源
1966.08.01		敬和 王隆遜先生 六十書懷原玉	無排名		詩文之友 24 卷 4 期
1966.08.01		敬和 高文淵先生 六十書感原玉	無排名		詩文之友 24 卷 4 期
1966.09.01	南瀛詩社	南縣初夏	右三、 左四右五、 右六左二十、 右十左二十五		詩文之友 24 卷 5 期
1966.09.01	寶桑吟社	四十週年感賦	無發表	周定山 李步雲	詩文之友 24 卷 5 期
1966.10.01	宜蘭仰山吟社 春季聯吟大會	躍馬中原	無發表	李步雲 曾文新	詩文之友 24 卷 6 期
1966.10.01	南瀛詩社第廿七期課題	五日登受降城	右二、 右六左十一、 右七、右十八		詩文之友 24 卷 6 期
1966.10.01	鯤瀛詩社徵詩揭曉	徐青山先生 八秩誌慶	四、十二、 十三、十四、 十六、九十	李步雲 陳昌言	詩文之友 24 卷 6 期
1966.11.01	南瀛詩社 第二十八期課題	美人垂釣	左一右二、 右三左九、 左五右廿一		詩文之友 25 卷 1 期
1966.12.01	天籟吟社 首唱	江樓消夏	無發表	李步雲 高文淵	詩文之友 25 卷 2 期
1967.01.01	南嘉雲四縣市 冬季聯吟大會 次唱	冬熱	左五右六		詩文之友 25 卷 3 期
1967.01.01	南瀛詩社 第二十九期課題	落帽風	右六		詩文之友 25 卷 3 期
1967.02.01	鯤南七縣市 丙午秋季詩人聯吟大會 首唱	臺江泛月	右一左四		詩文之友 25 卷 4 期
1967.02.01	南瀛詩社第三十期課題	廣播小姐	右三、左十三、 左十四右廿八		詩文之友 25 卷 4 期
1967.02.01	臺東寶桑吟社 第四期例會	革命魂	無發表	李步雲 周定山	詩文之友 25 卷 4 期
1967.03.01		題寶桑吟社集	無排名		詩文之友 25 卷 5 期

時間	詩會／欄位	詩題	名次	擔任詞宗	來源
1967.05.01	雲林縣詩人聯吟會 第六期課題	孝子	無發表	李步雲 王養源	詩文之友 26卷1期
1967.06.01	鯤南七縣市 詩人丁未春季聯吟錄 首唱	時代青年	無發表	李步雲 葉占梅	詩文之友 26卷2期
1967.06.01	鯤南七縣市 詩人丁未春季聯吟錄 次唱	凌雲筆	左六右六四		詩文之友 26卷2期
1967.06.01	臺南正覺寺 歡迎臺南縣市詩人 聯吟會	上元 正覺寺雅集	右四左避	李步雲 蔡元亨	詩文之友 26卷2期
1967.06.01	佳里鯤瀛詩社 第三期課題	春色宜人	右詞宗擬作	黃傳心 李步雲	詩文之友 26卷2期
1967.08.01	蔣公總統八秩華誕 全國詩人祝嘏大會 首唱	恭祝 蔣公總統 八秩華誕	右三		詩文之友 26卷4期
1967.08.01	中州吟社社課揭曉	送春詞	無發表	李步雲 謝景雲	詩文之友 26卷4期
1967.09.01	丁未詩人節 全國詩人大會	詩人節 響應總統 文化復興運動	右十五		詩文之友 26卷5期
1967.09.01	丁未詩人節 全國詩人大會 次唱	詩人郵票	右五		詩文之友 26卷5期
1967.11.01	慶祝丁未孔子誕辰暨 詩文之友創刊十五週年 全國詩人聯吟大會 首唱	有教無類	右六左避	李步雲 曾文新	詩文之友 27卷1期
1967.12.01	鯤南七縣市 丁未秋季詩人聯吟大會錄 首唱	謁吳鳳像	右十八左五二		詩文之友 27卷2期
1967.12.01	鯤南七縣市 丁未秋季詩人聯吟大會錄 次唱	筆鋒	左十五右五七		詩文之友 27卷2期
1968.01.01	雲嘉南四縣市 丁未冬季詩人大會錄 首唱	雲林展望	左四右避	白劍瀾 李步雲	詩文之友 27卷3期

時間	詩會/欄位	詩題	名次	擔任詞宗	來源
1968.01.01	雲嘉南四縣市 丁未冬季詩人大會錄 次唱	蔗園	右二左三九		詩文之友 27卷3期
1968.03.01	員林區吟會課題	池心鵝	無發表	許藜堂 李步雲	詩文之友 27卷5期
1968.04.01	鳳崗吟社 第六期課題揭曉	塑膠花	無發表	李步雲 高文淵	詩文之友 27卷6期
1968.04.01	南瀛詩社第一期課題	快園探梅	右一左四、 右五左十四		詩文之友 27卷6期
1968.04.01	臺北逸社課題	臺北城懷古	無發表	李步雲 謝景雲	詩文之友 27卷6期
1968.04.01	塩底保安宮徵聯揭曉		擬作、右五左 避、右八左避	李步雲 高文淵	詩文之友 27卷6期
1968.05.01	中華民國戊申 全國詩人聯吟大會 首唱	進香車	左一右十七		詩文之友 28卷1期
1968.05.01	中華民國戊申 全國詩人聯吟大會 次唱	文化復興	左十七		詩文之友 28卷1期
1968.05.01	南瀛詩社第二期課題	春郊覓句	右五左十、 左十四		詩文之友 28卷1期
1968.06.01	鯤南七縣市 戊申春季詩人聯吟大會 首唱	青年節懷古	無發表	李步雲 鄒滌暄	詩文之友 28卷2期
1968.07.01	淬礪吟社課題	觀海	無發表	李步雲 呂左淇	詩文之友 28卷3期
1968.07.01	醒靈寺文昌帝君 第三十四期課題	倒啖蔗	無發表	李步雲 張達修	詩文之友 28卷3期
1968.07.01	戊申詩人節 全國詩人聯吟大會 首唱	端午遇雨 弔靈均	右十八左七八		詩文之友 28卷3期
1968.07.01	南瀛詩社第三期課題	撲蝶	左一右廿二、 右四左廿二、 左十一右廿三		詩文之友 28卷3期
1968.08.01	南瀛詩社第四期課題	姑蘇臺	右五、右十、 右十二左廿六		詩文之友 28卷4期
1968.08.01	大甲林氏貞節坊 徵詩揭曉	題大甲 林氏貞節坊	五一		詩文之友 28卷4期

時間	詩會／欄位	詩題	名次	擔任詞宗	來源
1968.08.01	鏡勳社友榮膺中華大道院第一屆大法師會會長慶祝擊缽吟會	闡揚道教	右十八左避	李步雲 李可讀	詩文之友 28卷4期
1968.09.01	雲嘉南四縣市 戊申夏季擊缽錄 首唱	桃城覓句	右二		詩文之友 28卷5期
1968.09.01	南瀛詩社第五期課題	瀛海文瀾	右五左廿三		詩文之友 28卷5期
1968.09.01	雲林縣詩人聯吟會第十六期課題	雲林縣 詩人聯吟會 成立紀盛	無發表	李步雲 張達修	詩文之友 28卷5期
1968.09.01	本刊第一五八期 徵詩揭曉 首唱	燕然碑	無發表	李步雲 王養源	詩文之友 28卷5期
1968.10.01	吳雲鶴先生八秩初度書懷唱和集	敬和吳雲鶴先生八秩初度書懷瑤韻	無排名		詩文之友 28卷6期
1968.11.01	鯤南七縣市 秋季聯吟大會 首唱	麻豆 代天府題壁	右廿二		詩文之友 29卷1期
1968.11.01	鯤南七縣市 秋季聯吟大會 次唱	瓶菊	右三左八		詩文之友 29卷1期
1968.11.01	南瀛詩社第七期課題	水晶簾	右五左廿七		詩文之友 29卷1期
1968.11.01	安平海頭社文朱殿徵聯		無發表	李步雲 白劍瀾	詩文之友 29卷1期
1968.12.01	東北六縣市 詩人首屆聯吟大會 首唱	光復節 泅瀾雅集	右十一左避、 右廿一左避	李步雲 林嘯鯤	詩文之友 29卷2期
1968.12.01	東北六縣市 詩人首屆聯吟大會 次唱	黃花酒	左七、左廿七		詩文之友 29卷2期
1968.12.01	南瀛詩社第八期課題	燕子樓	右三、 右五左四八		詩文之友 29卷2期
1969.01.01	蓮社歡迎出席 東北六縣市 詩人聯吟大會全體 詩人擊缽錄 首唱	秋日遊太魯閣	右眼左十五		詩文之友 29卷3期

時間	詩會 / 欄位	詩題	名次	擔任詞宗	來源
1969.01.01	鹿港聯吟會第二期課題入選名次	中秋月蝕	無發表	李步雲 蕭文樵 施文炳	詩文之友 29 卷 3 期
1969.02.01	雲嘉南四縣市冬季詩人聯吟大會首唱	冬日謁關聖廟	右二左四一		詩文之友 29 卷 4 期
1969.02.01	南瀛詩社課題	美人眉	右六左廿五		詩文之友 29 卷 4 期
1969.03.01	南縣南瀛詩社社員大會擊缽錄	南瀛詩社成立十八週年誌盛	左二右十八		詩文之友 29 卷 5 期
1969.03.01	慶祝蘇子傑書畫展擊缽吟	書展紀盛	左六右避	楊乃胡 李步雲	詩文之友 29 卷 5 期
1969.03.01	南瀛詩社徵詩本社副社長陳昌言先生令郎酒臣君新婚紀念	鏡月雙圓	一、十四、十九、二十	李步雲 葉占梅 白劍瀾	詩文之友 29 卷 5 期
1969.03.01	祝蘇子傑先生令長郎明宏與張文治小姐結婚徵詩	宜家樂	第十三名		詩文之友 29 卷 5 期
1969.04.01	雲林縣詩人聯吟會第二十二期課題	追悼李蔡彬會友千古	無發表	李步雲 王隆遜	詩文之友 29 卷 6 期
1969.05.01	瀛社創立六十週年紀念大會首唱	瀛社六十週年大會誌盛	無發表	李步雲 吳醉蓮	詩文之友 30 卷 1 期
1969.05.01	東寧擊缽吟三集	半月池	無排名		詩文之友 30 卷 1 期
1969.06.01	己酉全國詩人聯吟大會首唱	花朝陽明山覽勝	右一左七一		詩文之友 30 卷 2 期
1969.06.01	己酉全國詩人聯吟大會次唱	烈士血	左四七		詩文之友 30 卷 2 期
1969.06.01	澹社花朝後二日歡迎全國各地詩人擊缽錄｜首唱	澹社春宴	左元右六		詩文之友 30 卷 2 期
1969.06.01	澹社花朝後二日歡迎全國各地詩人擊缽錄｜次唱	燕剪	左元右二十		詩文之友 30 卷 2 期
1969.06.01	嘉義縣己酉春季詩人聯吟大會首唱	猿江春望	右四左避	李步雲 白劍瀾	詩文之友 30 卷 2 期

時間	詩會 / 欄位	詩題	名次	擔任詞宗	來源
1969.07.01	己酉詩人節 岡山全國詩人大會 首唱	詩人 節岡山覽勝	左廿五右五三		詩文之友 30卷3期
1969.07.01	中部四縣市 己酉春季聯吟大會 首唱	上巳 後蘆墩修禊	無發表	李步雲 倪登玉	詩文之友 30卷3期
1969.07.01	中部四縣市 己酉春季聯吟大會 次唱	促進 開設臺中港	右十三左廿四		詩文之友 30卷3期
1969.07.01	岡山國際青年商會 成立週年徵詩選	岡山國際 青年商會 一週年紀念	無發表	李步雲 陳昌言	詩文之友 30卷3期
1969.07.01	逸社課題	鴻門宴	無發表	李步雲 陳泰山	詩文之友 30卷3期
1969.07.01	雲林縣詩人聯吟會 為慶祝陳理事長輝玉先 生令尊德和翁八十榮 壽徵詩揭曉	松柏長青	無發表	黃傳心 李步雲 白劍瀾	詩文之友 30卷3期
1969.08.01	寶桑吟社課題	洗衣機	無發表	李步雲 陳昌言	詩文之友 30卷4期
1969.08.01	南瀛詩社 第十三期課題揭曉	詩侶	右十四		詩文之友 30卷4期
1969.08.01	鯤水吟社 己酉第二期課題	剪刀風	右元左花		詩文之友 30卷4期
1969.09.01	雲嘉南四縣市 己酉夏季詩人聯吟大會 首唱	夏日過夢蝶園	左十八	蘇鴻飛 李步雲	詩文之友 30卷5期
1969.09.01	雲嘉南四縣市 己酉夏季詩人聯吟大會 次唱	鳳凰木	右四左六		詩文之友 30卷5期
1969.09.01	鯤水吟社 己酉第三期課題	綿山火	右六		詩文之友 30卷5期
1969.10.01	南瀛詩社 第十四期課題揭曉	古剎晨鐘	右二、左三右十		詩文之友 30卷6期
1969.10.01	鯤水吟社 己酉第四期課題	惜時	右八左廿二		詩文之友 30卷6期
1969.12.01	南瀛詩社第十五期課題	曹娥碑	左六右十五、 左八		詩文之友 31卷2期

時間	詩會 / 欄位	詩題	名次	擔任詞宗	來源
1969.12.01	本刊第一七三期徵詩揭曉次唱	水雲	無發表	李步雲朱杏村	詩文之友31卷2期
1970.01.01	雲林縣詩人聯吟會第二十八期課題	螺橋步月	無發表	李步雲邱水謨	詩文之友31卷3期
1970.01.01	文朱殿落成聯吟會	光復節謁安平文朱殿	左眼右十三		詩文之友31卷3期
1970.01.01	南瀛詩社第十六期課題揭曉	寧南秋色	左一右三、右一左九、左二右二		詩文之友31卷3期
1970.02.01		慶祝臺南東區國際扶輪社創立三週年紀念	無排名		詩文之友31卷4期
1970.02.01	雲嘉南四縣市己酉冬季詩人聯吟大會首唱	螺溪多曉	左六右避	張晴川李步雲	詩文之友31卷4期
1970.02.01	雲嘉南四縣市己酉冬季詩人聯吟大會次唱	拜國父銅像	右三		詩文之友31卷4期
1970.02.01	南瀛詩社第十七期課題揭曉	問燕	左五右十二、左七、右九		詩文之友31卷4期
1970.08.01	崁津吟社課題	野徑歸樵	無發表	李步雲	詩文之友31卷4期
1970.05.01	登瀛吟社	慶雲	無發表	蕭獻三李步雲	詩文之友32卷1期
1970.06.01	鯤水吟社己酉第九期課題	敬老	無發表	陳皆興李步雲	詩文之友32卷2期
1970.06.01	臺南縣南瀛詩社第二十期課題揭曉	酒旗	左三、右八左九、左十二		詩文之友32卷2期
1970.06.01	歡送李步雲先生擊缽會	快園話別	左四右避	白劍瀾李步雲	詩文之友32卷2期
1970.07.01	雲嘉南四縣市庚戌夏季聯吟大會擊缽錄｜首唱	八掌溪觀釣	左九		詩文之友32卷3期
1970.07.01	雲嘉南四縣市庚戌夏季聯吟大會擊缽錄｜次唱	盆榕	右十六左四十		詩文之友32卷3期

時間	詩會／欄位	詩題	名次	擔任詞宗	來源
1970.09.01	庚戌詩人節 全國詩人大會 首唱	詩人節前 一日登鳳崗	右十九		詩文之友 32卷5期
1970.09.01	庚戌詩人節 全國詩人大會 次唱	心德 堂靈芝獻瑞	左十一右十三		詩文之友 32卷5期
1970.09.01	坎津吟社課題	竹橋	無發表	李步雲	詩文之友 31卷5期
1970.09.01		敬和魏教導錦 標吟友退休 將遊美原韻	無排名		詩文之友 32卷6期
1970.09.01	壽峰詩社十七週年社慶 並歡迎李步雲先生歡送 魏錦標社友遊美國	社慶飛觴	左五右七		詩文之友 32卷6期
1970.12.01	鯤南七縣市 庚戌秋季聯吟大會 次唱	展重陽	左九		詩文之友 33卷2期
1971.01.01	澹社第十二期課題	落帽風	右元左眼、 左九右廿四		詩文之友 33卷3期
1971.01.01	壽峰詩社為祝社友張蒲 園七十五齡詩會	壽讌	無發表	李步雲 張蒲園	詩文之友 33卷3期
1971.02.01	澹社第十三期課題	驛使梅	左七右避、 左十右避	陳鏡勳 李步雲	詩文之友 33卷4期
1971.03.01		留別高雄壽峰 詩社諸吟友	無排名		詩文之友 33卷5期
1971.03.01	鯤南七縣市 辛亥春季吟會錄 首唱	中華民國開國 六十年誌慶	左四右十		詩文之友 33卷5期
1971.03.01	壽峰詩社	庚戌端午書懷	右八左避	李步雲 陳月樵	詩文之友 33卷5期
1971.03.01	澹社第十四期課題	待臘柳	右元、 左七右廿一、 右九		詩文之友 33卷5期
1971.03.01	澹社第十五期課題	信魚	左眼右避、 左花右避	陳鏡勳 李步雲	詩文之友 33卷5期
1971.03.01	壽峰詩社 為餞別李步雲先生吟錄	惜別	擬作	李步雲 陳月樵	詩文之友 33卷5期
1971.04.01	高屏三縣市聯吟錄 首唱	萬壽山春望	右六左避	李步雲 陳昌言	詩文之友 33卷6期

時間	詩會／欄位	詩題	名次	擔任詞宗	來源
1971.04.01	高屏三縣市聯吟錄次唱	迎婦女節	右十七左三二		詩文之友33卷6期
1971.04.01	壽峰詩社	賈島推敲	右六左八		詩文之友33卷6期
1971.05.01		敬步林欽貴先生五十書懷原玉	無排名		詩文之友34卷1期
1971.05.01	壽峰詩社	班姬詠扇	無發表	李步雲陳月樵	詩文之友34卷1期
1971.05.01	寶桑、中州吟社聯合社課揭曉	鳥語花香	無發表	李步雲陳月樵	詩文之友34卷1期
1971.06.01	栗社第五期課題	福星山展望	無發表	李步雲王清斌	詩文之友34卷2期
1971.06.01	雲林縣詩人聯吟會第卅九期課題	春晴	無發表	李步雲呂左淇	詩文之友34卷2期
1971.06.01	槐園小集	秋訊	右九		詩文之友34卷2期
1971.07.01	延平詩社擊缽	觀音竹	右元左避、右三左避	李步雲陳渭雄	詩文之友34卷3期
1971.07.01	本刊第一九二期徵詩揭曉首唱	春潮	無發表	李步雲施少峰	詩文之友34卷3期
1971.08.01	慶祝建國六十年全國詩人聯吟大會擊缽錄｜首唱	建國六十年詩人節誌感	無發表	李步雲汪洋	詩文之友34卷4期
1971.08.01	中華民國辛亥年詩人節慶祝建國六十年全國詩人聯吟大會擊缽錄｜次唱	題屈原像	左十三		詩文之友34卷4期
1971.08.01	澹社第十八期課題	凍雷	右十一		詩文之友34卷4期
1971.08.01	臺南延平詩社祝社員楊乃胡令五媛惠喬小姐在美國與臺中鄭順旺先生令四郎德和君結婚擊缽擬題	千里姻緣	右元左避	李步雲白劍瀾	詩文之友34卷4期
1971.09.01	雲嘉南四縣市辛亥夏季聯吟大會首唱	燕子潭避暑	左九右二八		詩文之友34卷5期

時間	詩會／欄位	詩題	名次	擔任詞宗	來源
1971.09.01	澹社第十九期課題	思家客	右五、右十二		詩文之友34卷5期
1971.09.01	槐園小集	松濤	左五		詩文之友34卷5期
1971.10.01	澹社第二十一期課題	續命絲	左十右廿八		詩文之友34卷6期
1971.10.01	澹社第二十二期課題	蝶衣	左八右廿二		詩文之友34卷6期
1971.10.01	栗社第八期課題	鳴蟬	無發表	李步雲 謝麟驥	詩文之友34卷6期
1971.11.01	延平詩社	延平詩社創立二十週年誌盛	右二左避	李步雲 李可讀	詩文之友35卷1期
1971.11.01	延平詩社	繡虎	右十四左避	李步雲 葉占梅	詩文之友35卷1期
1971.12.01	中部四縣市辛亥秋季詩人聯吟大會首唱	東墩秋集	左一右二		詩文之友35卷2期
1971.12.01	中部四縣市辛亥秋季詩人聯吟大會次唱	訪菊	左十八右廿六		詩文之友35卷2期
1971.12.01	延平詩社月例會擊缽錄	題壽山福海圖	右元左五		詩文之友35卷2期
1971.12.01	中州、寶桑吟社聯合課題揭曉	風景區	無發表	李步雲 李可讀	詩文之友35卷2期
1972.01.01	延平詩社月會擊缽錄	凍筆	左七右避、左十一右避	鄒滌暄 李步雲	詩文之友35卷3期
1972.02.01	延平詩社月會擊缽	赤崁迎春	右一左三、左二右四		詩文之友35卷4期
1972.03.01	雲嘉南四縣市辛亥冬季詩人聯吟大會首唱	颺風圖	右一左二		詩文之友35卷5期
1972.03.01	雲嘉南四縣市辛亥冬季詩人聯吟大會次唱	琢螺硯	右二左十三		詩文之友35卷5期
1972.04.01	延平詩社新春擊缽聯吟會	春風面	左三右五、右八		詩文之友35卷6期
1972.04.01	延平詩社擊缽例會為天補社友之淑敏小姐完聘誌喜	寶窗月	右一左避	李步雲 陳進雄	詩文之友35卷6期

時間	詩會／欄位	詩題	名次	擔任詞宗	來源
1972.05.01	蓮社第二十七期課題	村娃	無發表	蕭獻三 李步雲	詩文之友 36 卷 1 期
1972.06.01	壬子春季 鯤南七縣市聯吟大會 首唱	恭祝蔣公連任 第五屆總統	右八左避	李步雲 曾文新	詩文之友 36 卷 2 期
1972.06.01	壬子春季 鯤南七縣市聯吟大會 次唱	青年節 九如覽勝	右眼左花		詩文之友 36 卷 2 期
1972.06.01	延平詩社四月擊缽錄	暮春登桂子山	右一左避、 右六左避	李步雲 白劍瀾	詩文之友 36 卷 2 期
1972.07.01	雲林縣詩人聯吟會 第五十一期課題	雲林初夏	無發表	李步雲 黃秀峰	詩文之友 36 卷 3 期
1972.08.01	栗社第九期課題	錦水油田噴火	無發表	李步雲 謝麟驤	詩文之友 36 卷 4 期
1972.08.01	雲嘉南四縣市 壬子夏季聯吟大會 朴子鎮舉行｜首唱	蓬萊獻瑞	右六左卅三		詩文之友 36 卷 4 期
1972.09.01	大千詩壇 第一期徵詩揭曉	地下道	無發表	李步雲 陳昌言	詩文之友 36 卷 5 期
1972.10.01	大千詩壇 第二期徵詩揭曉	弔鄭王梅	左二右廿二、 左四右廿四、 右五左十五		詩文之友 36 卷 6 期
1972.10.01	延平詩社端午祭屈子並 延平詩社諸先哲擊缽錄	端陽謁屈子祠	左元右避、 左五右避	白劍瀾 李步雲	詩文之友 36 卷 6 期
1972.10.01	雲嘉詩人及全國詩人代 表夏季擊缽聯吟｜首唱	興農報國	右元左避	李步雲 白劍瀾	詩文之友 36 卷 6 期
1972.10.01	雲嘉詩人及全國詩人代 表夏季擊缽聯吟｜次唱	雲嘉雙傑	右四左廿五		詩文之友 36 卷 6 期
1972.11.01	慶祝總統蔣公五屆連任 全國詩人聯吟大會 首唱	詩城	無發表	李步雲 蕭獻三	詩文之友 37 卷 1 期
1972.11.01	慶祝總統蔣公五屆連任 暨詩文之友社創刊 二十週年社慶全國詩 人聯吟大會 次唱	折桂	右十二		詩文之友 37 卷 1 期
1972.11.01	本刊第二〇八期 徵詩揭曉 首唱	花開並蒂 月長圓	右二左八		詩文之友 37 卷 1 期

時間	詩會／欄位	詩題	名次	擔任詞宗	來源
1972.12.01	雲嘉南四縣市壬子冬季南瀛詩社創立二十週年紀念詩人聯吟大會首唱	南瀛詩社二十週年大會誌盛	右八左五一		詩文之友37卷2期
1972.12.01	雲嘉南四縣市壬子冬季南瀛詩社創立二十週年紀念詩人聯吟大會次唱	麻豆龍喉穴	左五右九		詩文之友37卷2期
1973.02.01	壬子年秋季鯤南七縣市詩人聯吟大會	秋月謁南鯤身代天府	左廿九右八十		詩文之友37卷4期
1973.04.01	延平詩社新春擊缽錄	春溢南都	右五左避、右六左避	李步雲黃天補	詩文之友37卷6期
1973.04.01	延平詩社慶祝陳保心先生令尊六四壽誕于安平文朱殿擊缽會	星輝古堡	右一左避、右二左避	李步雲白劍瀾	詩文之友37卷6期
1973.04.01	臺南縣南瀛詩社擊缽錄｜首唱	佳里文風	右一左四		詩文之友37卷6期
1973.04.01	臺南縣南瀛詩社擊缽錄｜次唱	展元宵	右一左十八		詩文之友37卷6期
1973.05.01	延平詩社第一期課題	飯春	右三左九		詩文之友38卷1期
1973.07.01	延平詩社第三期課題	革命旗	右三左九、右十四左〇、右十五左〇		詩文之友38卷3期
1973.08.01	癸丑全國詩人大會首唱	開臺紀念日鹿港天后宮修禊	右十四	李步雲陳月樵	詩文之友38卷4期
1973.08.01	蓮社第三十二期課題	背立美人	無發表	李步雲張鶴年	詩文之友38卷4期
1973.08.01	延平詩社端陽節擊缽錄	龍舟競賽觀感	右四左避、右六左避	李步雲白劍瀾	詩文之友38卷4期
1973.08.01	新竹市外天后宮徵聯揭曉	天后冠首九字	無發表	李步雲蕭獻三	詩文之友38卷4期
1973.08.01	新竹市外天后宮徵聯揭曉	天后冠首十一字	無發表	李步雲蕭獻三	詩文之友38卷4期
1973.08.01	新竹市外天后宮徵聯揭曉	聖母冠首九字	無發表	李步雲蕭獻三	詩文之友38卷4期

時間	詩會／欄位	詩題	名次	擔任詞宗	來源
1973.08.01	新竹市外天后宮 徵聯揭曉	聖母 冠首十一字	無發表	李步雲 蕭獻三	詩文之友 38卷4期
1973.09.01	雲嘉南四縣市 癸丑夏季聯吟大會 首唱	古堡觀海	右十八		詩文之友 38卷5期
1973.11.01	延平詩社第五屆課題	澤畔行吟	左一右○		詩文之友 39卷1期
1974.02.01		八十書 懷寄諸吟友	無排名		詩文之友 39卷4期
1974.02.01	延平詩社元旦擊缽錄	春寒	左一右○、 左二右六		詩文之友 39卷4期
1974.02.01	東山吟社第一期課題	梅魂	右花、右五		詩文之友 39卷4期
1974.03.01	延平詩社 民國六十二年十二月份 例會擊缽吟兼祝 社友黃天爵先生 六秩華誕	華堂獻壽	左五右十四		詩文之 友39 卷5、6期
1974.03.01	延平詩社第八期課題	女騎士	右一左二、右 二左廿九、 左五右○		詩文之 友39 卷5、6期
1974.05.01	延平詩社第九期課題	桃李春風	左五、 右十二左廿		詩文之友 40卷1期
1974.06.01	西港玉敕慶安宮 重建紀念全國詩人聯吟 大會｜首唱	西港慶安 宮重建紀盛	左八右廿七		詩文之友 40卷2期
1974.07.01	西港玉敕慶安宮 重建紀念全國詩人聯吟 大會｜次唱	鯉魚旗	左十二右廿六		詩文之友 40卷3期
1974.07.01	延平詩社第十期課題	催花詔	右七左八、 右十一、 右十三		詩文之友 40卷3期
1974.08.01	雲嘉南四縣市 甲寅夏季聯吟大會 首唱	端午前 謁山西宮	右十七左三七		詩文之友 40卷4期
1974.08.01	雲嘉南四縣市 甲寅夏季聯吟大會 次唱	墨雨	左十八右廿六		詩文之友 40卷4期
1974.08.01	延平詩社第十一期課題	蕉心	左八、 右十一左廿四		詩文之友 40卷4期

時間	詩會／欄位	詩題	名次	擔任詞宗	來源
1974.09.01		八十書懷寄諸吟友	無排名		詩文之友40卷5期
1974.09.01	鯤南七縣市詩人甲寅春季聯吟大會首唱	青年節登受降城	左十一右四十		詩文之友40卷5期
1974.11.01	延平詩社月例會	恭逢武聖祀典	右二左避、右三左避、右四左避	李步雲李盛彥	詩文之友40卷6期
1974.11.01	南陔吟社課題	松濤	左詞宗擬作	李步雲張晴川	詩文之友40卷6期
1974.12.01		弔林金樹先生	無排名		詩文之友41卷1期
1974.12.01	延平詩社第十三期課題	相思草	左四、右十		詩文之友41卷1期
1975.01.01	甲寅全國詩人聯吟大會首唱	光復節登萬壽山	左三右八		詩文之友41卷2期
1975.01.01	甲寅全國詩人聯吟大會次唱	響應十大建設	右六		詩文之友41卷2期
1975.01.01	崙背天衡宮安座典禮全國詩人聯吟大會首唱	崙背天衡宮安座典禮紀盛	右元左六八		詩文之友41卷2期
1975.01.01	延平詩社第十四期課題	題墨竹	右四左九		詩文之友41卷2期
1975.01.01	雲林縣詩人聯吟會第七十九期課題祝本縣詩人聯吟會常務理事蘇平祥令堂米壽誌慶	萱菊飄香	無發表	蕭獻三李步雲	詩文之友41卷2期
1975.01.01	本刊第二三三期徵詩揭曉	米顛敗石	無發表	李步雲張達修	詩文之友41卷2期
1975.02.01	臺南市延平詩社	孟多筍味	右四左十三		詩文之友41卷3期
1975.03.01	延平詩社第十四期課題	題墨竹	右四左九		詩文之友41卷4期
1975.03.01	北鷗吟社	七星磺霧	無發表	李步雲高文淵	詩文之友41卷4期
1975.04.01	延平詩社第十六期課題	億載金城一百週年紀念	左元右十六、左十右卅、右十左十二		詩文之友41卷5期

時間	詩會 / 欄位	詩題	名次	擔任詞宗	來源
1975.04.01	延平詩社擊缽例會	南國春光	右元左避、右眼左避	李步雲 陳進雄	詩文之友 41卷5期
1975.05.01	鯤南七縣市 乙卯春季詩人聯吟大會 首唱	青年節 桃城覽勝	左二一		詩文之友 41卷6期
1975.05.01	鯤南七縣市 乙卯春季詩人聯吟大會 次唱	竹葉青	左十八右七三		詩文之友 41卷6期
1975.06.01		敬和 李可讀先生 還曆述懷原韻	無排名		詩文之友 42卷1期
1975.06.01	延平詩社第十七期徵詩	鳳凰城展望	左二右十六、右二左十五、右二十		詩文之友 42卷1期
1975.08.01	延平詩社第十八期徵詩	觀光年 遊古南都	左七右十三		詩文之友 42卷3期
1975.08.01	延平詩社例會擊缽	雨中祭屈	右眼左避	李步雲 陳進雄	詩文之友 42卷3期
1975.09.01	南瀛詩社徵詩揭曉 祝社員吳仙化先生令郎 棟樑君與蜀珍小姐新婚	鶼鶼比翼圖	右花左避	李步雲 陳昌言	詩文之友 42卷4期
1975.09.01	鯤瀛詩社 代西港慶安宮舉辦 全國徵詩揭曉	鯉魚穴	右九左十四		詩文之友 42卷4期
1975.10.01	延平詩社二十四週年 社慶聯吟會 首唱	南都祭孔	右六		詩文之友 42卷5期
1975.10.01	延平詩社二十四週年 社慶聯吟會 次唱	花燈展覽	左元右十七		詩文之友 42卷5期
1975.10.01	延平詩社第十九期徵詩	迎春門 重新落成紀盛	左三、右五左廿一、左八		詩文之友 42卷5期
1975.11.01	乙卯秋季鯤南七縣市 詩人聯吟大會 首唱	六十四年 國慶屏東鏖詩	右十四左卅三		詩文之友 42卷6期
1975.11.01	延平詩社第二十期徵詩	靖海吞珠	右一左十四、右二左六、右三、右六左九		詩文之友 42卷6期

時間	詩會 / 欄位	詩題	名次	擔任詞宗	來源
1975.12.01	本刊第三四三期 徵詩揭曉	退院僧	無發表	李步雲 曾文新	詩文之友 43卷1期
1976.02.01	南瀛詩社春季聯吟會	醉春	左元右十三		詩文之友 43卷3期
1976.02.01	延平詩社例會擊缽	春妝	右七左避	李步雲 陳紉香	詩文之友 43卷3期
1976.05.01	丙辰夏季雲嘉南四縣市 詩人聯吟大會 首唱	赤崁樓懷古	右眼左卅八		詩文之友 43卷6期
1976.05.01	三峽詩社第二期徵詩	謁行修宮	左花		詩文之友 43卷6期
1976.06.01	臺中縣蘆墩詩社 第一期課題 首唱	豐原市改制 誌盛	無發表	李步雲 王清斌	詩文之友 44卷1期
1976.12.01	鯤南七縣市丙辰 秋季聯吟大會 首唱	林園多曉	右三十左卅六		詩文之友 45卷1期
1976.12.01	雲林縣詩人聯吟會 第九十四期課題	秋窗夜讀	無發表	李步雲 蘇平祥	詩文之友 45卷1期
1976.12.01	南陔詩社課題	菊釀	無發表	李步雲 林天駉	詩文之友 45卷1期
1977.01.01	和社五週年社慶 聯吟大會 首唱	和社消寒雅集	右六左避、 右十二左避	李步雲 郭茂松	詩文之友 45卷2期
1977.02.01	鯤瀛詩社第廿五期課題	臺南縣歷史文 物館成立誌盛	左詞宗擬作	李步雲 林仲筵	詩文之友 45卷3期
1977.03.01	南瀛詩社 為祝本社顧問陳平暨陳 科兩位先生 大廈落成紀念	陳府賢昆仲 大廈落成誌盛	左七右十一		詩文之友 45卷4期
1977.05.01	延平詩社擊缽例會	蓬壺春興	左花		詩文之友 45卷6期
1977.06.01	南瀛詩社徵詩 為本社顧問陳平先生 與林雀夫人 結婚六十週年誌慶	鑽石婚頌	左十二、右四七		詩文之友 46卷1期

時間	詩會／欄位	詩題	名次	擔任詞宗	來源
1977	延平詩社六十六年八月份擊缽吟	盂蘭勝會	右元左○、左五右○		詩文之友46卷4、5期合訂本
1977.12.31	延平詩社第二十二期課題	水晶簾	左元右元、左三右三、右四左十三		詩文之友46卷6期、47卷1期合訂本
1978.03.25	中國詩文之友社創刊廿五週年紀念全國詩人大會｜首唱	秋日八卦山攬勝	左四右九一、左三五右九二		中國詩文之友280期
1978.04.30	丁巳年全國詩人聯吟大會首唱	受天宮題壁六麻韻	左五右廿九		中國詩文之友281期
1978.04.30	延平詩社第二十四期課題	心花	右元左五、右眼左八、左四右十八、右六左七		中國詩文之友281期
1978.04.30	延平詩社第二十三期課題	秋雨	右元左十七、右二左八、右六左九		中國詩文之友281期
1978.04.30	延平詩社十二月份擊缽	畫餅	無發表	李步雲陳紉香	中國詩文之友281期
1978.04.30	民國六六年延平詩社第十一期擊缽會	祝林文雄先生當選省議員	右二左避、右四左避	李步雲陳紉香	中國詩文之友281期
1978.05.31	中華民國丁巳年全國詩人聯吟大會暨臺灣東北六縣市第十屆詩人聯吟大會首唱	基津秋霽	左六右十六、左七三		中國詩文之友282期
1978.05.31	中華民國丁巳年全國詩人聯吟大會暨臺灣東北六縣市第十屆詩人聯吟大會次唱	餐英	左七一右九四、左七二右九五		中國詩文之友282期
1978.06.30	延平詩社第二十五期課題	倦鳥	右花左○、右六左十九、左十三右○、左二十右○		中國詩文之友283期

時間	詩會／欄位	詩題	名次	擔任詞宗	來源
1978.07.31	延平詩社 一月份擊缽吟會	醜婦	右花左八、 右七左九		中國詩 文之 友 284 期
1978.07.31	延平詩社 歲月份擊缽吟會	老馬	右六左九		中國詩 文之 友 284 期
1978.07.31	延平詩社改選理監事 舉行內祝擊缽吟會	古都夏集	左一右一		中國詩 文之 友 284 期
1978.11.30	戊午秋季雲嘉南四縣市 詩人聯吟大會 首唱	虞溪秋望	右元		中國詩 文之 友 286 期
1978.11.30	黃圖先生伉儷 金剛石婚徵詩揭曉	黃圖先生伉儷 金剛石婚	卅四	李步雲 陳昌言	中國詩 文之 友 286 期
1978.12.31	戊午秋季雲嘉南四縣市 詩人聯吟大會 次唱	瞻仰湄洲	左六		中國詩 文之 友 287 期
1979.02.01	高屏三縣市戊午冬季 詩人聯吟會	乞梅	左十一右○		中國詩 文之 友 289 期
1979.05.01	己未新營全國詩人大會 第一日次唱	景仰 文開紀念碑	右十左一百		中國詩 文之 友 292 期
1979.05.01	金生獎詩藝奪魁賽 第一期賽揭曉	讀正氣歌 七絕一集	一、十一、 二十、 廿八、廿九		中國詩 文之 友 292 期
1979.06.01	己未新營全國詩人大會 第二日首唱	春日 謁新營濟安宮	右廿三左○		中國詩 文之 友 293 期
1979.07.01	己未年傳統詩 全國詩人聯吟大會 首唱	塹城聽雨	右花		中國詩 文之 友 294 期
1979.07.01	金生獎詩藝奪魁賽 第二期賽揭曉	槐陰 七絕一先	第十名		中國詩 文之 友 294 期
1979.08.01	瀛社創立七十週年 紀念大會課題	老松	左二十右避	杜負翁 李步雲	中國詩 文之 友 295 期
1979.09.01	第二屆全國民俗才藝活 動大會全國詩人紙上 聯吟賽特輯	鹿港攬勝	左右入選		中國詩 文之 友 296 期

時間	詩會／欄位	詩題	名次	擔任詞宗	來源
1979.09.01	金生獎詩藝奪魁賽第三期賽揭曉	拔河七絕二冬	十六、六二		中國詩文之友 296 期
1979.11.01	邱水謨先生古稀壽詩唱和錄	敬和邱水謨先生七十述懷原韻	無排名		中國詩文之友 298 期
1979.11.01	臺南市民藝活動暨全國詩人聯吟大會首唱	古都民藝活動誌盛	左元右廿五		中國詩文之友 298 期
1979.11.01	金生獎詩藝奪魁賽第四期賽揭曉	四秋山讀易七絕二蕭	第七十五名		中國詩文之友 298 期
1979.12.01	臺南市民藝活動暨全國詩人聯吟大會次唱	新荷	左廿四右○		中國詩文之友 299 期
1980.01.01	己未年鯤南七縣市詩人聯吟大會暨高雄市升格直轄市誌盛｜次唱	西子灣避暑	左五右○		中國詩文之友 300 期
1980.01.01	金生獎詩藝奪魁賽第五期賽揭曉	冬至七絕三江	九一		中國詩文之友 300 期
1980.04.01	延平詩社擊缽例會	冬晴	左詞宗擬作	李步雲 許景重	中國詩文之友 303 期
1980.06.01	喜慶集	次輝玉詞長泰安藥廠公司創業三十年暨新廠落成書懷原韻	無排名		中國詩文之友 305 期
1980.06.01	臺南市自強愛國活動舉開全國詩人大會	正統鹿耳門土城聖母廟題壁	右廿二左七七		中國詩文之友 305 期
1980.06.01	迎接自強年並慶祝朴子鎮與美國威廉波特市結盟全國詩人聯吟大會暨庚申春季鯤南七縣市詩人聯吟大會｜首唱	祝朴威聯盟七律十一尤	右十六左九十		中國詩文之友 305 期
1980.06.01	臺南市延平詩社庚申年元旦擊缽例會	迎接自強年	左元右三、左眼右元		中國詩文之友 305 期

時間	詩會 / 欄位	詩題	名次	擔任詞宗	來源
1980.06.01	和社歡迎擊缽錄	鳥語	十	李步雲鄭指薪	中國詩文之友 305 期
1980.06.01	金生獎詩藝奪魁賽第七期賽揭曉	慈湖春曉	第卅二名		中國詩文之友 305 期
1980.07.01	金生獎詩藝奪魁賽第七期賽揭曉	俠聲	四四、六六、八十		中國詩文之友 306 期
1980.11.01	金生獎詩藝奪魁賽第十期賽揭曉	久旱颱雨甘	第八八名		中國詩文之友 310 期
1980.12.01	臺南市端午詩書畫聯合特展詩人聯吟大會｜首唱	端節前謁關帝聖堂	左十四右○		中國詩文之友 311 期
1980.12.01	臺南市端午詩書畫聯合特展詩人聯吟大會｜次唱	運河弔屈	左十一右○		中國詩文之友 311 期
1980.12.01	臺南市延平詩社二十九週年社慶擊缽吟會	石馬	左三右八		中國詩文之友 311 期
1981.03.01	臺南市延平詩社祝建國七十週年舉開擊缽吟會	元旦升旗典禮	左元右四、右眼左七		中國詩文之友 314 期
1981.03.01	金生獎詩藝奪魁賽第十二期賽揭曉	玉山瑞雪	三、二十、四九、八四		中國詩文之友 314 期
1981.04.01	雲嘉南四縣市新春聯吟首唱	羅山春集	右八左避	李步雲黃秀峰	中國詩文之友 315 期
1981.04.01	雲嘉南四縣市新春聯吟次唱	柳眼	右一左十三		中國詩文之友 315 期
1981.04.01	臺南市延平詩社新春聯吟會	春味	左元右○、左五右十、右八左○		中國詩文之友 315 期
1981.05.01	雲嘉南四縣市辛酉年詩人聯吟大會次唱	種梅	右一左○		中國詩文之友 316 期

時間	詩會／欄位	詩題	名次	擔任詞宗	來源
1981.06.01	金生獎詩藝奪魁賽第十三期賽揭曉	指南車	十一、十六、八十、八九		中國詩文之友 317 期
1981.11.01	金生獎詩藝奪魁賽第十五期賽揭曉	七十年代獻言	五六、六四		中國詩文之友 322 期
1981.12.01	黃秀峰先生七十書懷唱和集	敬和黃秀峰先生七十書懷原韻	無排名		中國詩文之友 323 期
1981.12.01	臺灣東北六縣市第十四屆詩人聯吟大會首唱	青年節旗津覽勝	左十七右五九		中國詩文之友 323 期
1981.12.01	臺灣東北六縣市第十四屆詩人聯吟大會次唱	春渡	左七右八		中國詩文之友 323 期
1981.12.01	慶祝黃秀峰詞長七十華誕首唱	古稀宴	右十九左避	李步雲張達修	中國詩文之友 323 期
1981.12.01	慶祝黃秀峰詞長七十華誕次唱	傲霜菊	右元左六		中國詩文之友 323 期
1982.01.01	金生獎詩藝奪魁賽第十六期賽揭曉	哀遠航三義空難	第廿一名		中國詩文之友 324 期
1982.04.01	臺南市延平詩社卅週年社慶詩人聯吟會首唱	崁城秋集	左五右十八、左十一右廿八		中國詩文之友 327 期
1982.05.01	臺南市延平詩社新春社員擊缽聯吟	新春社集	左眼右四、右花左○		中國詩文之友 328 期
1982.07.01	嘉義市田有耕七十書懷壽慶唱和錄	次田有耕先生結婚四十四週年喜賦原玉	無排名		中國詩文之友 330 期
1982.07.01	臺南市延平詩社擊缽例會	夏日武廟話舊	左元右避、左六右避		中國詩文之友 330 期
1982.08.01	壬戌春季鯤南七縣市詩人大會暨南瀛詩社卅週年紀盛舉開全國詩人會｜首唱	佳里蔚文風七律四支	左四六右○		中國詩文之友 331 期

時間	詩會／欄位	詩題	名次	擔任詞宗	來源
1982.08.01	壬戌春季鯤南七縣市詩人大會暨南瀛詩社卅週年紀盛舉開全國詩人會｜次唱	舞雪風七絕八庚	右四九左五三		中國詩文之友 331 期
1982.12.01	陶社九十五期課題	風月雙清	左詞宗大作	李步雲林韓堂	中國詩文之友 335 期
1983.01.01	李步雲先生八八書懷唱和特刊	八八書懷寄諸吟友	無排名		中國詩文之友 336 期
1983.02.01	中華民國傳統詩學會全國詩人聯吟大會｜首唱	壬戌孔誕書懷	右卅四		中國詩文之友 337 期
1983.04.01	慶祝壽峰詩社創立卅週年王獎卿先生八秩雙慶全國詩人聯吟大會｜首唱	慶祝壽峰詩社創立卅週年雅集	左卅卅四		中國詩文之友 339 期
1983.04.01	慶祝壽峰詩社創立卅週年王獎卿先生八秩雙慶全國詩人聯吟大會｜次唱	菊殤	右十二左八四		中國詩文之友 339 期
1983.06.01	鯤南八縣市詩人聯吟大會首唱	嘉義市詩人聯誼會成立誌慶	左十		中國詩文之友 341 期
1983.08.01	鯤南八縣市詩人聯吟大會次唱	春日謁嘉邑城隍廟	右七左卅六		中國詩文之友 343 期
1983.09.01	癸亥年夏季高屏三縣市詩人聯吟大會｜首唱	夏日謁舊城隍廟	左五右三十		中國詩文之友 344 期
1983.12.01	癸亥端陽全國詩人聯吟大會｜首唱	午日安平懷古	右元左六四		中國詩文之友 347 期
1983.12.01	癸亥端陽全國詩人聯吟大會｜次唱	端午關帝聖堂雅集	左花右八六		中國詩文之友 347 期
1984.01.01	臺南市延平詩社擊缽例會	春節聯歡	右花左避、右五左避	李步雲陳龍吟	中國詩文之友 348 期
1984.02.01	倪登玉先生八五書懷唱和集	和倪登玉先生八五書懷原韻	不排名		中國詩文之友 349 期

時間	詩會 / 欄位	詩題	名次	擔任詞宗	來源
1984.03.01	林園詩社徵詩揭曉 本社黃幹事輝智君之令 堂黃張玉女士榮膺 高雄縣模範母親	模範母親	右元左十八、 左四右廿二		中國詩 文之 友 350 期
1984.05.01	甲子年鯤南七縣市 暨全國詩人聯吟大會 首唱	泰安藥廠雅集	左四右○		中國詩 文之 友 352 期
1984.05.01	甲子年鯤南七縣市 暨全國詩人聯吟大會 次唱	頌春	左四二右○		中國詩 文之 友 352 期
1984.06.01	竹社一百二十週年社慶 次唱	秋日謁孔明廟	左十九右○		中國詩 文之 友 353 期
1984.07.01	傳統詩學會 甲子端午全國詩人聯 吟大會首唱	讀離騷	左七九		中國詩 文之 友 354 期
1984.07.01	甲子年鯤南八縣市 詩人聯吟大會 首唱	春日諸羅展望	左二六		中國詩 文之 友 354 期
1984.07.01	臺南市延平詩社 社員擊缽例會 首唱	臘梅	右元左五、 左眼右眼		中國詩 文之 友 354 期
1984.07.01	臺南市延平詩社 社員擊缽例會 次唱	崁城春	右四左避	李步雲 吳仙化	中國詩 文之 友 354 期
1984.09.01	臺南市延平詩社 代強開軒書畫室 徵詩揭曉	黃自青 六旬書畫展 誌慶	眼 右二左避	李步雲 陳進雄	中國詩 文之 友 356 期
1985.02.01	臺南延平詩社 第三十三週年社慶 社員擊缽聯吟大會 首唱	秋日登赤崁城	左眼右四		中國詩 文之 友 361 期
1985.02.01	臺南延平詩社 第三十三週年社慶社員 擊缽聯吟大會｜次唱	翰墨契知音	左五右十二		中國詩 文之 友 361 期

時間	詩會/欄位	詩題	名次	擔任詞宗	來源
1985.02.01	高雄文化院玄華山天壇落成三週年鯤南八縣市詩人聯吟大會首唱	高雄文化院玄華山天壇落成三週年誌慶	左十		中國詩文之友361期
1985.02.01	高雄文化院玄華山天壇落成三週年鯤南八縣市詩人聯吟大會次唱	嶺梅	左眼右廿四		中國詩文之友361期
1985.06.01	劉德安八十雙壽唱和集	次德安詞長八十雙壽述懷瑤韻	不排名		中國詩文之友365期
1986.02.01	大觀詩社十週年全國聯吟大會首唱	大觀詩社創立十週年誌慶	右五		中國詩文之友373期
1986.04.01	乙丑年全國詩人聯吟大會｜首唱	慶祝李雅樵當選臺南縣長	左廿一右五十九		中國詩文之友375期
1986.05.01	臺南市延平詩社元春詩人吟會	春訊	右元左避、右花左避	李步雲陳進雄	中國詩文之友376期
1986.05.01	臺南延平詩社擊缽例會	詩人第	右五左避	李步雲吳甌饔	中國詩文之友376期
1986.07.01	臺南延平詩社	崁城春望	左花右五、右六左十二		中國詩文之友378期
1986.10.01	丙寅鯤南八縣市暨全國詩人聯吟大會首唱	府城二日遊	右元左眼		中國詩文之友381期
1986.10.01	丙寅鯤南八縣市暨全國詩人聯吟大會次唱	冬日書懷	右十三左七一、右十五左八九		中國詩文之友381期
1986.12.01	西港慶安詩社成立暨雲嘉南五縣市詩人聯吟大會首唱	慶安詩社成立誌盛	右五左二十		中國詩文之友383期
1987.01.01	臺南市延平詩社擊缽	夏日王城晚眺	右元左避、右五左避、右七左避	李步雲李登源	中國詩文之友384期

時間	詩會／欄位	詩題	名次	擔任詞宗	來源
1987.01.01	臺南市延平詩社擊缽	冬日 遊臺南公園	右元左眼、 左六右十		中國詩文之友 384 期
1987.07.01	西港主辦 全國詩人聯吟大會 首唱	西港玉敕 慶安宮重 建落成紀念	左十七右四三		中國詩文之友 390 期
1987.12.01	紀念先總統蔣公 百歲有一誕辰 全國詩人大會 暨東北六縣市聯吟會	武嶺長青	右花		中國詩文之友 395 期
1988.02.01	西港慶安詩社 成立週年徵詩揭曉	慶安詩社成 立週年紀念	左三右十二		中國詩文之友 397 期
1988.07.01	戊辰端午節 全國詩人聯吟大會	西子灣弔屈	左四		中國詩文之友 402 期

二、相關研究資料

- 黃洪炎編，〈李步雲〉，《瀛海詩集》（臺灣詩人名鑑刊行會發行，1940.12），頁 323-324。

- 曾今可，〈李步雲〉，《臺灣詩選》（中國詩壇，1953.10），頁 87。

- 洪寶昆、施少峰編，〈李步雲詩選〉，《現代詩選第一集》（臺北：詩文之友社，1967.01），頁 74-76。

- 魏梓園，〈本縣名詩人李步雲先生〉，《南瀛文獻》第 13 卷（1968.08），頁 53-54。

- 李冰人編，〈李步雲〉，《傳統詩集第一輯》（臺北：中華民國傳統詩學會，1979.07），頁 62-63。

- 〈李步雲先生八八書懷唱和特刊〉（上），《中國詩文之友》336 期（1983.01.01），頁 22-29。

- 〈李步雲先生八八書懷唱和特刊〉（中），《中國詩文之友》337 期（1983.02.01），頁 12-20。

- 〈李步雲先生八八書懷唱和特刊〉（下），《中國詩文之友》338 期（1983.02.01），頁 21-31。

- 〈祝南瀛詩社李社長步雲先生八八壽誕舉開全國詩人聯吟大會〉,《中國詩文之友》338 期（1983.02.01）,頁 34-37。

- 邱奕松,〈北臺詩苑：李步雲〉《臺北文獻》直字第79 期（1987.3.25）,頁 393。

- 詹評仁編著,〈詩界泰斗：李漢忠〉,《麻豆鎮人物誌》（麻豆：,1991.05）,頁 61。

- 李天祥訪問整理,〈詩心舊夢——專訪李步雲先生〉,《中國文哲研究通訊》1 卷 4 期（1991.12）,頁115-125。

- 〈全國詩人聯吟大會：李步雲獲頒「百歲」殊榮獎牌〉,《聯合報》（1994.04.05）,第 13 版。

- 〈全國詩人聯吟大會,騷人墨客聚集鹿耳門：騷壇百歲人瑞李步雲專程參加盛會〉,《中國時報》（1994.04.05）,第 14 版。

- 陳益裕,〈李步雲 · 傳統詩壇上的大老〉,《南瀛文獻》第 39 卷（1994.12）,頁 39-47。

- 詹評仁總編輯,〈李漢忠〉,《柚城詩錄》（臺南：麻豆鎮公所,2003.11）,頁 101-134。

- 張秀嬌撰，〈李步雲傳統漢詩探析——以懷古、寫景、風物詩為例〉，《第九屆全國臺灣文學研究生學術研討會論文集》（臺南：國立臺灣文學館，2012.08），頁 372-403。

- 李席舟，〈快園夫人——我的阿嬤：懷念我的祖母被主召回 14 週年〉，福和會官方網站（2018.12.30）

- 施懿琳主編，〈李步雲家屬訪談記錄〉，《詩人的日常：臺灣古典詩人相關口述史》（臺南：國立臺灣文學館，2021.12），頁 117-172。

臺南作家作品集　全書目

● 第一輯

1	我們	黃吉川　著	100.12	180 元
2	莫有無——心情三印——	白　聆　著	100.12	180 元
3	英雄淚——周定邦布袋戲劇本集	周定邦　著	100.12	240 元
4	春日地圖	陳金順　著	100.12	180 元
5	葉笛及其現代詩研究	郭倍甄　著	100.12	250 元
6	府城詩篇	林宗源　著	100.12	180 元
7	走揣臺灣的記持	藍淑貞　著	100.12	180 元

● 第二輯

8	趙雲文選	趙　雲　著　陳昌明　主編	102.03	250 元
9	人猿之死——林佛兒短篇小說選	林佛兒　著	102.03	300 元
10	詩歌聲裡	胡民祥　著	102.03	250 元
11	白髮記	陳正雄　著	102.03	200 元
12	南鵲是我，我是南鵲	謝孟宗　著	102.03	200 元
13	周嘯虹短篇小說選	周嘯虹　著	102.03	200 元
14	紫夢春迴雪蝶醉	柯勃臣　著	102.03	220 元
15	鹽分地帶文藝營研究	康詠琪　著	102.03	300 元

● 第三輯

16	許地山作品選	許地山　著　陳萬益　編著	103.02	250 元
17	漁父編年詩文集	王三慶　著	103.02	250 元
18	烏腳病庄	楊青矗　著	103.02	250 元
19	渡鳥——黃文博臺語詩集 1	黃文博　著	103.02	300 元
20	吧哖兒女	楊寶山　著	103.02	250 元
21	如果‧曾經	林娟娟　著	103.02	200 元

●第七輯

40	府城今昔	龔顯宗	著	106.12	300元
41	臺灣鄉土傳奇 二集	黃勁連	編著	106.12	300元
42	眠夢南瀛	陳正雄	著	106.12	250元
43	記憶的盒子	周梅春	著	106.12	250元
44	阿立祖回家	楊寶山	著	106.12	250元
45	顏色	邱致清	著	106.12	250元
46	築劇	陸昕慈	著	106.12	300元
47	夜空恬靜──流星 臺語文學評論	陳金順	著	106.12	300元

●第八輯

48	太陽旗下的小子	林清文 著		108.11	380元
49	落花時節 - 葉笛詩文集				
		葉笛 著 葉蓁蓁、葉瓊霞編		108.11	360元
50	許達然散文集	許達然 著 莊永清 編		108.11	420元
51	陳玉珠的童話花園	陳玉珠 著		108.11	300元
52	和風 人隨行	陳志良 著		108.11	320元
53	臺南映像	謝振宗 著		108.11	360元
54	【籤詩現代版】天光雲影	林柏維 著		108.11	300元

●第九輯

55	黃靈芝小說選（上冊）	黃靈芝 原著 阮文雅 編譯	109.11	300元
56	黃靈芝小說選（下冊）	黃靈芝 原著 阮文雅 編譯	109.11	300元
57	自畫像	劉耿一 著 曾雅雲 編	109.11	280元
58	素涅集	吳東晟 著	109.11	350元
59	追尋府城	蕭 文 著	109.11	250元

臺南作家作品集 74（第十二輯）

01
李步雲漢詩選集

國家圖書館出版品項目編目

李步雲漢詩選集 / 李步雲著，王雅儀主編 . -- 初
版 . -- 臺北市：卯月齋商行；臺南市：臺南市政
府文化局, 2022.12　面；　公分 . --（臺南作
家作品集 . 第十二輯；74）
ISBN 978-626-95663-0-3（平裝）
863.59　　　　　　　　　　　　110019529

作　　　者｜李步雲 著，王雅儀主編
總　　　監｜葉澤山
督　　　導｜陳修程、林韋旭
編輯委員｜王建國、李若鶯、陳昌明、陳萬益、廖淑芳
行政編輯｜何宜芳、陳慧文、蔡宜瑾

總 編 輯｜林廷璋
執行編輯｜烏石設計
封面設計｜陳文德

出　　　版
卯月齋商行
地　　　址｜104001 臺北市中山區中山北路一段 56 巷 2 之 1 號 2 樓
電　　　話｜02-25221795
網　　　址｜https://enka.ink
服務信箱｜enkabunko@gmail.com
臺南市政府文化局
地　　　址｜永華市政中心：70801 臺南市安平區永華路 2 段 6 號 13 樓
　　　　　　民治市政中心：73049 臺南市新營區中正路 23 號
電　　　話｜06-6324453
網　　　址｜https://culture.tainan.gov.tw

印　　　刷｜合和印刷有限公司
總經銷商｜大和書報圖書股份有限公司
法律顧問｜華洋法律事務所　蘇文生律師

定　　　價｜新台幣　320 元
初版一刷｜2022 年 12 月
版權所有，不得轉載、複製、翻印，違者必究　如有缺頁或破損，請寄回更換

GPN ｜ 1011102155 ｜臺南文學叢書 L151 ｜局總號 2022-693